nosotros y el destino

CLAUDIA VELASCO

Editado por Harlequin Ibérica.
Una división de HarperCollins Ibérica, S.A.
Núñez de Balboa, 56
28001 Madrid

© 2018 Claudia Velasco
© 2018 Harlequin Ibérica, una división de HarperCollins Ibérica, S.A.
Nosotros y el destino, n.º 147 - 21.2.18

Todos los derechos están reservados incluidos los de reproducción, total o parcial. Esta edición ha sido publicada con autorización de Harlequin Books S.A.
Esta es una obra de ficción. Nombres, caracteres, lugares, y situaciones son producto de la imaginación del autor o son utilizados ficticiamente, y cualquier parecido con personas, vivas o muertas, establecimientos de negocios (comerciales), hechos o situaciones son pura coincidencia.
® Harlequin, HQN y logotipo Harlequin son marcas registradas por Harlequin Enterprises Limited.
® y ™ son marcas registradas por Harlequin Enterprises Limited y sus filiales, utilizadas con licencia. Las marcas que lleven ® están registradas en la Oficina Española de Patentes y Marcas y en otros países.
Imágenes de cubierta utilizadas con permiso de Dreamstime.com.

I.S.B.N.: 978-84-9170-562-8
Depósito legal: M-28778-2017

Para el magnífico personal de la Fundación Jiménez Díaz de Madrid, para el maravilloso equipo del doctor Rey.

Gracias por salvarme la vida y por cuidar tan bien de mí.

Prólogo

Marzo y en Madrid el calor se notaba claramente. En Estocolmo las noches aún eran frescas, pero en España las temperaturas ya eran bastante suaves, y pensar en el verano que le tocaría pasar allí, en plena ciudad y con tanto trabajo, le preocupaba un poco.

Respiró hondo mirando hacia el parque de El Retiro y luego se lanzó a caminar a buen ritmo hacia la Puerta de Alcalá. Sus nuevos colegas habían quedado a tomar una copa en un sitio llamado Ramsés y, como era viernes y no tenía que viajar, había decidido pasarse un rato para ir relacionándose y conociendo un poco el ambiente local.

Llegó a la calle Alcalá y miró a su izquierda, esa era una de las vistas más bonitas de Madrid, con la Cibeles y la Gran Vía en el mismo plano, y las observó un rato hasta que cruzó la calle y divisó la terraza del Ramsés. Buen sitio, pensó, dejando de prestarle atención de inmediato al notar la presencia de una chica espectacular llegando allí por su derecha, entornó los ojos y la observó con calma y a gusto varios minutos. Ella, que tenía el pelo largo y oscuro, iba hablando por el móvil y se detuvo a dos metros de él para acabar la charla, a saber: vestido corto en tonos marrones, sandalias con pulsera y una mochila al hombro. Preciosas piernas, tobillos finos y torneados, hombros estrechos. Se metió las manos en los bolsillos para seguir espiándola sin ninguna prisa, hasta que ella levantó la cabeza y lo enfocó con unos enormes ojazos negros, almendrados, que casi lo hicieron retroceder. No le gustó sentirse observada y le sostuvo la mirada un segundo con el ceño fruncido antes de darle la espalda para meterse en el Ramsés de dos zancadas.

Perfecto, al parecer compartían destino y eso le venía de perlas. Esperó a que se alejara un poco y la siguió recreándose en la imagen inmejorable que regalaba también por detrás, era un bellezón y se acordó de su amigo Chris, que le había advertido que las españolas eran especialmente guapas.

—¡¿Has venido?! —le dijo alguien en inglés cortándole el paso—. Qué bien, Marcus.

—Sí, una copa nunca viene mal.

—Genial, pasa y te presento a la gente.

—Vale —buscó a la chica del pelo oscuro y la vio charlando con dos personas que le sonaban mucho de la empresa—, ¿conoces a esa chica tan guapa?

—¿A quién? —siguió sus ojos y asintió en el preciso instante en que ella se giraba para pillarlo mirándola otra vez—. Olvídate.

—¿Por qué? —preguntó sin apartar la vista—. ¿Casada?, ¿no le van los tíos?

—Nada de eso. Madre soltera un poco fanática, solo vive para su hijo.

—¿No trabajará con nosotros?

—Redactora jefe de *Cinefilia*.

—¿En serio? —soltó una carcajada y miró a su colega a los ojos—, qué interesante.

—Yo que tú no perdería el tiempo, macho, es tan guapa como distante, aunque... —lo miró de arriba abajo y se echó a reír— igual tienes suerte.

—Ya veremos —se giró buscándola otra vez, pero ya había desaparecido.

Capítulo 1

Madrid. Marzo, 2016

—Se ha despertado varias veces esta noche, mi cuñada cree que solo es alguna muela, pero...

—No te preocupes, si llora o le da fiebre te llamamos.

—Aunque sean unas décimas, es que... —miró primero la hora y luego a su precioso hijo, respiró hondo y se lo entregó a su maestra, resignada— lamentablemente tengo que subir a una reunión, si no, nos hubiésemos quedado en casa, pero...

—Irene —Flor la miró con autoridad y luego le indicó la puerta con la cabeza—, sube a trabajar, cualquier cosa te llamamos, como siempre.

—Vale, gracias.

—De nada, buen día. Sammy dile adiós a mamá, venga.

—Adiós, Chumichurri —se acercó y le dio un último besito en la frente comprobando que no tenía fiebre, luego se giró y salió corriendo hacia el ascensor.

Desde que Samuel había nacido, su vida era una carrera constante. Cumplía tres años en septiembre y ella llevaba dos años y medio en un continuo estado de alerta. Cuando era un recién nacido por las tomas, los pañales, los cólicos o la dermatitis, cuando cumplió seis meses por los dientes, la comida sólida o los primeros días de guardería, al año porque gateaba, se ponía de pie y lo tocaba todo, desde el año y medio porque caminaba y no paraba quieto, se metía a la boca cualquier cosa, tenía de vez en cuando alguna fiebre inexplicable o se pillaba todos los virus de la guardería. Era un no parar, sin embargo, un no parar que luego compensaba sobradamente cuando lo abrazaba y se lo comía a besos.

—¿Qué sabemos del sueco?

—Buenos días —saludó a Vicen, su compañero de faenas, y se encogió de hombros—, yo nada, hemos tenido un fin de semana movidito y no he tenido tiempo de mirar absolutamente nada.

—¿Mucha juerga?

—Claro, un cumpleaños, dos quedadas en el parque y una noche toledana con algo de fiebre.

—Te oigo y me deprimo.

—Ya te llegará.

—Seguro, pero yo no pienso ser padre soltero.

—No te lo aconsejo —llegaron a la última planta, la de la gerencia, y Vicen le enseñó la tablet disimuladamente.

—Marcus Olofsson. Licenciado por la London Business School. Un hijo de papá, supongo. Se hizo cargo de la sede de Olofsson Media Nueva York hasta el año pasado, momento en que asumió toda la fusión con nosotros. Ahora viene a Madrid para poner orden y echar a andar la nueva Olofsson Media Península Ibérica.

—Genial.

—Y todas opinan que está como un queso.

—Un sueco —miró de reojo la fotografía de ese tipo alto, rubio y de ojos claros, posando tras la firma de la dichosa fusión, y pasó olímpicamente. Lo único que le preocupaba de ese individuo eran sus verdaderas intenciones en Madrid, concretamente en la editorial donde trabajaba desde hacía diez años y donde esperaba seguir haciéndolo si a él no le daba por reducir plantilla y mandarlos a todos a la calle.

—Y todo el mundo de gala, qué paletos que somos.

—Es verdad.

Entraron en la enorme sala de reuniones y observaron a los jefazos de administración y a los redactores jefes de todas las revistas de punta en blanco. Ellos de corbata y ellas de peluquería, esperando al nuevo gran jefe con aire inquieto y sonrisas nerviosas. Aquella fusión entre la segunda editorial de *Mass Media* más grande del mundo, Olofsson Media S.A., y la suya, que era una de las más sólidas de España, había ocupado muchas páginas de periódicos, había llenado los bolsillos de mucha gente, hecho subir acciones y alimentado muchas expectativas, sin embargo, los trabajadores de a pie, la plantilla en general, no tenía ni idea de lo que iba a pasar cuando esa gente aterrizara en España con todo el poder en sus manos, así que por mucho que se intentara disimular la inquietud, la tensión se podía masticar en el ambiente y la mayoría se miraba con cara de preocupación y en silencio.

Irene sacó el móvil para comprobar que no tenía mensajes de la guardería, que estaba en la primera planta del edificio, y luego abrió el correo para enterarse de alguna novedad estrictamente laboral. Había mucho que hacer, así que esperaba que el encuentro con Mr. Olofsson durara poco y pudieran bajar a la redacción de una vez por todas y con algo de tranquilidad. Llevaban meses especulando sobre esa familia, esa empresa y su futuro, y estaba ya bastante harta.

—¡Señores! —Felipe Hernando, director adjunto y maestro de ceremonias, entró a la sala aplaudiendo y animando a la gente a ponerse de pie para dar la bienvenida a la visita. Ella obvió la necesidad de levantarse y como otros muchos compañeros permaneció en su silla observando la entrada triunfal de ese tipo altísimo, de casi dos metros de estatura, cuerpazo de atleta y pelo rubio y largo al viento, que llegó con vaqueros desteñidos, chanclas y una camisa de lino blanca, arrugadísima, a la cabecera de la mesa, dejando claro que lo habían arrancado de una juerga en Ibiza o de una playa de Hawái para acudir a la dichosa presentación.

Vicen y ella se miraron sonriendo porque el contraste con la plana mayor española era brutal y el sueco, con la piel tostada y varias pulseras étnicas en las muñecas, tomó la palabra pidiéndoles disculpas por no dominar aún el castellano.

—Buenas tardes —dijo es español—, me han dicho que todos nos entendemos en inglés, así que continuaré con la lengua de Shakespeare. Lo primero es daros las gracias por la bienvenida y lo segundo es dar respuesta inmediata a la pregunta que flota en el ambiente para no haceros perder más el tiempo: no, no habrá despidos, Olofsson Media Península Ibérica va a mantener los ciento veinte puestos de trabajo directos, los otros tantos indirectos, las veinte cabeceras que sacamos cada mes con vuestra ayuda e intentaremos seguir creciendo, que para eso hemos venido.

—¡Bravo! —gritó alguien e Irene miró a Vicen con los ojos muy abiertos.

—Me gusta este tío, directo y sin dramas.

—Y todas babeando por él —opinó él, mirando las caras de bobas de la mayoría de sus compañeras.

—Es que está muy bueno —sonrió, situándolo de repente en la puerta del Ramsés, hacía tres días, cuando lo pilló observándola con descaro.

—Estupendo, ¿preguntas o dudas? —continuó Olofsson con una sonrisa—. Estamos a vuestra entera disposición —estiró el brazo y lo pasó por encima del hombro de una mujer de mediana edad, rubia y muy guapa, que llevaba un ordenador y una tablet en la mano—, mi ayudante, Hanna, y yo, estamos aquí para resolver dudas y mi despacho estará siempre abierto para lo que necesitéis. Muchas gracias.

Ahora sí aplausos sinceros y muchos suspiros de alivio mientras los jefazos se intercambiaban apretones de mano y palmaditas en la espalda con Mr. Olofsson, que pidió una botella de agua y se apoyó en la mesa para charlar con algunas personas que se le acercaron para saludarlo.

—Parece que tienen buenas intenciones, pero a saber…

—Yo no me fío ni de mi padre —susurró una compañera y luego la agarró del brazo—. Mira, te llaman. Te lo quieren presentar.

—Irene, Irene, ven —divisó a su director llamándola con la mano, así que se alisó la falda y se acercó a él con paso firme—, te quiero presentar al señor Olofsson. Es cinéfilo de pro y le interesa mucho nuestra revista, la ha estado mirando y dice que le gusta mucho.

—Me alegra oír eso.

—Marcus, te presento a la señorita Irene Guzmán, la redactora jefe de *Cinefilia*. Irene, este es el señor Marcus Olofsson.

—Encantada, señor Olofsson —dijo ella observando cómo él hojeaba su revista muy atento, con la cabeza gacha, el pelo rubio y largo cubriéndole un poco la cara. Los hombros de ese tipo eran inmensos, el cuello igualmente varonil y tenía los antebrazos cubiertos por un vello doradito de lo más saludable.

—Marcus, llámame Marcus —dijo al fin con esa voz profunda y modulada, subió la cabeza lentamente y le clavó los ojos verdes con una sonrisa—. Creo que ya nos habíamos visto, el viernes pasado en la puerta del Ramsés. La revista es estupenda —continuó—, pero queremos ampliar el número de páginas y revisar a fondo la versión digital, según mis informes no termina de arrancar.

—Ah... —ella lo miró con atención y asintió sin poder apartar los ojos de los suyos. Se quedó muda y dio un paso atrás.

—¿Irene? —preguntó su jefe—, ¿estás bien?

—Sí —carraspeó y forzó una sonrisa— perfectamente, gracias. Y sí, tiene usted razón, la versión digital tiene muchas deficiencias y el principal problema tiene que ver con la inmediatez. Creo que habría que actualizar contenido todos los días, varias veces durante el día, pero no disponemos de presupuesto para agencias, ni personal suficiente y...

—Muy bien. Hanna fija una reunión para mañana, para hablar de *Cinefilia*, por favor. Nosotros traemos ideas y me gustaría discutirlo con todo vuestro equipo.

—Estupendo.

—¿Mañana a las doce? —preguntó Hanna e Irene asintió mirando con mucha atención los ojos de ese hombre.

—Sí, claro, citaremos a todo el equipo mañana.

—Perfecto, os espero aquí a las doce en punto.

—Muy bien, gracias. Hasta mañana.

—Irene —llamó él y ella se detuvo y se giró despacio para mirarlo a la cara—, y tutéame por favor, no soy tan mayor.

—Claro —bajó la cabeza y salió caminando a toda velocidad hacia el hall, miró a Vicen, que la estaba esperando junto al ascensor y le hizo un gesto para que bajaran por las escaleras.

—¿Qué ha pasado?, ¿te han despedido?

—No, no, ¿por qué?

—Porque estás blanca como el papel, ¿qué te ha dicho?

—Nada, mañana tenemos una reunión para hablar de la revista, dice que le gusta mucho.

—Fenomenal, ¿entonces? —la detuvo y la miró con los ojos entornados—. ¿Qué pasa? Parece que hayas visto un fantasma.

—Nada, cosas mías. Ahora a currar, hay que preparar la reunión de mañana para dejar a esa gente con la boca abierta.

Capítulo 2

—Eso es imposible.
—¿Por qué?
—Hay una probabilidad entre un millón, jamás ha pasado. Relájate y respira, Irene.
—Podría pasar y, como yo tengo tanta suerte, seguro que me ha tocado la china.
—Imposible.
—No me digas eso sin ver a ese tipo de cerca.
—Estoy mirando las fotos en Internet, es muy común, muy sueco. Tu hijo tiene un padre biológico escandinavo, pueden tener un aire familiar, es bastante lógico.
—En la foto no se aprecian los ojos. Enormes, claritos, con ese verde tan peculiar y, por supuesto, la manchita marrón en el ojo izquierdo que tú siempre has dicho que es genética y que a mí, hoy, casi me provoca un infarto.
—Irene...
—¿Tú confías en mí?
—Sabes que sí.
—Entonces no me trates como si fuera idiota. Ne-

cesito que compruebes los datos del banco de esperma, repasemos el historial del donante y descartemos que ese individuo, o alguien de su familia, pueda ser el padre biológico de Samuel.

—Los Olofsson son una familia de empresarios bastante conocida aquí en Suecia, gente hecha a sí misma, muy currantes y muy ricos desde hace dos generaciones, ¿te imaginas a uno de ellos siendo donante de esperma?

—¿Por qué no?

—Porque normalmente los donantes son estudiantes tiesos que lo hacen por pasta.

—Podría ser una excepción.

—Ay, amiga, estamos entrando en un bucle sin retorno. No creo que pueda ser el padre biológico de Sammy, es imposible tanta coincidencia.

—Se parecen mucho y los ojos...

—Casualidad, conozco a más personas con manchas de ese tipo.

—Se parecen mucho, te lo juro por Dios —se pasó la mano por el pelo y se sentó en el suelo, junto a la cama de su hijo, que dormía plácidamente desde hacía una hora—. Necesito comprobar la ficha del donante.

—Eso va a ser muy complicado y, en todo caso, si fuera el padre biológico, ¿qué más da? No tiene ningún derecho sobre él, renunció a todos sus privilegios como padre en el momento de la donación y seguro que ni se acuerda de que un día donó... ¿qué edad tiene?

—En Internet pone treinta y nueve.

—Vale, treinta y nueve años, si donó, si lo hizo, fue hace al menos quince años porque, si no recuerdo mal, tu donante tenía veinticuatro.

—¿Y pueden haberme inseminado con una muestra de hace tanto tiempo?, ¿no las van destruyendo?

—No, están ahí el tiempo necesario, nada estipula que se hagan viejas y haya que destruirlas.

—Vale.

—Cariño, no pasa nada. Estás haciendo una montaña de un granito de arena. Has conocido a un sueco de ojos verdes que se parece a Sammy, vaya novedad, te encontrarás a miles a lo largo de tu vida, su padre biológico es nórdico. No hagamos un drama de todo esto y olvídate ya del tema.

—No es tan fácil.

—Y lo entiendo, pero es un miedo absurdo y, por otra parte, bastante natural. Cuando te decidiste por la inseminación con un donante anónimo te advertimos que te pasarías el resto de tu vida haciéndote preguntas sobre él o viendo parecidos por la calle. Es habitual, sobre todo los primeros años, por esa misma razón quisiste hacerlo en Suecia y no en España, para distanciarte aún más del posible padre biológico, Irene... que no se te olvide.

—Sí.

—Vale, pues respira hondo y a otra cosa.

—Lo intentaré, pero me quedaría más tranquila si pudieras revisar la ficha del donante y comprobar que todo esto solo son paranoias mías.

—Los datos son anónimos.

—Eres la subdirectora de ese departamento, no me fastidies, Ingrid, por favor te lo pido. Podrás echar un vistazo sin cometer un delito.

—Es un delito.

—Yo no pienso demandarte y si no es un Olofsson, no te preguntaré nada más, en absoluto, sobre su nombre real. Te lo prometo, de verdad que no diré nada más, solo quiero salir de la duda. Tú eres la madrina de Samuel, tienes que ayudarme.

—Eso es chantaje.

—Por favor.

—Veré qué puedo hacer, pero no te prometo nada.

—Gracias. Mil gracias.

Dejó el teléfono en la alfombra y estiró la mano para acariciar el pelo suave y rubio del pequeñajo que dormía a pierna suelta abrazado a su inseparable Bubu. Lo volvían loco los animales, especialmente los perros, y estaba enamorado de ese perro salchicha de peluche que le habían regalado cuando era un bebé.

Se incorporó, le dio un besito en la frente y se fue a la cocina a prepararse una tila para poder dormir un poco. Eran días duros en la oficina y ella se había pasado toda la puñetera jornada con angustia y muy nerviosa, sin poder quitarse los ojos de su nuevo jefe de la cabeza. Muy mala suerte tenía que ser encontrarse con el padre biológico de tu hijo en el trabajo, pero esas cosas pasaban y, si era así, pensaba escribir un libro.

Se metió en la cama, encendió la tele y rememoró el momento exacto en que había decidido someterse a una inseminación artificial con un donante anónimo. Tenía por entonces veintinueve años y hacía cuatro que el amor de su vida, el novio de siempre, la había dejado con un pie en el altar, literalmente, para casarse con otra.

Conocía a Álvaro de toda la vida, se habían hecho novios cuando ella tenía quince años y él dieciocho, y siempre, desde el minuto uno, supo que se quería casar con él. Lástima que él no estaba tan seguro de su amor y a pesar de seguir el camino que ella marcaba, prometerse y planear la boda de sus sueños sin rechistar, al final había reculado y la había dejado tirada, sola, sin explicaciones, a veinticuatro horas del enlace religioso en la iglesia de su colegio.

Un tipo celoso, controlador y muy dependiente que de pronto conoce a una chica argentina en una fiesta, se enamora perdidamente de ella, se lía la manta a la cabeza y manda todo al carajo (familia, amigos, novia y planes de futuro) sin dar la cara y escondiéndose como la rata cobarde que era. Lo último que sabía de él era que estaba en Buenos Aires viviendo como un pachá, ejerciendo de ingeniero, casado y con dos hijos.

Se habían pasado toda la carrera, la suya de periodismo y la de él de ingeniería de caminos, soñando con su vida de casados, con todos los hijos que iban a tener y los animales domésticos que iban a adoptar. Querían vivir en el campo, ella dedicada a escribir y a los hijos, mientras él se dedicaba a las obras públicas que lo harían rico... muchos planes que se quedaron en papel mojado aquella triste tarde en que apareció su hermano en la peluquería, donde le hacían la última prueba del peinado de novia, para contarle entre lagrimones que Álvaro se había largado asegurando que no se casaba y que se fueran todos a la mierda porque él estaba muy feliz con su decisión y no quería mirar atrás.

Cabrón cobarde y pusilánime. Ya habían pasado siete años desde aquello y aún seguía teniendo impulsos asesinos contra él cuando se acordaba del marrón.

Con el tiempo, por supuesto, agradecía no haberse casado con semejante imbécil, que se la iba a liar antes o después, lo que le dolía no era haber anulado la boda, sino no haberlo hecho con tiempo y como personas adultas y que, se suponía, se apreciaban y respetaban un poco.

Tras el drama y con veinticinco años recién cumplidos, se sumió en una depresión bastante severa, dejó de comer y se centró con toda el alma en el trabajo, en la editorial y en la revista *Cinefilia,* donde había entrado como becaria antes de acabar la carrera y donde aún continuaba diez años después.

El trabajo la salvó del agujero y la distrajo durante unos años, pero no olvidó sus planes iniciales de ser madre joven y tener una familia grande. Salió con algunos tipos y trató de abrirse al amor, como le decía todo el mundo, pero pronto asimiló que ella no estaba dispuesta a aguantar a nadie, menos a enamorarse y a entregar nuevamente su confianza y su amor a ningún hombre, así que empezó a investigar las opciones de la inseminación artificial para una mujer soltera como ella.

Como se suele decir: «Cuando una puerta se cierra, Dios abre una ventana», y que su mejor amiga acabara la carrera de medicina y se especializara en ginecología fue su ventana abierta. Ingrid, sueca de madre española, se fue a Suecia a trabajar en un centro de reproducción asistida y se ocupó de orientarla en los pro y los contra del proceso, le facilitó toda la información necesaria y la ayudó a elegir un donante adecuado, uno escandinavo, para asegurarse una distancia geográfica y permanente con él. Se lo pensó durante un año entero y finalmente, en contra de la opinión de toda su familia y los amigos, tiró de sus ahorros, se fue a pasar un mes de vacaciones a Estocolmo y se sometió a la inseminación.

Por aquel entonces tenía treinta años, trabajo estable, ganaba un sueldo decente, vivía sola, era madura y estaba cuerda. Quería ser madre y estaba dispuesta a asumir una maternidad en solitario con la mayor responsabilidad, sin contar con nadie y siendo perfectamente consciente del paso que daba y de la vida que se le planteaba a partir de ese momento.

Afortunadamente, se quedó embarazada al primer intento y su precioso bebé, Samuel, nació diez días antes de que cumpliera los treinta y un años, y desde entonces, el catorce de septiembre del año dos mil trece, era la mujer más feliz del universo. Cansada y algo paranoica a veces, pero profundamente agradecida de la decisión que había tomado y del precioso bebé que Dios le había mandado.

Adoraba a su hijo, él era su vida entera. Le había costado mucho esfuerzo y sacrificio organizar una buena existencia para los dos, un hogar, y no estaba dispuesta a que ahora su temor más recurrente, ese que a veces le provocaba pesadillas, el que un buen día apareciera el padre biológico de Sammy reclamando algo, le estropeara sus vidas. No estaba preparada para hacer frente a algo semejante. Algo objetivamente improbable, pero en su cabeza posible, que había comentado alguna vez con otras mamás en su situación, y que era un miedo bastante extendido entre la mayoría.

Desde hacía unos cuatro años participaba en foros de madres inseminadas artificialmente a través de un banco de esperma, incluso en Suecia había acudido a varios grupos de apoyo antes de dar el paso y sabía que, lo mismo que muchos huérfanos sueñan con que un buen día aparezcan sus padres biológicos a buscarlos, muchas madres temen que un buen día aparezca el donante anónimo reclamando a sus hijos, y ella era de esas.

Si había dado el paso de ser madre soltera a través de ese sistema era precisamente para no contar con ningún hombre real y de carne y hueso en el proceso. Solo necesitaba el material biológico de un varón para engendrar a su bebé, no a un padre que se hiciera presente, empezara a intervenir o, peor aún, le diera por pedir custodias, derechos de visitas y demás... eso jamás, antes cogía a Samuel y se iba a vivir a Australia.

En todo ese tiempo había conocido solo dos casos de donantes que dejaron de ser anónimos y los dos tenían que ver con un riesgo de muerte para el niño, lo que había provocado la búsqueda urgente del padre biológico para pedirle ayuda con un trasplante o similar. Aparte de eso, nada más, se podía decir que el proceso era absolutamente seguro y hermético, no corrían ningún peligro, muy mala suerte tenía que tener para que de pronto ese tipo, su nuevo gran jefe, tuviera algo que ver con Samuel. No podía ser y si lo era, tampoco tenía por qué saberlo.

Aun así, prefería asegurarse y descartar cualquier resquicio de duda comprobando la ficha privada de su donante o, conociéndose, no volvería a dormir tranquila en lo que le restara de vida.

Capítulo 3

—¡Buenos días! —dijo alto y claro Marcus Olofsson entrando a la pequeña redacción y ella saltó de la silla, miró el marco con la foto de Sammy y la puso bocabajo instintivamente—. Ya sé que habíamos quedado en la sala de reuniones, pero he preferido bajar e ir conociendo las revistas más directamente.

—Hola, Marcus —se apresuró a decir el director con un apretón de manos y pasando con una gran sonrisa a presentarle a los redactores, cuatro en total, que se mataban a trabajar para sacar *Cinefilia* adelante cada treinta días. Ella se puso de pie y esperó su turno mirando al sueco con atención. Nuevamente iba en chanclas, con unos vaqueros que daban pena y una camisa de lino, esta vez morada, chulísima, que resaltaba su pelo rubio, su tez tostada y, sobre todo, esos ojazos verdes idénticos a los de su hijo—, de Irene te acordarás…

—Claro, por supuesto. Hola, Irene.

—Hola, buenos días.

—¿Dónde podemos hablar?

—No tenemos sala de reuniones, normalmente juntamos las sillas aquí mismo —susurró Pepe y los animó a sentarse junto a Olofsson, que agarró un taburete y se acomodó con una libreta y un bolígrafo en la mano mientras Hanna, su asistente, abría el portátil.

—Ayer os comenté lo de la web. Para nosotros es fundamental posicionar la revista en el mundo digital y, como me dijo ayer Irene, creo que una buena idea sería actualizar contenidos varias veces al día y mantener las redes sociales activas todo el tiempo. ¿Qué necesitamos para eso?

—Al menos un *comunity manager* que se haga cargo de las redes y actualice el contenido que nosotros generaríamos sin problemas —habló ella muy seria a pesar de la inquietud que le despertaba mirarlo a los ojos.

—Perfecto ¿y para ampliar contenido en los kioskos?

—Un redactor más, o dos, apenas damos abasto con el equipo que tenemos.

—¿Becarios?

—Tenemos uno.

—Nosotros os proponemos contratar un *comunity manager* exclusivo para *Cinefilia*, al menos durante un año, para posicionarla en las redes, y un redactor a tiempo completo, pero es necesario que fichéis a un becario más. En Reino Unido, Suecia y los Estados Unidos nos funciona este sistema de alumnos en práctica que, además, es muy interesante para encontrar jóvenes talentos.

—Estupendo.

—El equipo de marketing está trabajando para daros más páginas de publicidad y hablaremos con los distribuidores de cine y las salas para crear algún tipo de concurso, sorteo y ese tipo de chorradas que siempre dan visibilidad. Os llamarán para que les propongáis ideas y os informen de los avances en este terreno.

—Genial.

La gente se movió muy animada en sus sillas y ella aprovechó para mirar de soslayo a Marcus Olofsson, que era altísimo, muy fuerte, con un cuerpazo estupendo que no lucía con camisetas o camisas ajustadas (de esas que a ella le daban grima porque le parecía lo menos varonil del universo). Tenía la piel ligeramente tostada por la vida al aire libre, se imaginó, y prestaba atención a los comentarios de sus compañeros con esos ojos enormes un poco entornados. La barbilla partida, una boca preciosa, dientes perfectos, bien afeitado. El aspecto de un tipo sano, deportista y recién duchado. Bajó los ojos hasta sus vaqueros y siguió hasta sus pies enormes que jugueteaban con las chanclas, al parecer se hacía la pedicura y eso le hizo gracia, divisó un poco de vello rubio en sus pantorrillas y deslizó nuevamente los ojos hacia su cara y directo al pelo rubio, brillante y lacio que se le ondulaba un poco a la altura del cuello... igual que a Samuel.

Sintió un escalofrío y decidió sobre la marcha llevar al niño ese fin de semana a la peluquería. Desde que había nacido no le había querido cortar su pelito rubio porque era precioso. Al principio era casi albino, pero con el paso del tiempo se le había ido dorando y se veía guapísimo porque se le ondulaba un poco a la altura de las orejitas y estaba para comérselo.

Siempre había sido muy guapo, todo el mundo se lo decía, lo paraban en todas partes para saludarlo y por eso era muy sociable y risueño. En cuanto pisaban la calle empezaban los piropos y él siempre respondía con una sonrisa. Era delicioso su bebé y ya había aprendido a aceptar que no se parecía en nada a ella, solo tenía sus pies y su sonrisa, o eso creía, porque observando a su jefe con calma estaba claro que también sonreían igual, o eso le pareció esa mañana, y aquella evidencia acabó por matarla de la preocupación.

—Muy bien, es una gran noticia, Marcus —dijo Pepe en voz alta e Irene salió de sus ensoñaciones muy incómoda—, llevamos una etapa muy parada y los blogs y páginas dedicadas al cine nos van comiendo mucho terreno.

—Y no podemos permitirlo, no vais a comparar a periodistas de verdad, especialistas, con frikis que se dedican a alabar películas sin ton ni son a cambio de que les dejen entrar en una rueda de prensa o les manden *merchandising* gratis a sus casas.

—Y que se hacen selfies con las estrellas de cine —soltó Vicen, que odiaba a ese tipo de gente que plagaba últimamente los estrenos y los pases de prensa.

—Exacto, hay que devolver la cordura al negocio e intentar regresar a los tiempos de los cinéfilos de verdad, que leen prensa especializada de verdad, escrita por profesionales de verdad.

—Amén —dijo alguien y aplaudieron mientras Irene empezó a calibrar la clara posibilidad de que estaba entrando en una paranoia absurda que no la llevaba a ninguna parte. Samuel tenía dos años y medio, podía tener la sonrisa, los ojos y el pelo de cualquiera, por el amor de Dios, qué idiota.

—Queremos dar a *Cinefilia* toda la pompa que necesite para posicionarse en el mercado —siguió hablando Marcus Olofsson y ella asintió.

—¿Tendremos anuncios en televisión y radio? —preguntó Vicen.

—Por supuesto, el plan de marketing es potente y exacto a lo que hacemos fuera de España —suspiró—. En fin, ¿preguntas?

—¿Nos vais a subir los sueldos? —bromeó alguien y él se puso de pie sonriendo.

—A mejores resultados, mejores sueldos. Ya sabéis cómo va esto.

—Muchas gracias, Marcus —Pepe se levantó para acompañarlo al ascensor y de pronto él se volvió y la miró fijamente.

—¿Y tú, Irene?

—¿Qué? —levantó la mirada y se cruzó de brazos, sonrojándose hasta las orejas.

—¿No tienes nada que decir?

—Las agencias, necesitamos presupuesto.

—¿No trabaja ya la editorial con agencias?

—Con EFE, Reuter, France Press y AP, pero necesitamos poder comprar material a otras nacionales o a alguna internacional más pequeña. Generan material gráfico de estrenos, eventos, rodajes o paseos de estrellas de cine por Madrid, por ejemplo, que podrían actualizar contenido en la Web y darnos un poco de frescura.

—¿Y eso es muy caro?

—No, actualmente podemos comprar material de competencia a cien euros la foto o...

—¿Competencia?

—Fotografías que hacen varias agencias y nos suben al FTP a diario. De ahí podemos elegir alguna que nos interese, se factura y en paz. Las revistas del corazón de la editorial trabajan habitualmente con ellas.

—Me parece bien, cuenta con ello. Vais facturando y lo vais pasando a contabilidad, les mandaremos un memorándum informándoles de esta nueva actividad.

—Gracias.

—Estupendo —le guiñó un ojo y ella se pegó al respaldo de la silla—, ¿algo más?

—No, gracias, de momento todo me parece perfecto, nos pondremos de inmediato a buscar un nuevo compañero, un becario, y a trabajar, que es lo que tenemos que hacer.

—Eso es —Marcus suspiró y se dio la vuelta para salir hacia los ascensores—. Seguiremos en contacto, adiós a todos.

—¿Qué te pasa? —Vicen se acercó a Irene y chascó los dedos delante de su cara—. ¿Te mola el sueco?

—No, ¿qué dices?

—No le quitas los ojos de encima, como todas. Tendrás que ponerte a la cola.

—Está muy bueno, pero no es mi tipo —comentó regresando a su mesa—, solo le presto atención. Es una pasada todo lo que nos ofrece y tan rápido.

—Una pasada, y por eso yo me ofrezco a compensarlo con un buen polvo o dos —comentó muerta de la risa Mamen, la secretaria, tocándole la espalda—, pero, de momento, vete al Ritz donde Matt Damon te espera a las dos en punto.

—Madre mía, qué tarde, porfa llama a Sergio y dile que me espere abajo.

—Ya te está esperando, bonita. ¡Vamos, corre!

Capítulo 4

Dos semanas y no había vuelto a ver en persona a Marcus Olofsson. Afortunadamente, después de cinco días pululando por el edificio para familiarizarse con las revistas, había cogido sus cosas y se había largado de vuelta a su mundo. Un alivio y, aunque hacía una semana les había mandado un email colectivo a los redactores jefes y a los directores de todas las publicaciones para invitarlos a una barbacoa familiar en una casa de la exclusiva urbanización La Finca, estaba claro que poco tiempo pensaba quedarse en Madrid y eso la tranquilizaba bastante, tanto, que dejó de presionar a Ingrid para que le consiguiera los datos secretos de su donante.

Después del shock inicial de conocerlo, empezó a relajarse, sacó la ficha «oficial» del padre biológico de Samuel y volvió a repasar lo que ya sabía de él: Sueco, de padres, abuelos y bisabuelos escandinavos, nacido en Estocolmo, un metro noventa y cinco centímetros de estatura, grupo sanguíneo 0 Rh negativo (como ella), piel blanca, pelo rubio, ojos verdes. Complexión física: atlética. Licenciado en Matemáticas (no en Finanzas por la London Business School como su jefe) con un expediente académico de sobresaliente. Aficiones: El deporte, la lectura, las ciencias, los animales domésticos y el cine. Perfil genético normal. Historial clínico impoluto.

Cuando lo había elegido se habían reído mucho porque, según le comentó Ingrid, era un donante perfecto a ojos del banco de esperma, sin embargo, al que no elegían las suecas porque ellas preferirían a donantes morenos, de pelo y ojos oscuros, más mediterráneos o exóticos, mestizos, así que el pobre sueco de ojos verdes estaba relegado en la nevera desde hacía tiempo.

A ella le daba un poco igual el aspecto físico, pero como siempre le habían gustado los rubios, le pareció bien que su hijo pudiera contar con esa información genética, aunque, lo que de verdad le llamó la atención del donante fue su licenciatura en Matemáticas. Estaba claro que era un cerebrito en ciencias, nada menos que en mates, a las que ella no podía ver ni en pintura, así que era estupendo poder dotar a su hijo de aquel talento potencial. Al menos una parte de Samuel estaría abierta a entender ese mundo matemático que para su madre siempre había representado, y seguía haciéndolo, un misterio horroroso.

—Esta tarde nos vamos de compras para la barbacoa del sábado.

—¿Qué? —levantó los ojos oscuros del ordenador y miró a Olga, redactora jefe de una revista de moda y amiga desde la facultad, con curiosidad—. ¿Hay que llevar algo?

—No, boba —se echó a reír y se desplomó en una silla mirando la fotografía de Sammy que tenía Irene sobre la mesa—, vamos a comprar ropa, vente.

—No puedo, tengo que poner una lavadora, planchar algo de la semana pasada y...

—Tía, es que eres muy aburrida. ¿Y qué te vas a poner?

—Nada, yo paso. No pienso ir a una barbacoa con la gente del curro, me parece una idiotez.

—¡¿Qué?!, ¿me estás insultando?

—Ya sabes a qué me refiero. Es una americanada absurda, lo que falta es que nos hagan jugar al béisbol o a las carreras de sacos.

—Es una forma de hacer piña, de conocernos, el *macho man* escandinavo está empeñado en confraternizar con la plebe.

—Pues que nos lleve de cañas a La Latina, y a todos, no solo a los jefes y medio jefes.

—Por alguna parte tiene que empezar. Van a poner gimnasio en la última planta, ¿sabes?

—Para ellos, claro.

—No, para todo el mundo. Qué mal pensada eres —bufó y cogió el marco con la foto—. Tu Chumichurri está para comérselo...

—¿A qué sí?

—Pero no se parece en nada a ti, tía, cuando crezca tendrás muchas cosas que explicar.

—¿A quién?

—A él.

—Bah, chorradas. Cuando crezca le contaré la verdad y punto.

—Y a mí que me recuerda al sueco... —soltó sin ninguna maldad y a Irene el estómago se le subió a la garganta.

—Se parece a muchos suecos, su padre biológico es de allí.

—Lo sé, en fin —se puso de pie y le tocó el hombro— la barbacoa es dentro de dos días, elige algo bonito, te pones guapa, coges a tu precioso churumbel y dígnate a aparecer, aunque sea un rato o quedarás fatal.

—Me da igual quedar fatal.

—No tienes la excusa de Samuel, es con niños, así que deja ya de ser tan antisocial, Irene, por favor te lo pido.

—¿Cuál es el problema?, ¿acaso es obligatorio?

—No, pero estamos sobreviviendo a una fusión, esa gente está actuando bastante bien, aunque me imagino, están conociendo al personal para ver el nivel de compromiso con la empresa. Es lógico. Rubén dice que debemos andarnos con ojo porque, a pesar de las buenas intenciones iniciales, son empresarios y cualquier día pueden prescindir de nosotros. Piénsalo, guapa y, si quieres, vamos los cinco juntos en nuestro coche, ya sabes que Leticia está enamoradísima de Sammy.

—No creo que vaya, pero te aviso.

—Tú misma…

—Irene —Mamen se le acercó y le indicó el teléfono fijo con la cabeza—, te llaman de arriba, de la gerencia, que subas, por favor, a la sala de reuniones.

—¿Ahora? —miró a Olga con los ojos muy abiertos y ella movió la cabeza.

—Ahora, es un tema con la portada de julio, o eso me han dicho.

Agarró el móvil y la tablet y subió a la carrera a la última planta del edificio. No sabía qué pasaba con la portada de julio, pero ya tenían cerrado el número y no pensaba abrirlo para deshacer alguna cosa que a esas alturas, primera semana de mayo, sería un verdadero incordio. Llegó a aquella elegante planta dedicada a los jefazos y se acercó a la recepcionista con una sonrisa.

—Hola, Julia, creo que me han llamado.

—Sí, pasa, por favor, están en la sala de reuniones. ¿Y dónde está tu director?

—Se cogió la semana entera después del puente, viene este próximo finde —se despidió y entró en la sala donde la esperaban un consejero delegado y un tipo que le sonaba un montón. Levantó los ojos hacia la cristalera que daba al despecho del director general y divisó a Marcus Olofsson apoyado en su escritorio, bebiendo una botellita de agua y hablando con una morena alta y delgada que reconoció enseguida: Dafne Hernández, una modelo/actriz/bailarina/famosa, bastante popular, que se acercaba a él coqueta, moviendo el pelo largo con mucha sensualidad. Increíble, pensó, lamentando que ese tipo ya estuviera de vuelta en Madrid.

—Hola, Irene, gracias por subir, te presento a Lolo Aguirre, representante de actores.

—Hola, buenos días.

—Hola —Hanna, la ayudante de Olofsson, se sumó a la reunión saludando en castellano.

—Ya me dirás, Alfonso. ¿Qué pasa con la portada de julio?

—¿Tenéis a Tarzán, la Leyenda?

—Sí, es el estreno del verano junto con Bourne, que sacaremos en agosto.

—Pero es una foto de promoción, todo el mundo la sacará y queremos proponerte otra cosa.

—¿Qué cosa? —cuadró los hombros frunciendo el ceño.

—A la señorita Dafne Hernández, empezará a rodar en septiembre en Hollywood, le puedes hacer una entrevista y sacarla en portada.

—¿A rodar qué? —preguntó con inocente interés y el representante intervino muy sonriente.

—Cine independiente, en realidad rodará en Miami.

—Cuando ruede y se estrene, podemos incluirla en la revista, antes no le veo sentido.

—¿Por qué?

—Porque la señorita Hernández, que hizo hace seis años una serie juvenil de éxito, no ha vuelto a hacer nada importante, por supuesto, nada de cine y mi revista está dedicada al cine.

—Es una persona muy popular.

—Desde luego, tal vez por eso le pueden hacer una estupenda entrevista con portada en cualquier otra publicación nuestra, femenina o de corazón.

—Quiere alejarse de su halo de famosa —le explicó el representante sonriendo al consejero delegado—, se va a conquistar Hollywood y es un buen momento para centrar su imagen como actriz.

—Me parece una idea excelente, pero no me la podéis imponer a mí...

—Es una sugerencia, Irene.

—Y yo os la agradezco, pero no puedo levantar el número de julio para esto, no, a menos que me obliguéis.

—No pretendemos eso —Alfonso respiró hondo—. La señorita Hernández es buena amiga de la editorial y queremos impulsar su buen momento.

—Tenéis otras cuatro revistas donde promocionarla y mucho más adecuadas a su perfil que la nuestra.

—Ella es actriz y vuestra revista va de cine ¿cuál es el problema? —el representante empezó a enfadarse e Irene se apoyó en el respaldo de su silla y lo miró a los ojos.

—Ese es el problema, va de cine y su representada no ha hecho jamás cine. Nuestros lectores lo saben, nosotros lo sabemos y, por lo tanto, no cometeremos la osadía de hacerla portada del mes de julio. Cuando ruede su película estaremos encantados de hacernos eco.

—Esto es increíble, deberíamos llamar a Marcus —comentó el tal Lolo Aguirre muy disgustado.

—No, déjalo, Lolo. Irene, ¿esa es tu última palabra?

—Sí y aunque comprenda que la señorita Hernández es amiga de la editorial, debo mantener mi postura, Alfonso. Nosotros hablamos de cine, a un segmento muy determinado de lectores, cinéfilos de pro y conocedores perfectamente de nuestro mundo. Se nos echarían encima si la ponemos a ella, con todos mis respetos, en portada ahora, que no tiene nada concreto que promocionar.

—Pero...

—¿Has visto alguna vez a Elsa Pataki o a Kim Kardashian en nuestra portada? —Alfonso negó con la cabeza y el representante levantó las manos—, pues es el mismo perfil.

—¡¿Pero qué dice esta mujer?!

—Irene, me llamo Irene.

—Vale, lo comprendo. Gracias por venir.

—De nada, Alfonso, y si quieres hablarlo con Pepe, llámalo. Si me imponéis el cambio, lo haré, yo aquí soy solo una mandada, pero que conste que no estoy de acuerdo.

—Pepe me ha dicho que tú decides.
—Vale, me marcho. Tengo mucho trabajo.

Salió de la sala con muchas ganas de matar a alguien y bajó las escaleras llamando a su jefe. Pepe le mostró todo su apoyo y le pidió que se mantuviera inflexible, ninguno de los dos sabía que aquella tía fuera «amiga de la editorial» y aunque lo fuera no estaban dispuestos a tragar con semejante atropello. Se trataba de una seudo modelo/actriz/bailarina/famosa que había sido novia ya de un montón de famosos y se imaginaron que estaba liada con alguien de allí, incluso con el propio Marcus Olofsson, con el que estaba hablando en su despacho mientras ella se enfrentaba a Alfonso y su representante por culpa de sus caprichos.

Comentó las novedades con su gente, se concentró en el trabajo un rato y una hora después ya ni se acordaba de la reunión. Bajó a la hora de comer para compartir un sándwich con sus compañeros en El Retiro y cuando estaban en el hall, una mujer la llamó a gritos. Ella se volvió comprobando que era la mismísima Dafne Hernández escoltada por su representante y se quedó quieta.

—¡Oye tú!
—¿Cómo dices?
—¿Me quieres hundir?, ¿quién coño eres tú para decidir si puedo salir o no en tu puta revista?
—La redactora jefe.
—Una mierda de envidiosa, eso es lo que eres.
—¿Qué?
—Envidiosa como todas las mujeres, pues a tomar por saco, cómete tu puñetera revista y a ver qué haces. No tienes ni zorra idea de con quién estás hablando.

—La tengo, por eso no puedes ser nuestra portada del mes de julio... —por el rabillo del ojo comprobó que las estaban observando casi en corro y que detrás de esa mujer, Hanna, la ayudante del sueco, seguía la escena abrazada a su tablet.

—Tú lo que quieres es humillarme delante de Marcus, ¿acaso te gusta, gilipollas?

—Vale, me voy... —hizo amago de irse, pero ella le cortó el paso.

—Haré que te despida, estúpida de mierda, que eres una puta mierda.

—Ya vale, Dafne, no te me pongas choni —susurró Lolo Aguirre agarrándola por el brazo.

Le costó un par de segundos recomponerse, pero lo hizo, miró a Hanna a los ojos, se giró hacia el parque y salió caminando muy firme, aunque le temblaban las rodillas. Mamen y Vicen la agarraron del brazo y cruzaron la calle a la carrera. Jamás, en toda su vida, se había enfrentado a una escena tan violenta y se quería morir, pero sabía que estaba actuando bien, con ética y profesionalidad, y no cambiaría de postura, aunque le costara el puesto.

Capítulo 5

—¡Madre mía!, qué guapa estás, hermanita.

—¿En serio? —se miró así misma comprobando el aspecto sencillo de su vestido, sus botas vaqueras, y suspiró—. Es igual, va a ser visto y no visto.

—Se ponga lo que se ponga se ve guapa la muy cabrona —soltó su cuñada dándole un capón en el trasero—, después del embarazo se ha quedado aún más buena…

—Siempre tan fina —se echó a reír, se acercó y le dio un beso en la cabeza—. Gracias, Ale, el pelo liso ha quedado genial.

—Sí, vas superguapa, no podrán despedirte con estas pintas.

—Dios te oiga —regresó al dormitorio para coger el bolso y miró la hora. Iba con retraso a la dichosa barbacoa en La Finca. No pensaba ir, pero después del encontronazo con Dafne Hernández todo el mundo opinó que lo mejor era aparecer y dar la cara. En dos días nadie la había llamado para echarle la bronca o despedirla, no sabía nada de Olofsson, pero a lo mejor no se había olvidado de ella y si no iba a su fiesta, decidía llamarla el lunes a su despacho y despedirla por antisocial y por negarle la portada a su amiguita—. Ok, me voy.

—¿Has visto lo guapa que es tu mami, Samuel? —le preguntó su tío y el pequeñajo la miró con una gran sonrisa.

—Guapa —asintió y corrió para agarrarse a sus piernas—, vamos.

—No, mi Chumichurri, voy sola y tú te quedas con los tíos aquí, solo será un ratito, ¿vale?

—Vale.

—Tenemos un montón de videojuegos y la película de *Transformers*, lo pasaremos pipa.

—¿*Transformers*?, de eso nada, tiene dos años y medio, y videojuegos tampoco.

—Es una broma, veremos *Toy Story* que le mola mucho.

—Muy bien, pediros una pizza, si queréis y...

—Vete ya y liga un poco, que no te vendría mal, te veo muy tensa últimamente —bromeó Alejandra, ella movió la cabeza, se comió a besos a su hijo y bajó decidida a volver antes de dos horas.

No solía ir a La Finca, en realidad era la primera vez que iba a ver de cerca esa urbanización de superlujo ubicada en Pozuelo de Alarcón, al oeste de Madrid, donde solo vivían multimillonarios, famosos y futbolistas de élite. Aquello era un verdadero búnker y se imaginó que el sueco y sus amigos se sentirían muy a gusto y muy seguros allí, lejos de la gente normal y la prensa.

Pasó un control de seguridad y se sumergió en esas calles rodeadas de jardines maravillosos, verjas gigantescas, árboles y mansiones impresionantes. Llegó cerca de la dirección que le habían dado y dos chicos con uniforme le dieron el alto, la saludaron con amabilidad y se ofrecieron a aparcar su humilde coche. Ella entregó las llaves y antes de llegar a la puerta de la propiedad en cuestión, una señorita muy amable la detuvo para comprobar nuevamente su nombre y posteriormente acompañarla al enorme jardín donde la gente charlaba con una copa en la mano, junto a una piscina de dimensiones estratosféricas.

—¡Esto es peor que entrar en La Moncloa!, cuánta seguridad —exclamó acercándose a un grupo de compañeros que hablaban muy animados.

—Una locura. Lo que es tener pasta, pero pasta, pasta.

—¿No te has traído a tu hombrecito?

—No, es muy pequeño aún y se cansa en seguida, se quedó en casa con mi hermano y su mujer.

—Pues qué pena, hay animación infantil y todo —le indicaron con la cabeza la parte trasera de la casa donde divisó un castillo hinchable y muchos globos.

—Sigo sin explicarme todo este tema —susurró viendo a lo lejos al anfitrión vestido completamente de negro. Espectacularmente guapo. Tragó saliva y cogió una cerveza de una bandeja.

—¿No has visto el *Mujer Corazón* de hoy?

—No, ¿qué ha pasado?

—Dentro viene un reportaje del gran jefe besuqueándose con tu amiguita del alma en Ibiza.

—¿Amiguita del alma?

—Dafne Hernández.

—¿En serio?, pues sí que tenía amigos en la editorial. ¿No habrá venido?, no quiero que me peguen en una barbacoa.

—No creo que le dure mucho el invento, las fotos me las ofrecieron a mí primero —comentó el director de una de las revistas de corazón de la editorial, una de las tres más importantes de España— y el dueño de la agencia que me las ofreció me contó que ella los había llamado para que hicieran el reportaje. Se llevaba la mitad de lo que le pagáramos por él.

—No me lo puedo creer —exclamó la mujer de un compañero—, qué vergüenza.

—Quiere volver a estar en la palestra, se fue a Ibiza y no paró hasta entrar en el selecto círculo de amistades de Olofsson, le dio caza, se lo tiró y luego llamó para que los hicieran las fotografías saliendo de una discoteca, donde se esmeró en besarlo y meterle mano debajo de una farola.

—¿De verdad? —Irene se echó a reír—. ¿Y por qué no lo publicasteis vosotros?

—Antes de hacer una oferta llamé a los jefazos y me dijeron que pasara. No quieren ver a Olofsson mezclado con semejante ganado.

—¿No te pidieron retirarlo?

—¿Pagar dinero por Dafne Hernández? No, simplemente no lo quisimos y está visto que las demás revistas tampoco, nadie conoce a este tío en España. Salir en *Mujer Corazón* y ni siquiera en una ventanita de portada, es un fracaso total para la agencia y para ella, claro.

—Qué cosas —exclamó y levantó la vista para observar cómo el aludido charlaba con la gente tan amablemente, intentando estrechar lazos—. ¿Les contaste que ella estaba involucrada?

—Por supuesto.

—Qué cabrón —soltó alguien y, sin querer, Irene se relajó un poco. Hasta entrar allí no había pensado en la posibilidad de encontrársela del brazo de alguien, pero le alegraba saber que no andaba cerca.

—¡Irene! —Olga se le acercó y le dio dos besos—, qué guapa, tía, ¿y tu Chumichurri?

—No lo he traído, se cansa con el jaleo y yo no puedo tomarme ni una caña en paz, ¿y Leticia?

—Atrás con su padre.

—Ahora la veo.

Se pasó un rato hablando con todo el mundo, probó un perrito caliente de los que hacía un chef muy conocido en una barbacoa junto a la piscina y comprobó que habían tirado la casa por la ventana con toda clase de delicias, bebidas y actividades varias para agasajarlos a lo grande. La verdad es que aquello era un detallazo por parte de la nueva directiva y, aunque no lo acababa de encajar, decidió disfrutarlo durante una hora, momento en que miró el reloj y tuvo que hacer un esfuerzo sobrehumano para acercarse primero a los jefes, saludarlos y luego buscar a Olofsson para darle las gracias personalmente, despedirse y volver a casa.

—Señor Olofsson —dijo acercándosele por la espalda, esa espalda estupenda y ancha que él llevaba enfundada en una camisa negra espectacular.

—¿Señor?, creí que ya nos tuteábamos —fue su respuesta girando despacio hacia ella con los ojos entornados.

—Sí, claro, Marcus, lo siento. Solo quería agradecerte la invitación, lo he pasado muy bien, pero tengo que despedirme, ha sido…

—¿Ya te vas?

—Sí. Muchas gracias —zanjó rápido, miró con

una sonrisa a todas las féminas que lo rodeaban mirándolo con ojos golosos, dio un paso atrás, giró sobre sus talones y salió caminando rápido hacia la verja principal, pero antes de llegar a abrirla para buscar el coche, la voz alta y clara del gran jefe la hizo detenerse en seco.

—Un momento, por favor. Quería hablar contigo, no te he localizado antes, dame un minuto.

—Claro —¡mierda! exclamó para sus adentros pensando que había llegado la hora de recibir una reprimenda de campeonato por la dichosa portada de julio—, ¿de qué se trata?

—Es por el asunto de la portada…

—Muy bien, mira —interrumpió alzando las manos—, sigo pensando lo mismo que hace dos días, pero si quieres levantar nuestra portada y poner a la señorita Fernández, hazlo, es tu revista y yo no puedo impedírtelo.

—No se trata de eso —sonrió, derritiendo los hielos eternos del Ártico, se metió las manos en los bolsillos y ella dio un paso atrás—, más bien quería disculparme. Acabo de llegar a este país, no conozco en absoluto a la gente y el representante de esa chica, amigo íntimo de un conocido mío de Ibiza, me dijo que era una exclusiva fabulosa para nuestra revista de cine tenerla en portada. Me convenció y le pedí a Alfonso que lo arreglara. La culpa es mía por haberlo permitido, mis sinceras excusas, fue una gran estupidez.

—Ah, vale —se cruzó de brazos y movió la cabeza—. Está bien, gracias.

—Es lo que pasa en Ibiza, a veces se pierde la perspectiva.

—Eso dicen.

—Sin embargo no debí permitirlo y siento las molestias, en serio.

—Muy bien, no pasa nada. Debo irme —abrió la verja, salió a la calle y él partió detrás.

—No he terminado, aún me queda otra cosa.

—¿Qué?

—Me gustó mucho cómo resolviste el asunto. Tu profesionalidad, responsabilidad y compromiso con la revista y, de paso, con la editorial, me conmovieron.

—¿Conmover? Tampoco es para tanto —abrió el bolso buscando las llaves del coche y frunció el ceño—, solo hice mi trabajo. *Cinefilia* es mi vida, llevo diez años con ella, conozco a mi público y tenía que oponerme a semejante tropelía, nada más.

—Otros hubiesen tragado a la primera.

—Yo no... —encontró las llaves, hizo amago de entregárselas a los chicos del parking, pero Olofsson se adelantó, las interceptó y se las quedó con una sonrisa.

—Tómate la última copa, me gustaría seguir charlando contigo.

—El lunes en la oficina, ahora tengo que volver a casa, mi hijo...

—¿Por qué no lo has traído?

—Es muy pequeño y no me gusta romperle sus rutinas.

—Claro, por supuesto.

—Y muy bonita tu casa —miró hacia la mansión elocuentemente—, enorme, la verdad.

—No es mi casa, es la de un accionista, yo me he alquilado un piso en Alfonso XII, cerca de la editorial.

—Que no es mal sitio tampoco —le sonrió y estiró la mano—. Mis llaves, por favor.

—Claro, perdona... —llamó al aparcacoches y le entregó las llaves directamente—, el coche de la señora, por favor.

—Gracias, es el monovolumen pequeño, rojo, el Renault —se lo indicó y luego miró los ojos de Olofsson. Esos enormes ojos verdes idénticos a los de Samuel—. Muchas gracias por la barbacoa. Nos vemos en la oficina.

—Sé que Dafne no reaccionó muy bien y que te increpó y amenazó en la puerta del trabajo, me lo contó Hanna. Lo siento muchísimo también, ya hablé con ella y espero que se disculpe.

—Es igual, no me importa.

—Gracias por venir y la semana que viene hablamos.

—Vale.

—Me gustaría comentar algunos temas tranquilamente contigo.

—Ya nos veremos en la editorial —se acercó al coche notando cómo no le quitaba los ojos de encima, se metió dentro sin mirarlo, le dijo adiós con la mano y aceleró para huir de ahí lo antes posible. Era muy amable y simpático el pobre, pero ella prefería no confraternizar con él, ni estrechar lazos y mucho menos tenerlo cerca.

Capítulo 6

—Quiero andar en mi bici —le dijo Sammy en cuanto llegaron a la oficina y se dispuso a sacarle el casco.

Desde que él se había podido sentar bien, lo llevaba en bici por Madrid. Vivían cerca de su trabajo, solo bastaba cruzar el parque de El Retiro para plantarse en la puerta en veinte minutos, así que hacían el paseíto a diario, si no diluviaba o hacía mucho calor, pero él empezaba a querer andar en su propia bicicleta y se estaba empeñando todos los días en recordárselo. Lógicamente era muy enano aún, pero Irene sonrió y lo bajó al suelo comiéndoselo a besos.

—Claro, mi vida, pero cuando seas más mayor.

—No quiero ir en la cesta.

—No es una cesta, es un asiento muy guay para niños.

—Mi bici es muy guay.

—Lo es y este sábado la bajaremos al parque para pasear juntos, ¿quieres?

—¡Bubu! —exclamó de repente y se le escapó de la mano para salir corriendo detrás de un perrito salchicha que iba sin correa por el hall del edificio, directo hacia los ascensores.

—¡Sammy!... espera un momento, ¡Samuel! —gritó más alto viendo cómo el niño saltaba dentro del ascensor abierto sin mirar a nadie, salvo al perro. Tiró la bici al suelo y de repente se oyó chillando como una loca al ver que las puertas se cerraban y se escapaba delante de sus narices sin poder hacer nada—. ¡Samuel!

—¿Con quién subió, Juan? —preguntó al portero y él se encogió de hombros, así que siguió llamándolo mientras buscaba esas escaleras de mármol enormes para subir los peldaños de dos en dos con el corazón en la garganta. Un miedo atroz le cerró la boca del estómago y aunque intentó racionalizarlo, era del todo imposible, solo podía pensar en que su hijo iba en un ascensor solo y tras desobedecerle para seguir a un Bubu—. ¡Sammy!

—Está bien, va con Marcus y conmigo... —gritó Hanna en español y ella movió la cabeza sin dejar de correr escaleras arriba—, te esperamos en la planta de gerencia.

—Gracias... —bufó y llegó a la última planta al borde de un ataque de nervios, enfocó la vista y se los encontró, a Sammy y a Marcus juntos, acariciando al salchicha ante la mirada sonriente de Hanna—. ¡Samuel ¿qué has hecho?!, estás castigado el resto de la semana. ¿Por qué no me haces caso?, ¿no ves que es peligroso?

—Es un Bubu —respondió él con una sonrisa de oreja a oreja.

—Me da igual si es un Bubu, no puedes escaparte y...

—¿Un Bubu? —preguntó su jefe y ella lo miró por primera vez a la cara.

—Es igual que su peluche favorito que se llama Bubu.

—¿En serio?, vaya pasada.

—Toma— Hanna apareció de la nada con una botellita de agua y se la puso en la mano—. Tranquila, ya sé que quieres matarlo ahora mismo, pero es muy pequeño y solo pensó en Thor, que es un perrito muy simpático.

—No, no, no hay excusa.

—Es un niño y los niños hacen estas cosas —susurró Marcus enderezándose—. No ha pasado nada.

—Muchas gracias— contestó indignada y se les acercó para agarrar a su hijo de la mano.

—¿Le gustan mucho los perros? —intervino Hanna observándolo con atención y ella suspiró.

—Está emocionado porque es igual a su Bubu. Vale, gracias por todo. Di adiós, Sammy, nos vamos a la guardería.

—Déjalo un rato aquí con Thor, no molesta nada —Marcus le guiñó un ojo y abrió la puerta de su despacho—. Habla bastante inglés…, ¿no?

—En casa solo le hablamos en inglés.

—¿Te gusta mucho Thor, Sammy?

—Sí, es un Bubu.

—Un Bubu, claro. ¿Cuántos años tienes?

—Dos —respondió enseñándole dos deditos y sin soltar al perro, que se dejaba abrazar y besuquear tan contento.

—Tiene dos años y medio, hace tres en septiembre.

—¿Qué día de septiembre?

—El catorce.

—Yo soy del dos de septiembre.
—Qué bien. Bueno, nos vamos.
—¿No lo dejas un rato aquí?
—No, gracias, tengo mucho trabajo y a él lo esperan en la guardería. Otro día.
—Estupendo, cuando os apetezca.
—Gracias. Di adiós a Thor, mi vida —lo agarró de la mano y se acercó para llamar al ascensor con el corazón saltándole en el pecho. Se ajustó bien la bandolera y los miró forzando una sonrisa—. Menudo susto, muchas gracias.
—Adiós Sammy, espero verte pronto —dijo Marcus Olofsson antes de darles la espalda para entrar en el despacho. Irene lo siguió con los ojos y luego se fijó en Hanna, que miraba a Sammy muy atenta.
—Adiós.
—Adiós, guapísimo.
—En casa hablaremos de esto, hijo, ha estado muy mal. No puedes escaparte y meterte en un ascensor sin mamá.
—¿Por qué?
—Porque eres muy pequeño y tienes que ir con mamá a todas partes.

Siete mil trescientos millones de personas en el mundo, diez millones en Suecia, cuarenta y seis en España, y tenía que encontrarse con ese hombre precisamente en Madrid. Dejó a Sammy en el cole y subió a la oficina, pero antes de entrar a la redacción tuvo que correr al baño, encerrarse en una cabina y vomitar.

Hasta hacía nada su vida era justamente lo que quería. Muy agobiada, cansada y estresada, sí, pero simple y bajo control, como siempre había soñado, y que ese tipo apareciera en su terreno era una faena muy grande, inmensa, porque, aunque evitara pensar en ello, y con la lógica de su parte, no tenía nada que ver con su hijo, la pura verdad es que era evidente el parecido que compartían, y no solo en los ojos verdes y la manchita marrón del ojo izquierdo, no, también en otras muchas cosas más y empezó a temerse que él no tardaría en notarlo. De hecho, estaba segura de que Hanna ya lo había notado.

—¿Qué coño va a notar si jamás se ha acostado contigo? —le soltó Ingrid desde Estocolmo, muy cabreada por oírla llorar.

—Son clavados.

—¿Y?, si hace tres años se hubiera acostado contigo ahora podría sospechar algo y hacerse preguntas, pero acaba de conocerte, no eres más que una compañera de trabajo con un hijo rubio de ojos verdes. ¿Estás tonta?

—Lo sé, lo sé, pero es que...

—Ese individuo no puede sospechar nada, porque dudo que esté tan pirado como para pensar que tiene un hijo en Madrid con una tía a la que jamás se ha tirado.

—A menos que haya sido donante...

—Esa es una probabilidad entre un millón, no vuelvas a rayarte con el tema o acabarás tarumba y Sammy te necesita cuerda.

—Tienes razón. Vale, me voy a trabajar.

—Eso y olvídate del asunto de una vez, ¿por qué no te vienes unos días a verme y nos relajamos? No veo a mi niño desde Navidades.

—No tengo presupuesto, he puesto el aire acondicionado, ¿recuerdas?

—Yo os invito.

—De eso nada, vente tú y es más barato.

—Vale, pero antes de colgar dime que entiendes que tus miedos están completamente injustificados. Aunque Sammy sea una fotocopia del susodicho, él no tiene por qué imaginar que es hijo suyo. Es completamente absurdo que creas que, al mirarlo, empiece a imaginarse cosas, quiera reconocerlo y pedir su custodia.

—No es eso.

—Es justamente eso. Eso es lo que te asusta tanto, que quiera ser su padre, pues no lo hará, porque no está tan loco, la única paranoica aquí eres tú.

—Vale —entró al despacho y saludó a la gente con la mano—, tienes toda la razón, pero el miedo me ciega y empiezo a desvariar.

—Pues para el carro, Irene, te lo digo en serio.

—Adiós, te dejo —le colgó y se acercó a la oficina de Pepe, dio unos golpecitos en la puerta y entró—. Hola, jefe, ¿querías verme?

—¿Vicen va a hacer todos los festivales?

—Sí, ¿algún problema?

—Varias personas me han pedido que los reparta.

—No, Vicen va y trabaja, manda todo puntual y se ajusta a las dietas. No quiero a otro que ande perdiendo el tiempo por ahí.

—Se te ve el plumero y no quiero preferencias.

—Pues las tengo.

—Ay, Dios. ¿Os vais a venir Samuel y tú el domingo a comer al Escorial?

—Sí, está como loco por ver a tus nuevos conejitos.

—Estupendo, se lo confirmo a Marta.

—Gracias —salió camino de su mesa y respondió al móvil sin mirar—. Hola.

—*Hello, my angel* —oyó y sonrió de oreja a oreja inmediatamente—, menos mal que eres de costumbres fijas y nunca cambias de teléfono.

—¡Vaya sorpresa, Chris!, ¿dónde estás?

—En el hall de tu trabajo, llegué anoche de Tanzania y me voy mañana, he quedado a cenar con tu hermano, pero me dijo que seguro no querías ir, así que me he pasado a verte.

—Claro que quisiera ir, pero no puedo, mi hijo se duerme a las ocho y media.

—Madre mía, tu hijo.

—Mira, en la calle de al lado hay una cafetería muy chula, se llama «El Paso», coge una mesa y espérame allí con un café, arreglo unas cosas aquí y bajo.

—Vale, pero no tardes, tengo una reunión.

Chris Brown, pensó animándose de inmediato. Ese australiano estupendo y guapísimo era amigo de su hermano desde hacía siglos, ambos eran veterinarios y habían coincidido haciendo el Erasmus en Inglaterra. Desde entonces siempre habían estado muy unidos y siempre habían congeniado muy bien, le encantaba porque era voluntario en una reserva de Tanzania, donde vivía la mayor parte del año como un local, casi en taparrabos y dedicado en cuerpo y alma a su trabajo.

Adorable y guapo. Habían tenido un rollo después de romper con Álvaro, pero no habían llegado a nada porque él era un tiro al aire convencido, que no encajaba en absoluto con sus aburridos planes de futuro. También había sido uno de los que más se había opuesto a su opción por la inseminación artificial y aquello los había distanciado bastante, así que se alegraba muchísimo de que la hubiera llamado para poder verlo y darle un beso.

—¡Hola! —corrió para abrazarlo y él la levantó del suelo—, ¿qué tal?

—Tú, preciosa como siempre, Irene. La maternidad te ha sentado muy bien, Miguel lo dice siempre.

—Mi hermano es que me mira con buenos ojos.

—No es cierto, estás preciosa —se sentaron cogidos de las manos y él la miró a los ojos acariciándole el pelo—. ¿Cómo estás?, ¿eres feliz con tu cachorrito?

—Sí, es un milagro, me tiene como loca.

—A Miguel y Alejandra también por lo que sé.

—Es que es para comérselo, tienes que verlo.

—Su tío dice que adora a los animales y que se le dan muy bien.

—No te lo imaginas, a veces se lo lleva al refugio de Galapagar y muere de felicidad rodeado de perros y gatos.

—Es de los míos, no mío, pero de los míos.

—No empecemos...

—Todavía me duele que no me pidieras ser tu donante.

—No se lo pedí a nadie, lo sabes.

—Si hubieses dejado fluir la vida y a la naturaleza, Irene.

—¿Qué?

—Seguro que hubiese aparecido el hombre perfecto para formar esa familia que tanto añorabas.

—Con Sammy tengo la familia que tanto añoraba —le sonrió pidiendo un café—, no voy a discutir más sobre el tema. Hace años que lo di por zanjado, tengo casi treinta y tres años, un hijo y la vida que había planificado, me da igual intentar convenceros de que esto es exactamente lo que quería.

—Vale, si no digo nada.

—Mejor, o me cabreo..., ¿y tú qué tal?

—Bien, me vuelvo a Australia —sonrió y ella abrió la boca.

—¿En serio?, ¿así, de repente?

—Sí, tengo trabajo esperándome, se ha acabado el proyecto en Tanzania y necesito retomar mi vida. Estoy un poco cansado.

—Si es lo que quieres, me alegro mucho.

—Me apetece volver a las raíces. Ahora voy camino de Londres y desde allí vuelo a Sídney dentro de dos días.

—Me alegro mucho por ti.

—Sí, podrías venirte conmigo —le sonrió con sus preciosos ojos azules, Irene suspiró y le cogió la mano—, deja fluir la vida.

—No puedo, pero me encantaría.

—Si algo he aprendido en África, preciosidad, es que por más que huyamos de nuestro destino, demos tumbos y nos desviemos del camino, la vida al final nos busca, nos encuentra y nos coloca en nuestro sitio y, cuando eso pasa, hay que dejarse llevar.

—¿Qué quieres decir con eso?

—Que seguramente tarde o temprano acabarás conmigo.

—Ya, ya...

—¿Piensas mucho en el padre de tu hijo? —soltó de repente y ella entornó los ojos—, porque yo sí, lo he hablado muchas veces con tu hermano, a veces pienso que si estabas destinada a ser la madre de ese niño tan precioso, seguro que el destino te hubiese puesto a su padre delante, antes o después.

—Eso suena muy poético, pero la vida real no es tan bonita.

—No lo sabes, no le has dado tiempo a sorprenderte.

—¿Crees que algún día dejarás de cuestionar mi decisión? Te recuerdo que Samuel existe, es mi vida entera y seguir dándole vueltas al tema cansa.

—Y todos damos gracias a Dios por él. No te enfades, simplemente comparto mis reflexiones contigo, eso hacen los amigos y por teléfono nunca podemos hablar tranquilamente. El que una de mis amigas, una exnovia tan guapa como tú, tenga un hijo gracias a un donante anónimo, es uno de los grandes enigmas de mi vida, estoy traumatizado aún, pienso mucho en eso... es algo increíble. No lo cuestiono en absoluto, me maravilla y a la vez me sigue provocando preguntas que tú nunca quieres responder.

—Ya ha pasado mucho tiempo, Sammy cumple tres años dentro de cuatro meses y soy muy feliz. No me apetece nada seguir dando vueltas al asunto, aunque a ti te provoque tantas preguntas.

—En Tanzania he tenido mucho tiempo para pensar.

—Ya veo, pero ese no es mi problema.

—Tienes razón y dime: ¿cómo está Ingrid? —cambió de tercio y ella intentó bajar la guardia, aunque estaba harta de que sus más íntimos aún se permitieran el lujo de seguir cuestionando directa o indirectamente su maternidad en solitario, trató de pasarlo por alto y suspiró.

—Bien, en Estocolmo, ya es subdirectora de su clínica y está encantada, da un par de clases en la universidad y...

—¿Sigue soltera?

—Sí, aunque ahora tiene un novio muy majo, un chico mexicano estupendo, a ver si le dura.

—¿Y tu trabajo?

—Bien, como siempre.

—¿Sabes que conozco a los suecos que compraron tu editorial?

—¿En serio?

—El hijo mayor de Björn Olofsson, el dueño de Olofsson Media, se llama Björn también y dirige la clínica de Médicos sin Fronteras de mi región.

—¿En serio?

—Sí, es un colega estupendo, ginecólogo, lleva doce años trabajando en África. Muy currante, muy legal, son seis hermanos, todos tíos, y algunos han pasado temporadas en Tanzania colaborando con su clínica y también con nuestro proyecto.

—Qué interesante.

—Pues sí y la historia de su familia es genial. Su abuelo Björn, que era dueño de una pequeña imprenta en Estocolmo, hizo una resistencia numantina contra Hitler durante la Segunda Guerra Mundial, consiguió llevar a muchos refugiados judíos a Suecia y publicó un periódico muy popular durante el conflicto. Después de la guerra ese periódico creció y en diez años llegó a crear dos o tres más, luego se metió en la radio, la tele, etc. Björn me contó que su abuelo tuvo muchos hijos y que el mayor, su padre, que no es periodista, pero sí un gestor cojonudo, convirtió el proyecto del abuelo en el monstruo editorial que es hoy.

—Vaya, qué pasada, no sabía nada.
—Ya ves y él matándose a trabajar en Tanzania. Su madre fue Miss Suecia a principios de los setenta, también va siempre que puede a colaborar un poco.
—¿Miss Suecia?
—Sí, ¿no ha venido a Madrid?
—No, solo está uno de sus hijos.
—Gente maja, en fin, *my angel*, tengo que irme —miró la hora y la animó a salir—. Lo siento mucho, pero tengo mil cosas que hacer y no puedo quedarme más, te acompaño a la oficina.
—Gracias por pasar a verme.
—Me moría por verte, Irene.
—A ver si puedo llevar a Sammy de vacaciones a Australia.
—Yo os invito cuando queráis... ¡no me lo puedo creer! —exclamó de repente en mitad de la calle y ella se detuvo al ver que se dirigía a Marcus Olofsson, que caminaba en ese momento directo hacia un coche que esperaba con la puerta abierta junto a la acera—. ¿Marcus Olofsson? Madre mía, macho, qué pequeño es el mundo.
—¡Chris! —se acercó y le dio un abrazo mirándola a ella de reojo—, ¿qué coño haces aquí, australiano?
—He venido a unas reuniones y de paso a ver amigos como Irene —la agarró y la abrazó por los hombros—. Ahora mismo le estaba contando que conocía a tu familia.
—¿En serio?, vaya casualidad.
—Ya te había dicho que tenía amigas muy guapas y brillantes en España.
—Es verdad, ¿te vas ahora?, ¿subes a la oficina? —volvió a mirarla a ella y sonrió.

—No, me largo, tengo una entrevista en la Ciudad Universitaria, si quieres cenamos esta noche, voy con el hermano de Irene...

—No puedo, me encantaría, pero me voy ahora mismo al aeropuerto, tengo una reunión en Londres, pero nos vemos mañana o...

—Mañana me voy, pero ya quedaremos en otro momento.

—Genial, tío. Qué alegría verte —se volvieron a abrazar—. ¿Podemos acercarte a alguna parte?, tengo tiempo.

—Bueno, llévame a una boca de metro y así charlamos, estuve con tu hermano hace cuatro días.

—Ok, pues... —le indicó el coche y Chris se acercó a ella y la abrazó muy fuerte.

—*My angel*, cuídate y dale un beso al gran Samuel, ¿de acuerdo?

—Claro y gracias por pasarte a saludar.

—A ti y sigue tan guapa.

—Adiós —esperó a que se subiera al coche y miró a Marcus, él le sostuvo medio segundo la mirada y luego le guiñó un ojo, susurró un hasta luego, se subió al vehículo detrás de su amigo y desapareció.

Capítulo 7

—La cabecera está perfecta para la Web, pero no me convence demasiado para los kioskos... —Irene se sentó en la silla delante del ordenador de Jorge, el maquetador de *Cinefilia*, y se quedó un rato observando con atención la propuesta de Olofsson Media para la nueva imagen de la revista. Era moderna, innovadora y chulísima, pero a ella los cambios no le solían gustar y aquello era bastante radical.

—A ver... —escuchó la voz en inglés de Olofsson cuando ya lo tenía al lado y no pudo apartarse a tiempo. Él se acercó, apoyó la mano izquierda en el respaldo de su silla y la derecha en la mesa, se inclinó para mirar mejor el ordenador y la dejó encajonada de inmediato. Pudo percibir perfectamente su delicioso aroma, esa inmensa envergadura física que Dios le había dado, y sintió un escalofrío por toda la columna vertebral. Tragó saliva y desvió los ojos hacia la camisa celeste de lino que llevaba, abierta hasta el tercer botón y que dejaba a la vista su torso perfecto, marcado, cubierto por el mismo vello doradito de los brazos y las piernas. Respiró hondo y fue consciente de que se había sonrojado a la par que un calorcito peligroso le subía por los muslos—, en la pantalla no se aprecia bien. ¿Cuándo llegan las pruebas de imprenta?

—Esta tarde —respondió Jorge.

—Vale, esperaremos a verlas en directo. ¿Os gusta el cambio?

—Sí —dijeron la mayoría y ella guardó silencio.

—¿Qué no te convence, Irene?

—¿A mí?, no sé, son colores demasiado brillantes, pero me gusta para la web.

—Cuando veas el papel, me dices algo —se apartó y ella aprovechó para deslizar la silla y volver a su sitio.

—Me han hablado maravillas de ti.

—¿Cómo dices? —antes de poder sentarse en su butaca, él apareció como por ensalmo y sin pedir permiso se sentó en el borde de su escritorio buscando sus ojos. Sentado y todo seguía siendo más alto que ella e instintivamente dio un paso atrás.

—Chris. Me estuvo hablando maravillas de ti y de tu familia.

—Es un tipo estupendo.

—Nosotros lo apreciamos muchísimo también. ¿No te parece mucha casualidad?

—¿Qué?

—Tener un amigo en común en Tanzania.

—No lo sé, hoy en día todo el mundo viaja, se cambia de país y al final nos topamos en alguna parte.

—Cuando venga otra vez a España a ver si nos vamos todos juntos a cenar.

—Yo no podré, pero es una buena idea.

—¿No podrás? —soltó una carcajada tímida y ella

lo ignoró mirando a su jefe, que se les había acercado sigiloso.

—¡Marc! —Hanna se asomó a la redacción y le habló en sueco, él se levantó, se despidió con la mano y la siguió camino de los ascensores.

—¿Qué te ha hecho este pobre hombre? —preguntó Pepe apoyando un taco de revistas en la mesa.

—¿Qué?

—No puedes ser más borde y distante con él.

—Eso no es verdad.

—Normalmente eres seria, Irene, pero lo compensas siendo amable y acogedora con todo el mundo, con todos menos con este pobre sueco, que está más solo que la una en una ciudad que no es la suya.

—No creo que esté solo, pero, en todo caso, no es cierto, yo...

—Lleva dos meses aquí y ha demostrado ser un tío cabal, eficiente, con sentido común y bastante brillante, normalmente te caería genial... además, solo intenta ser cercano y simpático con sus empleados y tú huyes de él como de la peste. ¿Qué pasa?

—Nada, ¿qué me va a pasar? —empezó a ponerse nerviosa y se sentó—. Vale, ¿qué más?

—¿Tenemos cerradas todas las vacaciones?

—Afortunadamente, sí.

—¿Cuándo te vas tú?

—A principios de septiembre, dos semanas para coincidir con la entrada al cole de Samuel y luego en Navidades otras dos.

—Vale. ¿Te vas a pasar todo el verano en Madrid? —ella asintió—, ¿no vas a mandar al enano con los abuelos?

—¿Qué abuelos?, ¿esa abuela que me dijo que si

cometía la monstruosidad egoísta de ser madre soltera gracias a un banco de esperma no contara con ellos jamás, nunca, para nada?, ¿en serio?

—Eso ya es agua pasada.

—A mí no se me olvida.

—Madre mía. Mejor te dejo y que sepas que el sueco es un tío genial, a todo el mundo nos cae bien, menos a ti.

—No me cae mal.

—Eso es lo que parece. Pobre chaval.

Observó cómo se iba de vuelta a su despacho y se apoyó en el respaldo de la silla pensando en sus padres. Habían hecho una resistencia feroz contra su idea de inseminarse con un donante anónimo, sobre todo su madre, y solo recordar aquello le ponía mal cuerpo, así que intentó desviar los pensamientos hacia otra parte y cayeron directamente sobre el «pobre sueco» como lo llamaba Pepe, aunque era el tío menos pobre, en el más amplio sentido de la palabra, que conocía.

En la editorial todo el mundo lo trataba bien, se morían por agradarlo, lo invitaban a todas partes y fuera de allí, seguro que tenía miles de amigos que le facilitaban su estancia en Madrid, en un piso de lujo, obviamente, donde no se aburriría lo más mínimo.

Era alto, guapísimo, inteligente, con poder y mucha pasta, no se podía quejar de nada, las mujeres desfallecían a sus pies, y el que ella lo evitara y pasara de su cara estaba claro que no le podía afligir o afectar. Si ni se daba cuenta de tan ocupado como andaba. Pepe estaba exagerando y no pensaba sentirse mal. Olofsson era su jefe, ni siquiera un compañero de trabajo, y no tenía por qué confraternizar con él, hacer buenas migas o reírle las gracias. Era majete, sí, y muy eficiente, pero no podía soportar mirarlo a los ojos y ver a su hijo en él.

—¿Quieres ir al parque, Chumichurri?

—¿Con los patos?

—Claro, mi vida, hoy no hemos traído la bici, así que nos podemos quedar un ratito por ahí, ¿te parece?

—Sí —asintió muy convencido y ella se agachó para abrazarlo.

—Te quiero mucho y te has portado muy bien en la oficina.

—Te quiero —respondió dejándose besuquear y salieron del ascensor.

—¿Tienes ganas de ir al cumple de la tía Alejandra?

—¡Sí!

—Mañana tenemos que ir primero a recoger su regalo y luego nos vamos a su casa, ¿vale?

—Vale... ¡Bubu! —gritó y corrió hacia el perro de Olofsson, que salía en ese momento del edificio. El perrillo se dejó abrazar y acariciar tan contento y el sueco la miró a ella con una sonrisa.

—Hola, ¿tan tarde por aquí?

—Tenía que acabar una entrevista y Sammy subió conmigo para ayudarme.

—*Hej*, Samuel —se le acercó y le acarició el pelo—. Thor estaba deseando verte.

—Es muy tranquilo —opinó Irene viendo cómo el salchicha se echaba en el suelo para que Sammy lo acariciara mejor.

—Sí, es buenísimo, toda su familia, la verdad. Están con nosotros desde hace siglos.

—¿En serio?

—Sí, más o menos desde su bisabuela, creo.
—Qué interesante.
—A mi madre le chiflan los teckel y a medida que han ido cruzándose, nos hemos ido quedando con ellos, ahora tiene seis y yo me quedé con Thor, que es pequeñajo y no le molesta viajar —sacó el móvil y se puso a buscar algo—. Aquí tengo fotos de su familia. Mira, Sammy —llamó al niño y se puso de cuclillas a su lado—, esta es la mamá de Thor.
—Hala —exclamó el niño mirándolo con sus ojazos muy abiertos—, ¿su mamá?
—Sí, se llama Bella, ¿te gusta?
—Es un Bubu.
—Un Bubu, sí —Marcus se echó a reír y siguió observándolo de cerca—. Me tienes que enseñar un día a tu Bubu, ¿eh?
—Está en casa durmiendo.
—Un día lo traes aquí y lo subes a mi oficina.
—Vale.
—Muy bien, pero ahora nos vamos, venga, hijo, despídete de Thor y de Marcus.
—Íbamos al parque.
—Yo también, con los patos —se apresuró a contestar Sammy y Olofsson se encogió de hombros.
—Vamos, os acompaño. ¿Vivís cerca?
—Justo al otro lado de El Retiro.
—Bien, mi casa está aquí al lado.
—Buen sitio.
—Me gusta, pero empiezo a pasar mucho calor.
—Así es Madrid —pensó en Pepe y en lo que opinaba de ella y decidió darle conversación al «pobre» sueco, que parecía un poco abandonado a esas horas de la tarde—. ¿No te vas de vacaciones?

—No pensaba, porque hay mucho trabajo que hacer, pero por aquí todo el mundo tiene programado irse en agosto y... en fin, en Estocolmo no me creen que me están aplazando muchas reuniones y asuntos para septiembre.

—Lo sé, es una locura.

—¿Vosotros os vais?

—En septiembre.

—Genial, no me quedaré tan solo, ¿y te gustó la nueva cabecera al verla en papel?

—Sí, quedó muy bien, tenías razón, me gustó más al verla impresa.

—Me alegro. A ver si el lunes puedes subir a gerencia para comentarte un proyecto que queremos sacar en otoño.

—¿De qué se trata?

—Una revista nueva, solo de series de culto y para fanáticos del formato televisivo. En los Estados Unidos tenemos una con mucho éxito.

—La conozco, es buenísima.

—Lo es y creo que hay que probarla en España.

—Sí, espera un segundo, es mi hermano —contestó al móvil y le dio la espalda—. ¿Qué pasa, Miguel?

—¿Dónde estáis?, llevo media hora esperándote.

—¿Estáis en mi casa?

—Estoy. Alejandra me ha echado y he venido a pedirte asilo.

—¿Qué ha pasado ahora?

—Chorradas, jamás entenderé a las mujeres.

—La madre... —se volvió para mirar a Samuel y sonrió al verlo correr por el césped. En lugar de esperar a que Thor trajera la pelota que le acababan de tirar, partía corriendo detrás de él muerto de la risa.

Levantó la mirada y comprobó que Olofsson también lo observaba sonriendo—, vale, ya hablamos.

—Sube algo de beber, no tienes ni una triste cerveza.

—Ok, vamos en seguida. Adiós.

—¡Ay que preciosidad de niño! —exclamaron dos señoras poniéndose a su lado—, y lo que disfruta con el perrito.

—Sí, le encantan los animales.

—Guapísimo y clavadito a su padre.

Comentó una de ellas con total naturalidad indicándole a Olofsson con la cabeza e Irene sintió igual que un puñetazo en el estómago, pero no se inmutó, respiró hondo y se despidió con una sonrisa, acercándose a Sammy para llevarlo a casa.

Capítulo 8

—Un inmaduro de mierda, será tu hermano, pero es un crío, lo sabes.

—Ale...

—Es verdad, debería divorciarme y dejar que se vaya a la Conchinchina.

—Bueno... —respiró hondo y se sacó las gafas de sol para mirar a su cuñada. Ella, con el pelo recogido y la cara congestionada de tanto llorar, jugaba con Sammy en el césped, en esa zona milagrosamente fresquita de El Retiro donde se habían sentado para charlar tranquilas.

Miguel, su hermano, había pasado la noche en su casa y ahí se había quedado viendo deportes en la tele mientras ella bajaba al parque para desayunar y charlar con su mujer que, encima, celebraba ese sábado su cumpleaños.

—Hoy cumplo treinta y siete años, ¿cuánto tiempo más debo esperar a este memo?

—No tienes que esperar a nadie, pero creo que deberíais hablarlo más tranquilamente, los dos sois...

—Es imposible hablar con Miguel desde que cenó

con Chris. Ahora todo es Tanzania y el trabajo voluntario, y ya sabes... ¿No podía haberse ido a África antes de conocerme y casarse conmigo? Me prometió que este verano intentaríamos quedarnos embarazados y va y le entran las dudas, así, de repente, ¿es normal? No, no es normal, no puedo esperar eternamente a que se le pase el síndrome de Peter Pan y esté preparado para ser padre, no puedo.

—No, pero...

—Me juró que quería ser padre, para eso nos casamos, o si no, ni en broma me caso con él, lo sabes, siempre se lo he dicho.

—Dice que solo quiere ir seis meses a Tanzania.

—Ya, sí, seis meses... no te lo crees ni tú. Qué casualidad que le entre la furia por irse a Tanzania cuando hemos decidido intentar un embarazo. Lo que le pasa es que se ha acojonado y ver a Chris le ha dado la excusa perfecta para salir corriendo. Si al menos fuera sincero, Irene, pero miente y se escuda en el rollo de África.

—Mami —Sammy se le acercó y buscó sus ojos con los suyos enormes y tan claritos—, ¿los patitos?

—Ahora vamos a verlos, mi vida, estamos charlando un rato con la tía, saca los Lego y hacemos una casita, ¿quieres?

—¡Sí! —con su entusiasmo habitual volcó la mochila en el césped y se puso a ordenar los Lego por colores, como hacía siempre, ella lo miró y luego se acostó sobre la esterilla observando el cielo azul.

—Voy a llamar a Ingrid para ver lo de la inseminación en su centro.

—Esa es una huida hacia delante. Tienes marido, lo quieres y no vas a inseminarte a la primera de cambio con un donante anónimo porque estés cabreada, Ale, no me fastidies.

—Igual tengo suerte y consigo un Samuel así de guapo para mí solita —lo agarró para comérselo a besos y él se dejó besuquear un ratito antes de escurrirse para volver a sus juguetes.

—Necesitáis hablar tranquilos, otra vez, hoy con más calma y llegar a un acuerdo, a lo mejor él se puede ir a Tanzania y dejarte embarazada. No tiene por qué ser excluyente, podéis...

—Es bastante triste intentar convencer a tu marido para que se quede contigo y te deje embarazada, amiga... creo que paso y, sinceramente, deberíamos plantearnos seguir cada uno su camino y en paz. Hemos llegado a un punto sin retorno y no puedo vivir así, discutiendo todos los días.

—Os queréis muchísimo, sois Alejandra y Miguel, no me digas eso.

—Creo que esto es justamente lo que me ha recetado el médico —dijo de repente mirando hacia arriba e Irene intentó ver a qué se refería, pero un perrillo muy amistoso interrumpió la maniobra acercándose para lamerle la cara y hacerla reír.

—¡Bubu! —gritó Sammy y ella subió los ojos viendo al mismísimo Marcus Olofsson aparecer en su campo visual. Desde el suelo y acostada boca arriba vio primero sus pantalones cortos y luego su torso, perfecto y desnudo, cubierto por una película de sudor. Llevaba la camiseta atada a las caderas, gafas de sol y una gorra de béisbol negra en la cabeza. Irene se incorporó y se puso de pie de un salto.

—¡*Hej*, Samuel! —exclamó en sueco y luego se dirigió a ellas en español—. Buenos días, señoritas.

—Hola, qué casualidad.

—Hemos salido a correr un poco, me voy de viaje y…

—Hola. Alejandra —se apresuró a presentarse su cuñada.

—Sí, te presento a mi cuñada Alejandra, este es Marcus —le dijo a ella, que lo miraba con la boca abierta—, mi jefe.

—¿De dónde eres?

—Estocolmo —respondió, inclinándose para darle a Sammy la pelota de Thor—. ¿Qué haces en el parque tan pronto, coleguita?, ¿ya has saludado a los patos?

—No, ¿vamos? —le preguntó Sammy muy contento y le ofreció la mano. Irene sintió un vuelco en el estómago e intervino antes de que Olofsson pudiera contestar.

—No, mi amor, seguro que Marcus tiene prisa, otro día.

—Hoy no puedo —se puso en cuclillas y le tocó la nariz con un dedo—, tengo que llevar a Thor a su hotel porque me voy de viaje y…

—¿Lo llevas a una residencia canina?

—Sí, solo voy a Mallorca por veinticuatro horas y no quiero subirlo a un avión por tan poco tiempo.

—¿En serio? —insistió mirando al pobre Thor, que se dejaba achuchar por su hijo sin ningún reparo y luego le clavó los ojos oscuros—. Déjamelo a mí, nosotros te lo cuidamos.

—¡¿Qué?!, no, por Dios, muchas gracias, pero no voy a pasarte el problema a ti.

—No es ningún problema, al contrario, es una gozada y un regalo para Sammy. Pasar el finde con tu perro es lo mejor que le podía pasar.

—No sé, yo... —se quitó la gorra y se rascó la cabeza con ese brazo espectacular que tenía, y ella miró a Alejandra, que se había agachado para acariciar al salchicha.

—Mi hermano es veterinario, lo cuidaremos bien.

—No lo pongo en duda, no es por eso... solo voy a una boda y no quiero incordiar.

—Es igual que tu Bubu, ¿eh Sammy? —dijo Ale y ella volvió a mirar a Marcus a los ojos.

—No es ningún incordio, por favor, déjamelo a mí, si te lo llevas a una residencia, por buena que sea, ya no dormiré tranquila.

—Voy a la boda de un amigo, normalmente Hanna se quedaría con él, pero ha tenido que viajar a Suecia.

—Vale, hecho, nosotros nos quedamos a Thor este finde, ¿Cuándo vienes?

—Mañana sobre las siete.

—Genial. ¿Qué suele comer?, ¿toma alguna medicina? Me lo puedo llevar desde aquí y así vas más tranquilo.

—Esto ya es un abuso.

—Ningún abuso, al contrario, si no pudiera no te lo ofrecería.

—Bueno, mil gracias. Come un pienso especial para teckel y toma vitaminas, te lo acercó en un rato.

—No te preocupes, te acompañamos a tu casa y me lo bajas. Vamos, chicos —cogió a Samuel de la mano mientras su cuñada recogía sus cosas y echó a andar sin pensarse ni dos veces lo que acababa de hacer—, ¿has visto qué suerte, mi vida?, Thor se queda hoy y mañana con nosotros.

Llegaron a su portal charlando animadamente y no quiso subir a su casa, así que lo esperaron en la calle con Thor hasta que regresó con una camiseta limpia, la bolsita con el pienso y las vitaminas. Se deshizo en agradecimientos y le contó un poco las rutinas de su perro, aunque les aseguró que era muy bueno y no molestaba nada. Luego le pasó la tarjeta de la residencia canina, por si se agobiaban y quería llevarlo allí, y se despidió de ellos con una gran sonrisa y cada vez más compungido ante el favor que le estaban haciendo.

Para no querer confraternizar con el sueco, se estaba pasando cuatro pueblos, se dijo regresando al parque.

—¿Está casado, divorciado, viudo o es gay? —preguntó de pronto Alejandra y ella se encogió de hombros.

—Ni idea.

—No me puedo creer que no se hable de eso en tu oficina. Si trabajara conmigo ya le habríamos hecho el currículum completo.

—Creo haber oído que era divorciado o algo así, pero no estoy segura, no cotilleo en la vida de mis jefes.

—¿Ni por deformación profesional?

—Muy graciosa.

—Es guapísimo y muy majo, te pega un montón.

—¿A mí? —bufó moviendo la cabeza—, tú estás chiflada.

—Está como un tren y su lenguaje verbal me dice que le gustas.

—¿Qué lenguaje verbal?

—Te mira con una atención que...

—Menuda tontería.

—Además te viene de perlas.

—¿Por qué?

—Porque combina a la perfección con Sammy, se parecen un montón.

—Claro... ¿vas a subir a casa para hablar con tu marido o qué?

—Voy a coger el coche y me voy a Alicante para pasar el finde con mis padres, no tengo guardia hasta el martes y no pienso quedarme aquí pasando calor y odiando al capullo de tu hermano sola en casa.

—Bueno, como quieras.

—*Chao*, mi amor —se inclinó para abrazar a Sammy y luego acarició la cabecita de Thor—, hala, a disfrutar de tu Bubu.

—Adiós —le dijo el pequeñajo y Alejandra se enderezó y la miró a los ojos.

—Dile a Miguel que ni se le ocurra volver hasta que sepa comportarse como un marido normal.

—Vale.

—Vale y que sepas que si fuera tú me tiraría al sueco hasta dejarlo seco.

—Madre mía —movió la cabeza echándose a reír y le dio dos besos—, conduce con cuidado y feliz cumple.

Capítulo 9

—Te debo una comida... —oyó su voz grave y apartó los ojos del ordenador para mirarlo a la cara. Olofsson sonrió y le guiñó un ojo.

—¿A mí?, ¿por qué?

—Por haber cuidado tan bien de mi Bubu, déjame invitaros a comer.

—¿Tu Bubu? —se echó a reír y se puso de pie a la par que él se sentaba en el borde de su escritorio.

—Creo que Bubu le pega más. ¿Mucho trabajo? —miró de reojo la pantalla y luego a ella con atención.

Irene asintió observando la pinta estupenda que tenía con una camisa de vestir blanca y se cruzó de brazos.

—Como siempre.

—¿Qué tal los becarios?

—Muy bien, pero no los puedo mandar a hacer entrevistas y somos pocos redactores.

—Ok, suele pasar en verano, ¿no?

—Pues sí.

—¿Y me vas a dejar invitaros a algo?

—No hace falta, fue un placer cuidar de Thor, Sammy se lo pasó increíblemente bien con él. Durmieron juntos con el Bubu de peluche —miró a su alrededor, comprobando que alguno de sus compañeros los observaban con curiosidad, y se puso inmediatamente en guardia—, pero gracias.

—Nada de gracias, me gustaría...

—No hace falta.

—¿Conocéis Faunia?

—Sí, ¿por?

—Me han mandado unas invitaciones, si te parece bien, podríamos ir con Samuel. Es una visita guiada y nos dejarían tocar a algunos cachorritos de tigre y cosas así.

—Yo... —se arregló el pelo detrás de la oreja y frunció el ceño... «podríamos ir» no le acababa de convencer y abrió la boca para negarse.

—Me encantaría conocer ese parque y prefiero ir con niños.

—Ya, pero...

—¿El próximo sábado?

—En serio, no hace falta que nos invites a ningún sitio y con este calor, en fin...

—No es un viaje a las Bahamas, es una visita a un zoo.

—Lo sé, pero... —Irene volvió a mirar a su alrededor y comprendió que la charla se estaba extendiendo demasiado, pensó en Sammy, que estaría encantado con el plan, y asintió para zanjar el asunto de una vez.

—Bien, el sábado.

—Os recojo a primera hora y podemos comer allí. Alquilaré un coche.

—Tengo coche, nosotros te recogemos.

—*Mycket väl!*[1] —exclamó y se levantó para irse—, me voy a Estocolmo dos días, pero os veo el fin de semana.

—Vale y gracias.

—Adiós —se alejó, pero en seguida volvió sobre sus pasos buscando sus ojos—, si quieres invitar a su padre o…

—No hay ningún padre —respondió automáticamente, como siempre hacía ante ese tipo de preguntas, y se sentó en la silla volviendo al trabajo.

—Muy bien, pues hasta el sábado.

—Hasta el sábado.

Se dio el lujo de observar cómo se alejaba majestuosamente hacia los ascensores, con esos andares tan seguros que tenía, y pensó que además de estar como un tren, Olofsson era un tipo muy educado y amable. Vale que le había cuidado al perro en un impulso completamente irracional, pero no era para tanto, mucho menos para invitarlos a un parque zoológico, y se preguntó en qué jardín innecesario se estaba metiendo cuando en realidad se trataba de mantener las distancias, no de acercarlas sin ninguna necesidad. De pronto se sintió muy inquieta y agarró el móvil para llamar a Ingrid, pero en ese mismo instante le entró una llamada al teléfono fijo.

—Hola.

—Irene, soy tu madre.

—Hola, mamá, ¿cómo estáis?

—Miguel me ha dicho que aún no te cogías las vacaciones. Si quieres venir a Cádiz avísame ya,

---

[1] *Mycket väl!* En sueco «¡Muy bien!»

Gonzalo y Sonia están aquí con los niños hasta el veintiocho de agosto, Miguel y Alejandra no vienen, pero tu hermana me tiene de los nervios, la boda la tiene desquiciada y ahora va y me trae a dos amigas y a unas primas de Fran. Esto parece un hotel y teniendo sus suegros casa aquí al lado, es de locos, ¿Irene?

—Sí, vale, no te preocupes —contestó sin dejar de teclear en el ordenador—. No iremos. Este año tampoco.

—Cuando puedas llama a Clara, dice que pasas olímpicamente de su boda.

—No es cierto, ella sabe que no tengo tiempo.

—Solo faltan ocho meses.

—Lo sé.

—Todos estamos ocupados, pero todos la estamos ayudando.

—Seguro que no tan ocupados como yo —respiró hondo y se apoyó en el respaldo de la silla cerrando los ojos—, pero es igual. Tengo que dejarte, debo entregar una entrevista ahora mismo.

—De acuerdo.

—¿Y mamá?

—¿Qué?

—Samuel está muy bien, gracias por preguntar. Hasta luego.

Colgó y por un momento sintió en el pecho esa punzada de dolor tan familiar que solía partirla por la mitad cuando hablaba con su madre. Esa mujer católica, caritativa y socialmente tan apreciada que, sin embargo, era capaz de ignorar sistemática y abiertamente a su nieto más pequeño simplemente porque se trataba de un hijo fuera del matrimonio, producto de una «monstruosidad egoísta» perpetuada por su hija soltera, que había acudido a un banco de esperma para fecundarse.

Jamás la perdonaría y la castigaba de la forma más cruel posible: ignorando a Samuel, que no tenía culpa de nada. Por ese motivo jamás veía a sus padres y llevaba casi cuatro años, desde el embarazo, sin ir a su casa por vacaciones, en Navidades o por un cumpleaños. Siendo sinceros, prefería no verla e incluso después del parto, cuando Alejandra, Miguel, su hermana Clara, Ingrid o su padre, se turnaban para no dejarla sola, ella pidió encarecidamente que mantuvieran a su madre lejos. No soportaba más sus reproches, sus llantos y ese desprecio tan injusto que profesaba a su bebé, que era el niño más precioso y maravilloso del mundo.

Su padre, sus hermanos y sus cuñadas habían acabado apoyado su decisión y por eso su madre también los torturaba y los mortificaba con sus prejuicios, así que había aprendido a organizar su vida en soledad, sin contar con ellos para no provocar conflictos familiares innecesarios. Salvo Miguel y Alejandra, y alguna vez su hermana, los demás poco contacto mantenían con su hijo y era mejor así. Ella tenía muy claras sus prioridades y desde luego estaban muy por encima de la egoísta insufrible de su madre.

—Hola, papá —contestó al móvil y movió la cabeza.

—Dice tu madre que le colgaste.

—No sé para qué llama, no quiere vernos en la playa y yo no pienso ir, ¿qué pasa?, ¿duerme mejor si al menos llama para darme su calendario de visitas?

—Hija...

—No deberías llamarme para defenderla porque sabes fehacientemente que la equivocada aquí es ella. Que se concentre en sus hijos perfectos y me deje a mí en paz.

—¿Cómo está Sammy?

—Muy bien, gracias.

—¿Lo vas a tener todo el verano en Madrid?, ¿cómo te organizas?

—La guardería de la empresa abre julio y agosto, y tenemos jornada intensiva, a las tres y media ya estamos en casa. La última semana de agosto ya me cojo unos días.

—Lo puedo ir a buscar y...

—No, pero muchas gracias.

—Están sus primos y le encantará la playa, los perros.

—Mil gracias, pero no —se le humedecieron los ojos y tomó un sorbo de agua—, nos arreglamos perfectamente hasta finales de agosto.

—De todos mis hijos eres la que más apoyo necesita y no me dejas...

—Eso cuéntaselo a tu mujer.

—¿Dónde os vais de vacaciones? —preguntó respirando hondo.

—A la casa de los padres de Alejandra en Alicante, me la han alquilado una semanita y luego volvemos para preparar la entrada al cole.

—No me hace ninguna gracia que mi nieto esté pasando calor en Madrid teniendo nosotros esta casa tan grande.

—No pasa nada, no te preocupes, Sammy y yo estamos bien donde sea, mientras estemos juntos.

—Vale, como quieras.

—Muchas gracias y perdona, pero tengo que dejarte, tengo un montón de trabajo.

Se enjugó una lagrimita rebelde y miró la hora, ya era la una y en seguida se tenía que marchar, esa tarde se iban directo a la piscina y luego a casa para el baño y la cena. Se le estaba pasando la semana volando y el sábado ya lo tenían completo con la visita a Faunia. Un plan perfecto para disfrutar con Sammy e ir apurando las últimas semanas del verano.

—¿Qué te pasa? —Olga dejó el bolso en la mesa y le miró los ojos llorosos.

—Mi madre, ya sabes.

—Qué fuerte.

—Lo sé, ¿ya te vas?

—¿Es cierto que vas tú a la reunión general del veintinueve de agosto en Londres?

—Sí, la mujer de Pepe no acaba de remontar y voy a ir en su lugar.

—Pobrecilla.

—Pues sí.

—¿Y cómo te las arreglas con Sammy?

—Ese fin de semana llega Ingrid de Estocolmo para irse a la playa con nosotros, así que se lo queda ella y luego yo voy a Alicante directamente desde Londres. Ha sido una suerte poder ajustar los días.

—¿Se van con Miguel y Ale?

—Sí, los llevan ellos el domingo, los dejan allí y se vuelven.

—A ver cómo lo pasas tú sin tu Chumichurri.

—Me vendrá bien un respiro y el domingo aprovecho de pasar unas horas en Londres, tengo cosas que ver y quedaré a cenar con Mary Stewart. ¿Tú qué haces con Leti?

—Los abuelos se están matando para ver quién se la queda, pero ya le he dicho al padre que le toca a él solo, joder, que parece un inútil llevando siempre a la niña a casa de su madre cuando tengo que viajar.

—No seas mala.

—Es que es increíble. Bueno, guapa, que me voy ya, te veo en Londres el veintinueve.

—Disfruta mucho, descansa y ponte morena —se levantó y le dio dos besos.

—Tú no te mates a trabajar y besos a Sammy.

Capítulo 10

—¿Y Bubu? —preguntó Sammy en cuanto Marcus se subió al coche.

—Se ha quedado durmiendo en casa, hace mucho calor y se puede cansar en el parque —le contestó él en inglés, asomándose al asiento trasero para mirarlo a los ojos—. Hola, Irene.

—Hola.

Respondió un poco confusa viendo cómo Hanna, la agradable y simpática ayudante, se subía también al coche con una pamela de playa muy llamativa. A ella no le habían advertido de la compañía y de pronto se sintió un poco desconcertada, porque en el fondo le había hecho ilusión que Marcus los invitara a ellos, y solo a ellos, al zoo, pero no, aquella era una salida colectiva y mejor, claro, porque en su estado normal jamás hubiese accedido a salir con el sueco y con Sammy a solas porque sí. Si había accedido, había sido en medio de un impulso disparatado, de los que solía tener últimamente, y la presencia de Hanna venía a poner las cosas en su sitio.

—Lo siento —les dijo con una sonrisa—, el coche es un poco pequeño.

—Es perfecto, gracias —Marcus se acomodó deslizando el asiento y ella aprovechó de seguir la maniobra un poco obnubilada por esa pinta estupenda que tenía: bermudas azules, camisa de lino verde clarito, chanclas y unas gafas de sol muy sexys. Un guaperas rubio y enorme que en cuanto entró en el coche lo perfumó con su agradable aroma, tan varonil. Inconscientemente calculó que jamás había salido con un tío así de guapo, a ninguna parte, pero desechó la idea rápido y decidió no perder el tiempo en chorradas y concentrarse en la carretera, que era lo importante.

—Es muy cómodo —opinó Hanna mirando a Samuel a los ojos—. ¿Tienes ganas de ver a los animales, Sammy?

—Sí, hay leones —respondió él muy serio.

—Qué bonito, me muero de ganas también.

—Y yo —susurró Irene guiñándole el ojo por el espejo retrovisor, poniendo rumbo a Faunia mientras sus pasajeros se enfrascaban en una animada charla, medio en español, medio en inglés, con su hijo—. ¿Cómo es que hablas tan bien castellano, Hanna?

—Mi exmarido es chileno.

—Ah, qué interesante.

—Sí y en casa lo hablábamos siempre, de hecho mi hijo vive allí ahora.

—Ah.

—¿Y tú quieres aprender sueco, coleguita? —preguntó Marcus girándose hacia Sammy.

—¡Vale! —respondió muy rápido y ella movió la cabeza sabiendo que no tenía ni idea de lo que era aquello del sueco.

—¿Cómo se dice coche en inglés?
—*Car*.
—Eso es y en sueco, que es el idioma que yo hablo, se dice *bil*.
—*Bil*.
—¿Y casa?
—*House*.
—En inglés *house*, en sueco *hus*.
—*Hus* —repitió con un acento bastante bueno y Olofsson se echó a reír.
—Aprendes muy rápido ¿eh?
—¡Sí!

Se pasaron la media hora del viaje muy animados y aprendiendo idiomas, porque Sammy acabó enseñándoles español, y cuando llegaron al parque dos responsables de relaciones públicas y prensa los estaban esperando para darles la bienvenida y explicarles el día que les habían preparado. Se hizo obvio que era una visita casi profesional, aunque eran invitados vips, y ahí no escatimaron en atenciones para hacerles la jornada lo más confortable posible. Podrían ver todo el parque y sus atracciones con un guía y también podrían interactuar con algunos animales, que era lo más interesante para Marcus y, por supuesto, para Samuel, que en cuanto pisó las instalaciones abrió mucho los ojos y ya no dejó de sorprenderse por todo.

—Es un niño adorable —le comentó Hanna cuando a las dos de la tarde pararon para comer en el restaurante más grande del parque—. Me sorprende tanto la energía y el entusiasmo inagotable que tiene.

—Los niños son así.

—No todos —intervino Marcus—, tengo sobrinos más mayores y en seguida se aburren.

—Ya, a mis sobrinos les pasa igual, supongo que es cosa de la edad. Sammy aún es muy pequeño y se entretiene con cualquier cosa.

—Es muy simpático... —la ayudante observó con atención cómo le terminaba de dar el puré de verduras que le había llevado de casa y sonrió—, ¿siempre le preparas tú la comida?

—Sí. Es la única forma de controlar lo que come —le sonrió al pequeñajo, que no soltaba el pingüino de peluche enorme que Marcus le había comprado en una tienda de recuerdos y luego lo miró a él, que se había apoyado en el respaldo de la silla tras dar buena cuenta, de dos mordiscos, de una hamburguesa enorme—. ¿Estaba buena?

—Soportable —respondió moviendo la cabeza.

—Pues a mí me ha gustado mucho la mía —opinó Hanna—, y un día es un día, ¿verdad Sammy?

—¡Sí! Mami... —el pequeñajo saltó de su silla y se le subió a la falda con el pingüino agarrado del cuello—, me he comido todo y quiero un helado.

—Claro, mi vida. Vamos a pedirlo, ¿de qué lo quieres?

—Lo siento —de pronto Olofsson se inclinó hacia ellos, le rozó el brazo desnudo con el pelo largo, extendió la mano y solo con dos dedos le agarró el borde el vestido. Era un vestido hippie corto y al coger al niño en brazos se le había subido hasta la cadera—, es una visión preciosa, pero...

—Ay, Dios —sentir el roce de sus dedos contra el muslo casi le provoca un pasmo, mucho más que verse medio desnuda en un restaurante y rodeada de gente, así que saltó, se incorporó y se lo bajó de un tirón. Él se echó a reír y le quitó a Samuel para sentarlo en sus rodillas.

—¿Qué helado quieres, coleguita?
—Fresa.
—Muy bien, yo quiero un café, ¿qué queréis vosotras?
—Eh... —se quedó de pie, observando a su hijo sentado en su regazo tan tranquilo y se le fueron los colores de la cara, eran tan parecidos. Miró a Hanna y comprobó que la observaba con curiosidad—, voy un momento al servicio, Sammy, ¿quieres hacer un pis?
—No.
—Ven conmigo, que seguro luego...
—No quiero.
—Nos quedamos con él, no te preocupes, ¿te pido un postre?
—No, gracias. Vuelvo en seguida.

Se alejó sin perderlos de vista y se metió al servicio de señoras con el pulso a mil. Era la situación más extraña e insólita que nadie podría imaginar jamás y empezó a sentir el pánico subiéndole por todo el cuerpo. Hacía unas semanas no podía ni dormir contemplando la idea de que ese individuo tuviera algo que ver con ellos y ahora eran medio amigos y se iba de excursión con él a Faunia... ¿estaba loca?, ¿y él?, ¿no se daba cuenta del parecido?, pero, y si se daba cuenta, ¿cómo iba a imaginar algo raro si ellos apenas se conocían?

«Irene, recobra el sentido común, ni en sueños Marcus Olofsson va a sospechar nada», ¿cómo hacerlo?, si como decía Ingrid, nunca se había acostado con ella y, por lo que sabían, no era el donante anónimo..., ¿o sí?

—¿Estás bien? —Hanna entró de repente y se la quedó mirando—. Estás muy pálida.

—Sí, sí, es el calor.

—Es horrible.

—Lo es.

—Ve con ellos si quieres, yo no tardo nada.

—Vale, te espero fuera.

Se lavó la cara, respiró hondo y salió fuera muy alterada, pisó la terraza y no los vio, se le paralizó el corazón en el pecho y a punto estuvo de ponerse a chillar como una loca, pero afortunadamente una camarera muy amable pasó por su lado y le sujetó el brazo con una sonrisa.

—Su marido y su hijo están ahí detrás.

—Vale, muchas gracias —contestó y caminó deprisa hacia donde le indicaban sin desmentir nada, llegó de dos zancadas y se encontró a Sammy en brazos de Marcus, mirando los pavos reales con un helado en la mano y carraspeó—. ¿Qué ha pasado?

—Un susto... —dijo el pequeñajo bien agarrado al cuello de Olofsson.

—¿Qué susto?

—El pavo real, abrió las alas y me asustó, pero aquí arriba no me pasa nada.

—Claro —miró a Olofsson y él le guiñó un ojo—, estás muy alto, pero vamos, ya hace demasiado calor.

—Ahora, antes nos gustaría volver a ver a los pingüinos, ¿te parece bien? —preguntó el sueco pasándole el pingüino de peluche y ella asintió sin protestar, respiró hondo y los siguió de vuelta a la zona de las aves.

Otra media hora paseando y finalmente se fueron al coche donde pusieron el aire acondicionado a tope para no achicharrarse. Era increíble que ese tío, que seguramente tenía mil planes mejores que hacer un fin de semana, hubiese decidido pasar con ellos un sábado casi entero allí, así que intentó respirar tranquila y observarlo con algo más de tranquilidad mientras sus miedos, sus prejuicios, sus neuras, luchaban por abrirse paso por su cabeza.

—Se ha dormido.

—Está agotado, y muchas gracias por la visita, ha sido estupenda.

—Gracias a vosotros por acompañarnos, no hubiese sido lo mismo sin un niño.

—Se lo ha pasado genial.

—Le he dicho que me suba la próxima semana a su Bubu al despacho, me voy mañana a Suecia y después a Londres, pero el jueves y el viernes pasaré por Madrid.

—Vale.

—Va en serio.

—Muy bien, lo llevaré.

—Genial —sonrió y se la quedó mirando con atención.

—Voy a ir a la reunión de Londres en lugar de mi jefe —le comentó para desviar el tema y él asintió—, su mujer está enferma, así que voy yo por *Cinefilia*.

—¿Pero está muy mal?

—Gracias a Dios se está recuperando, pero aún no está del todo bien.

—Bueno, pues nos veremos allí, a ver si sale todo bien.

—Seguro que sí.

—¿La gente qué dice?, ¿están contentos con nuestra llegada a España?

—Mientras no despidáis a nadie, todo les parece perfecto.

—¿Ah sí?, ¿no hay quejas?

—La verdad es que no.

—¿En serio?, me vendría bien conocer una perspectiva interna.

—En serio, en general no se oyen quejas, lo único que quiere todo el mundo es mantener su trabajo y tener estabilidad, y es lo que vosotros habéis traído estos últimos meses, después de casi un año de rumores y especulaciones sobre nuestro futuro, así que podéis estar contentos.

—Me alivia oír eso, como aún no hablo bien castellano no puedo hacerme un mapa real de lo que se dice o se cuenta a mi alrededor.

—Puedes estar tranquilo, la gente está concentrada en el trabajo y muy a gusto.

—Muy bien, gracias.

—¿Y en Londres habrá mucha gente?

—Representantes de las tres sedes: Estocolmo, Nueva York y Madrid, una media de doscientos delegados, pero nos dividimos en dos hoteles, para las mesas de trabajo y algunas ponencias, así que no será muy agobiante.

—Pero es un montón de trabajo.

—Ya, pero a la empresa le gusta crear piña y compañerismo y esta es la única forma de lograrlo.

—Estamos acostumbrados —apuntó Hanna.

—¿Y te llevas a Thor a Londres?

—No, pasaré por Suecia y se lo dejaré a mi madre... en serio —la miró soltando una carcajada al ver su cara de duda—, no pienso dejarlo en una residencia, te lo juro por Dios.

—Más te vale —le sonrió y volvió a quedarse unos segundos enganchada en esos ojazos tan bonitos que tenía, pero vio aparecer la Puerta de Alcalá justo delante y carraspeó regresando a la realidad—. En fin, ya llegamos.

—¿Os quedáis a cenar? —preguntó la asistente con una sonrisa y ella negó con la cabeza.

—Ay, no, muchas gracias, en cuanto lleguemos a casa se despertará y estará agotado, así que lo meteré en la bañera un buen rato, luego una cena fría y a la cama temprano, pero gracias.

—De nada, ya nos veremos —Marcus se acercó, le dio dos besos por primera vez desde que se conocían, y ella a punto estuvo de cerrar los ojos y soltar un suspiro—, si no nos vemos antes, ya nos veremos en Londres.

—Claro.

—Aún falta mucho, procuraremos vernos antes —intervino Hanna despidiéndose con la mano—. Hasta el lunes, Irene.

—Hasta el lunes y muchas gracias por todo.

—Gracias a ti —el sueco le guiñó un ojo y le sonrió observando cómo se alejaban en el coche. Ahí de pie, con su pinta extraordinaria, tan guapo, tan sexy y tan varonil. Respiró hondo pensando que algunas, como la insufrible Dafne Hernández, tenían muchísima suerte de habérselo podido llevar al huerto, pero no le dio demasiadas vueltas al tema, enfiló hacia su casa y se olvidó en seguida de Marcus Olofsson.

Capítulo 11

—Alucino.
—¿Por qué? —agarró el portátil y se lo puso debajo del brazo antes de salir de la redacción.
—Porque no paras de ver a tu nuevo mejor amigo.
—Bueno, es trabajo, estamos montando la nueva revista y esperamos sacar el primer número en octubre. Es increíble como...
—Acabarás con él en la cama —interrumpió Ingrid e Irene se subió al ascensor sonriendo.
—Tampoco es mala idea, está como un tren. Es guapísimo.
—Ya, pero hace nada no querías ni mirarlo a la cara, has pasado de la paranoia más absoluta por su parecido con Sammy, a la amistad más sincera.
—Tampoco es eso y tú eras la primera que me decía que me relajara y dejara de ser paranoica.
—No, si tienes razón —suspiró su amiga—, es cierto, relájate y disfruta.
—Eso intento, aunque tenemos mucho curro.
—¿Te ha tirado los tejos?
—Te lo hubiese contado, por supuesto que no.

—¿Y tú a él?

—No, pero ganas no me faltan.

—Pues a por él, que llevas mucho tiempo sola.

—Vale, se acabó —se bajó en la planta de gerencia y miró hacia el despacho de Marcus—, ¿qué pasa contigo?, ¿por qué me has llamado?

—Me voy un día antes, llego el jueves veinticinco a Madrid, así que te puedes ir perfectamente el viernes o el sábado a Londres y aprovechar un poco más el viaje.

—Genial, pero ya tengo el billete para el domingo por la mañana. Así estamos juntas hasta el sábado, qué guay.

—Sí, me muero por ver a mi niño.

—Y él por verte a ti.

—Perfecto, entonces. Te dejo, ya hablamos.

—Un beso.

Tocó la puerta de cristal de Marcus y entró sonriéndole a él y a Hanna, que estaban esperándola para seguir trabajando en *Series*, la nueva revista dedicada a las series de culto que codirigirían varios compañeros de *Cinefilia*, al menos hasta que echara a andar y pudieran dejarla en las exclusivas manos de su ojito derecho, Vicen, que era el más preparado y adecuado para el cargo.

La decisión la había tomado ella, por sugerencia del propio Marcus, que se había involucrado mucho en el proyecto, y ya tenían montado el primer número, así que la cosa iría como la seda y estaba convencida de que el segundo número ya sería asunto de Vicen y su pequeño equipo, lo que la liberaría para seguir concentrada en *Cinefilia*, que gracias a la ayuda y el apoyo de los nuevos dueños, estaba creciendo un montón en publicidad, lo que se traducía en cuatro páginas más y una Web muy activa, por consiguiente, en mucho trabajo extra.

—Buenos días, ¿qué tal va todo? —preguntó sentándose a la mesa.

—Todo bien, ahora traen las primeras pruebas de la imprenta —contestó Marcus, que llevaba esa camisa de lino color lila tan bonita—. ¿Y tú que tal?

—¿Yo? —lo miró a los ojos y le sostuvo la mirada mientras él se apoyaba en el respaldo de la silla con ese aire tan sexy. Por un momento su imaginación voló pensando en cómo le olería el cuello, le encantaba el aroma que desprendía alguna gente en el cuello, sobre todo algunos hombres, y se movió incómoda en la silla. Llevaban compartiendo muchas horas de trabajo las últimas semanas y de vez en cuando perdía el norte imaginándose cosas...

—¡Ya la tenemos! —exclamó Vicen, que entró en el despacho sin llamar y con las pruebas de imprenta de la nueva revista en una mano. Ella saltó en la silla, se puso de pie y se acercó para mirarlas con calma—. Son geniales.

—Estupendo —susurró Marcus observando el papel satinado, los colores brillantes y la buena factura de la revista sin tocarla, luego se inclinó hacia la mesa y la acarició con los dedos—, me gusta, ¿a vosotras?

—Mucho —respondió Hanna—. Han hecho un buen trabajo.

—¿Y a ti Irene? —la miró de reojo y ella asintió.

—Me encanta.

—Pues hecho, nos quedamos con esta prueba, aunque sea un pelín más cara.

—Un cuatro por ciento más cara —apuntó Hanna y él se puso las manos en las caderas suspirando.

—Podemos asumirlo y quiero salir a lo grande. Apruébalo y la dejamos abierta a los contenidos de última hora antes de sacar la primera tirada, ¿de acuerdo?

—Sí, claro.

—Muy bien, perfecto. Ya estamos casi listos, después de volver de Londres nos reunimos otra vez para los flecos de última hora. Ahora —miró el reloj— debería irme o perderé el vuelo.

—No se irán sin ti, pero adelante —contestó la ayudante acercándole sus cosas—, deberíamos celebrar todo esto con una buena cena.

—Eso está hecho —exclamó Vicen y miró a Marcus.

—Cuando vuelva de todo el lío de Londres me apunto, de momento podéis ir sin mí, yo invito —se volvió hacia su perro y le silbó para que lo siguiera—. Vamos, Thor, que te esperan en Estocolmo.

—Genial, ¿te apuntas, Irene? —preguntó Vicen y ella reaccionó dejando de observar los movimientos de Olofsson con tanta atención.

—No puedo, no tengo niñeros hasta la vuelta de las vacaciones, pero gracias.

—No, no te puedes negar, hemos currado mucho. Hanna, dile algo.

—De verdad que no, no puedo, pero…

—Te traes a Samuel —opinó Hanna y ella negó con la cabeza.

—No me gusta romperle sus rutinas y además…

—Venga ya, no seas aguafiestas.

—Id vosotros dos, yo me llevo a Irene de cena

en Londres —intervino Marcus guiñándole un ojo y abandonando el despacho seguido por Thor, ella lo observó frunciendo el ceño y luego miró a sus colegas moviendo la cabeza.

—Igual eso te apetece más —Vicen se rio y agarró las pruebas de imprenta para salir detrás del sueco.

—Sí, claro, muy gracioso.

—Bueno, en Londres estarás sin el pequeñajo y no te podrás negar —Hanna se acercó al minibar y lo abrió sin mirarla—, ¿quieres un refresco?, ¿agua?

—No, gracias, debo irme, tenemos mucho jaleo abajo.

—Me ha dicho Marcus que quieres adoptar un teckel para Samuel.

—Sí, para su cumpleaños. Está como loco con Thor, pero no es nuestro, aunque él no lo entienda, así que estoy buscando uno en algún refugio, sin embargo, no es tan sencillo, yo…

—Quédate con alguno de Agnetha.

—¿Agnetha?

—Agnetha Olofsson, la madre de Marcus, tiene una familia enterita de perros salchicha, todos parientes de Thor, seguro que estaría encantadísima de regalarle uno a Samuel.

—No sé, no quiero…

—¿Has estado en Suecia? —la miró a los ojos e Irene inconscientemente se puso en guardia.

—Sí, mi mejor amiga vive en Estocolmo.

—¿Y sueles ir?, porque podrías visitar a los Olofsson en Vaxholm y traerte un chachorrito.

—No sé, pero lo pensaré. Ahora debo bajar.

—Marcus le ha hablado mucho de Sammy, estoy segura de que Agnetha estaría feliz de conoceros.

—¿Ah sí?, ¿y eso por qué? —se dio la vuelta y le clavó los ojos negros con firmeza.

—¿Por qué, qué?

—¿Por qué le ha hablado mucho de Samuel?

—Por la amistad que tiene con el perro. Es realmente adorable la historia del peluche, el cariño por nuestro Thor y todo eso —se apartó y le sonrió con dulzura—, no me negarás que es una coincidencia muy curiosa.

—Supongo. En fin, te dejo, me vuelvo al trabajo.

—Vale, ya nos veremos.

Salió del despacho con una presión rara en el estómago. Las mujeres son siempre más listas, tienen visión de conjunto y no se les va una, estaba convencida, y era probable que Hanna, que parecía la mujer más discreta y prudente del mundo, sí fuese consciente del parecido de Samuel con Marcus, se estuviera haciendo preguntas, sacando sus propias conclusiones, y se temió lo peor.

En las últimas semanas, desde la visita a Faunia, pasaban mucho tiempo juntos, en la oficina o en el parque con Thor, y Hanna observaba en silencio, nunca le había preguntado por el padre de su hijo, de hecho era la primera vez que preguntaba si conocía Suecia, pero aquello le pareció extraño, sospechoso, y se apuntó mentalmente la necesidad de volver a marcar las distancias con esa gente. De repente volvió a sentirse insegura y se alegró de haber acabado de montar la nueva revista para poder regresar a su vida anterior, encerrada en *Cinefilia* y lejos de Olofsson, su madre o Hanna... aunque claro, pensándolo mejor, ¿qué clase de preguntas se podía hacer Hanna con respecto a Samuel?, ¿qué conclusiones podía sacar?, ¿qué diantres podía sospechar? Nada, absolutamente nada.

«Estás desvariando otra vez, Irene», se dijo por lo bajo. Aunque esa mujer tan maja se hubiese fijado en el enorme parecido físico que compartían Samuel y Marcus, seguro que no estaba tan loca como para pensar que podían ser parientes o, peor aún, padre e hijo. No había ninguna razón lógica para pensarlo, ninguna, y ella debía ser la primera en recordarlo y dejar de andar imaginando conjuras extrañas.

—Se me ha quedado el móvil —se abrió el ascensor y salió Marcus con prisas—. Thor, quédate con Irene, solo será un minuto.

—¿Así que te vas a Estocolmo, Bubu? Te echaremos de menos —ella se agachó y acarició al perrillo mirando de reojo al sueco, que llevaba unos pantalones chinos beige que le sentaban de maravilla. Menudo espécimen, pensó y se levantó al verlo regresar al rellano con el móvil en la mano—. Bueno, pues, adiós.

—¿No bajas con nosotros?

—No, prefiero las escaleras, buen viaje.

—Ok, te veo en Londres.

—Sí, claro.

—Perfecto, adiós —le guiñó un ojo y las puertas de metal se cerraron dejándola un momento en suspense, hasta que reaccionó, miró a su alrededor y se dirigió a las escaleras para bajar a su redacción.

Capítulo 12

Domingo veintiocho de agosto, primer día en su historial como madre, que viajaba sin Samuel fuera de España, y el resumen era preocupante. Lo había dejado en manos de las tres personas que después de ella más lo querían en el mundo: Ingrid, Miguel y Alejandra, pero no había podido evitar sentir una sensación de desprendimiento total en las entrañas al decirle adiós. Así de trágico y exagerado.

Eso de ser familia monoparental la había convertido en el universo absoluto de Sammy, pero también a él en el suyo y estaba segura que en realidad ella dependía mucho más de él, que él de ella, y la cosa era un drama que debía empezar a manejar con más cabeza o se volvería loca y acabaría convertida en una madre insoportable... bueno, su hermano opinaba que ya lo era y a lo mejor tenía razón.

Salió del ascensor y se quedó un rato admirando el hall del hotel donde había quedado con su amiga Mary Stewart para comer algo e ir al cine. Siempre que iba a Londres, ciudad que adoraba y donde había vivido cuatro veranos seguidos mientras hacía la carrera, aprovechaba para ir al teatro, al cine o al ballet. Era una oportunidad que nunca dejaba pasar de largo y menos en ese momento, tras el nacimiento de Sammy, en el que ya ni recordaba cuándo había ido al cine por última vez sin tratarse de un pase de prensa.

Cruzó el enorme hall del Park Lane Hotel viendo lo bonito que era y se alegró de haber llegado un día antes de la reunión general. Había sido una idea estupenda y empezó a animarse ante la perspectiva de cenar tranquila y sin niño, con una amiga y como una persona normal. Se acercó a uno de los ventanales que daban a la calle y comprobó que el día seguía despejado. Una pena, con el calorazo insoportable que había dejado en Madrid, solo soñaba con viento fresco y lluvia, pero al parecer no tendría esa suerte. Miró la hora y aún faltaban diez minutos para que llegara Mary, así que se cruzó la bandolera y salió a esperarla a la calle.

Desde luego, Olofsson Media estaba tirando la casa por la ventana alojando a no sé cuánta gente en un hotel tan caro, pensó observando la fachada, claro que esa gente jugaba en otra división y seguramente ni se molestaban en mirar minucias como el precio de estadía en una de las zonas más caras de Londres. Igual ni lo sabían, o les daba lo mismo, y mejor para ella, que iba a poder estar en un hotel de cinco estrellas, maravilloso, en pleno Park Lane y por la cara. Aleluya.

Caminó un poco mirando hacia Hyde Park y el agitado tráfico londinense, que siempre le parecía un regalo para la vista, por la alegre actividad y el colorido, y se quedó como hipnotizada varios minutos hasta que oyó su nombre:

—¡Irene! —era Mary, que corrió para darle un abrazo—, ¡qué guapa!

—Tú sí que estás guapa, Mary, mírate. Qué alegría verte.

—Lo mismo digo. Tengo las entradas para *Marnie* en el Curzon Mayfair, pero si quieres ir a una sala de estreno.

—¡No! Me encanta la idea de ver esa peli en pantalla grande.

—Hay otro pase en la sesión golfa de... —le enseñó el papelito con la programación y en ese preciso momento vieron cómo varios cochazos aparcaban frente al hotel y los botones salían disparados para abrir puertas y sacar equipajes. Irene levantó los ojos y se quedó con la boca abierta observando bajar de uno de los vehículos a su amigo Olofsson, vestido de punta en blanco con un traje oscuro, corbata y una camisa blanca inmaculada. Iba guapísimo y charlaba muy animado con un señor mayor al que reconoció en seguida, Björn Olofsson, el gran jefe, o sea, su padre.

—¿Qué otra peli dan esta noche? —buscó los ojos de su amiga e intentó dar la espalda a toda esa gente tan elegante que de pronto llenó la acera, pero Mary no dejaba de observarlos con cara de pregunta—. ¿Mary?

—Te están mirando.

—¿Qué?, ¿a mí?, no, venga, vamos, son gente del trabajo.

—Vale, vamos.

—Irene... —Marcus dio una zancada larga y le cortó el paso.

—Hola, Marcus, vaya, qué elegante —dijo como una idiota y él se miró a sí mismo sonriendo.

—Vengo de una reunión. Hola, soy Marcus —ofreció la mano a Mary y ella lo saludó como en trance, con los ojos abiertos como platos—. ¿Ya te has instalado?, ¿dónde vais?

—Al cine —se apresuró a contestar Mary y ella divisó por el rabillo del ojo como se acercaba su padre.

—Mañana nos vemos en la reunión. Adiós, Marcus.

—Marc, hijo, vamos.

—Sí, papá, espera un momento, te presento a Irene Guzmán, la redactora jefe de Madrid…

—Claro, la madre del pequeño amiguito de Thor —dijo ese señor tan amable mientras a ella se le iban los colores de la cara. Le sonrió mirándolo a los ojos y se encontró con los mismos ojazos verdes de Sammy, la manchita marrón en el izquierdo incluido, y estiró la mano a punto del colapso.

—Encantada, ¿cómo está?

—Marcus habla mucho de vosotros, especialmente de su amiguito español, tienes que llevarlo a Estocolmo para que conozca a toda la familia de Thor.

—Bubu —susurró Marcus y ella lo miró.

—Eso, Bubu —comentó con una carcajada el señor Olofsson e Irene bajó la cabeza sin saber qué decir—. En fin, ya nos veremos mañana en el congreso. Vamos, hijo.

—Ahora voy. ¿Qué peli vais a ver? —las observó a las dos y Mary le enseñó el folleto—. ¿Doblete de Hitchcock? Qué suerte.

—Sí, mañana nos vemos, Marcus. Buenas noches.

—Esperad… —miró la hora y luego al cielo—. Tengo un compromiso de trabajo, pero creo que llego a la segunda sesión, sacadme una entrada y me la dejáis en la taquilla, ¿de acuerdo? —se metió la mano en el interior de la chaqueta para buscar dinero y de pronto se detuvo y las miró—, si no molesto, claro, no quiero…

—No hay problema y nosotras invitamos —dijo Mary y le tocó el brazo—, te vemos en el Curzon Mayfair, quédate con el folleto.

—Sé dónde está, gracias. Nos vemos allí, Irene —se acercó y le dio un beso fugaz en la mejilla. Ella le dijo adiós sin saber muy bien qué diantres acababa de pasar y Mary le dio un empujón para hacerla andar.

—¡Ay madre!, ¿y ese bomboncito escandinavo?

—Mi jefe, venga, vamos.

—¿Tu jefe? Quiero un jefe así y que me dé besitos en la mejilla.

—Se ha vuelto muy besucón en España.

—¿Y muy amigo de Sammy?

—Tiene un perro como Bubu, su peluche favorito y… ¡pero bueno!, cuántas preguntas. Vamos a comprar un helado y luego nos vamos andando, ¿vale?

—¿No te lo tiras?

—¿Yo me voy a tirar a ese monumento? No tendré esa suerte.

—Yo lo veo muy interesado.

—Es muy majo y hemos pasado casi todo el verano solos en la oficina, currando un montón, él apenas conoce gente en Madrid y le hemos dado cuartelillo Sammy y yo, pero llegado septiembre seguro que no le volvemos a ver el pelo.

—Parece un modelo o algo así, me recuerda mucho a alguien, ya sé, a Alexander Skarsgård, el nuevo Tarzán. Lo entrevisté hace unos meses. Se parecen mucho, muy suecos los dos, pero... no... es a otra persona.

—¿Me dará tiempo al helado? —preguntó sin poder quitarse de la cabeza la imagen de Marcus con su traje oscuro y Mary le apretó la mano.

—¡Es igual que tu hijo!

—¡¿Qué?!, ¿estás loca? Venga, vamos.

—No, no, es igualito a Sammy... y esos inconfundibles ojos verdes, tan claritos.

—Es sueco y el padre biológico de Samuel es sueco, fin de la historia.

—¿No se lo has preguntado?

—¿El qué?

—¿Si alguna vez donó esperma?

—¿Estás loca?

—No sé, yo lo haría.

—Si cada vez que vea a uno de Estocolmo con ojos verdes pienso en eso, acabo tarumba.

La agarró del brazo para hacerla andar y sintió un vuelco en el estómago. Igual era lo que tenía que hacer, tal vez debía adelantarse y, mientras esperaba a que Ingrid localizara la ficha completa de su donante, debía armarse de valor y preguntarle a Marcus directamente por la donación de esperma y todo eso, igual era la única forma de cerrar ese capítulo y poder seguir de una vez por todas con su vida en paz, pero no podía hacerlo. No, porque no había tanta confianza, y no, porque no sabía si estaba preparada para oír la respuesta porque, si por esas casualidades de la vida él iba y decía que sí, que era donante de esperma, su existencia se podía poner realmente cuesta arriba.

A veces era mejor no tentar a la suerte y, en todo caso, él jamás hablaba de cosas tan personales o hacía preguntas íntimas, aún no le había preguntado por el padre de Samuel, por si estaba divorciada o era madre soltera. No manifestaba interés alguno al respecto y seguramente jamás llegarían a ese momento de confianza suficiente como hablar de esas cosas.

—Hola —lo oyó sentarse a su lado en el cine y acto seguido ponerle un paquetito de papel en el regazo—. Bueno, al menos veré la segunda entera.

—Hola —observó en la oscuridad de la sala cómo se quitaba la chaqueta y miraba la pantalla con esos ojazos transparentes tan bonitos, y abrió la bolsita sin llegar a creerse que de verdad había ido al cine. Sinceramente, llevaba mucho rato pendiente de que llegara, pero en el fondo de su corazón no esperaba verlo aparecer por allí.

—¿Has venido?
—Pues claro.
—Vale, me alegro.
—Espero que te guste el chocolate.
—Sí, muchas gracias.
—Genial, ¿Sean Connery ya ha pillado a Marnie?
—Sí.
—Muy bien... —la miró de reojo y le sonrió. Ella se quedó por unos segundos completamente maravillada ante esa imagen y finalmente bajó la cabeza cogiendo un bombón.

—Muchas gracias, Marcus, eres muy amable.

Capítulo 13

—Te veo el miércoles por la noche, dentro de dos días, ¿vale? Sí, mi Chumichurri, yo también te quiero mucho. Pórtate bien… —colgó el teléfono y se limpió los lagrimones.

Sammy estaba perfectamente en la playa, casi no preguntaba por ella, o eso le juraban desde allí, pero no podía evitar sentirse tan mal por estar lejos y metida en ese hotel hablando de trabajo, en lugar de estar con él disfrutando de las vacaciones. Aquello era muchísimo más duro de lo que esperaba y pensó en la posibilidad de buscar una excusa y volver a España esa misma noche, aunque, claro, no podía fallar a Pepe y a la revista, ella no era así, ella podía ser madre y profesional a la vez, y esa era una oportunidad perfecta para demostrarlo.

—¿Va todo bien? —Marcus Olofsson le rozó el brazo y buscó sus ojos.

—Sí, perfectamente, es que acabo de hablar con Sammy y me entra la pena. Es la primera vez que nos separamos tantos días y…, ni caso. ¿Qué tal?

—¿Seguro que está bien?

—Sí, él feliz en la playita con los tíos. Soy yo la llorona, ¿qué tal tú? Menuda mañana.

—Ya, mucho lío, pero... —miró a su alrededor y luego le clavó los ojazos verdes.

—¿Te vas a comer después de esta ponencia?

—Sí, han reservado aquí cerca.

—¿Y esta noche vas al club de Covent Garden?

—No, yo paso de clubs y de gastar dinero en copas que no suelo beberme, me voy al teatro, ¿y tú?

—¿Qué obra?

—Pues no lo sé, iré a la aventura, a ver qué encuentro.

—¿A la reventa?

—No, a los *Day seats* —como la miró frunciendo el ceño, sonrió y se lo explicó viendo por el rabillo del ojo cómo varios compañeros los observaban con curiosidad—. Los teatros suelen ofertar a última hora butacas que les quedan sueltas tras la venta en taquilla, se llaman *Day seats* y con algo de suerte conseguiré algún asiento libre, en una obra que me interese, en la primera o segunda fila y por la mitad de precio.

—Vaya, qué interesante, ¿te acompaña Mary?

—No, voy sola, ¿y tú que planes tienes?

—Comida, cena y copas de trabajo, pero puedo recogerte en el teatro y hacemos algo juntos, si quieres.

—¿Conmigo? —lo miró muerta de la risa y él entornó los ojos.

—Es la primera vez en mi vida que alguien se toma a risa mis invitaciones.

—No me lo tomo a risa... —movió la cabeza y él bufó haciéndose el ofendido.

—Anoche ya te burlaste bastante de mí, ¿sabes?

—¡No!, ¿pero qué dices? —ella se echó a reír recordando que Marcus le había tirado los tejos después del cine, en el ascensor del hotel. Irene se cruzó de brazos—. Creí que estabas de broma.

—¿De broma?

—¿Y no tienes mil planes que hacer en Londres esta noche?

—Si quedamos sobre las diez, ya tengo uno.

—Es que no sé a qué hora acabo o si conseguiré entradas siquiera y, en realidad, Marcus, es raro quedar con el jefe. En Madrid pasa porque eres colega de Sammy —bromeó y le guiñó un ojo—, pero aquí, no sé, no quiero estropear mi reputación.

—Vale, si sigues de cachondeo, déjalo. Cuando vengas en el taxi de vuelta al hotel dame un toque y lo vemos —se giró para regresar al salón de actos, pero ella habló haciendo que se detuviera.

—No cojo taxis en Londres, es la ruina, ¿tú en qué mundo vives? —Marcus la miró frunciendo el ceño y ella le sonrió—. Volveré andando y, si no es muy tarde, te mando un mensaje.

—¿Andando sola por Londres de noche?

—Es mi terreno, lo conozco incluso mejor que Madrid.

—Coge un puto taxi y cárgaselo a la empresa, por el amor de Dios.

Marcus le dio la espalda mientras miraba la hora. Iba vestido con sus vaqueros y su camisa negra hecha a medida y ella se quedó quieta, observando ese trasero espectacular que tenía. Menudo era ese tío. Guapo, sexy, con cuerpazo y con ganas de juerga... no sabía muy bien si era por amistad pura y dura o porque realmente le apetecía pasar tiempo con ella, pero empezaba a pensar que no estaba bromeando del todo y que en realidad iba en serio con sus intentos de salir solos. La noche anterior, tras el cine, habían tomado una pinta en el bar del hotel y habían estado muy a gusto, charlando de todo, sobre todo de películas antiguas, y cuando llegó la hora de subir a la habitación le propuso tomar un café en su suite, a lo que ella había respondido con una carcajada incrédula.

—Ya, sí, muy amable, pero si tomo café ahora no pego ojo en toda la noche y mañana tenemos un día duro.

—¿Qué? —subió una ceja y se echó a reír.

—¿Qué de qué?

—¿De verdad crees que estoy hablando de café?

—¿Ah, no? —cuando cayó en la cuenta se rio más—. Ay, Marcus, qué travieso te pones en Londres. Te desconozco.

—Tenemos que celebrar la nueva revista y somos adultos, que yo sepa.

—¿En serio?

—¿Qué? —movió la cabeza y trató de tocarla, pero afortunadamente llegó a su planta, se abrieron las puertas metálicas y bajó del ascensor de un salto, convencidísima de que le estaba tomando el pelo.

—No, pero gracias. Ahora no podría permanecer despierta ni diez minutos más, estoy rendida.

Se lo había tomado todo a cachondeo, ¿cómo no?, si ese tiarrón tan guapo las traía locas a todas y había hasta tiros por llevárselo al huerto, o eso le había contado Olga, que se enteraba siempre de todo. Para nada se tomó en serio el tonteo y se había metido en la cama sin pensar ni medio segundo en él. Ella era una mujer práctica, adulta y madre de familia, no divagaba, ni soñaba, ni confundía las cosas.

Respiró hondo intentando no darle más vueltas al asunto, volvió al salón de actos, se sentó al lado de Olga, cogió la tablet y miró hacia la mesa principal donde la plana mayor de Olofsson Media Suecia empezaba su disertación. Al menos les quedaba una hora por delante de cifras y gráficos y previsiones, y trató de armarse de paciencia, desvió los ojos y se los clavó a Marcus que, apoyado en el respaldo de la silla, la miraba fijamente. Le sonrió, pero él movió la cabeza como regañándola, muy serio, y finalmente la ignoró para concentrarse en otra cosa.

Capítulo 14

—Sammy... —suspiró Irene, oyendo su charla a media lengua sobre la cena, y esperó a que se callara—, mi amor, escucha: la comida es la que hicimos en casa tú y yo. Tú mismo me ayudaste a meterla en los tupper, ¿cuál es el problema?

—No me gusta, ¿cuándo vienes?

—Pasado mañana y es tu cena de siempre, hecha en casa.

—¡No quiero!

—Vale, pásame a la tía Ingrid.

—Es que no podemos meterle puré de verduras si nosotros comemos pizza, Irene, es muy cruel.

—¿Y para que coméis...? —se calló, porque encima que se lo cuidaban los obligaba a seguir al milímetro sus normas y no era justo—. Muy bien, pues que cene pizza.

—Genial, ¡una pizza para el caballero! —gritó y los oyó aplaudir—. ¿Qué tal tú?, ¿muy aburrido?

—No, bueno sí, pero es lo normal, somos mucha gente.

—¿No te vas de juerga?

—No, fui al teatro, pero no encontré *Day seats*.

—Y no te podías gastar ni un céntimo más, claro.

—Soy una madre soltera con obligaciones, no tiro el dinero.

—Eres una madre aburrida, eso es lo que eres.

—Una madre aburrida que se está dando un baño de burbujas estupendo, con un buen libro, para luego tomarme un rico bocadillo viendo la tele.

—¡Menudo plan!, la casa por la ventana, vamos.

—¡Cállate, pesada! Mañana hablamos.

—Vale, disfruta de tu superjuerga londinense.

—Ok... —colgó, salió de la bañera, se secó y se untó de crema con calma.

Se acababa de poner el pijama cuando oyó vibrar nuevamente el teléfono. Se acercó a la mesilla y al comprobar que era Marcus Olofsson optó por ignorarlo, pero en seguida le dio cargo de conciencia, volvió sobre sus pasos, lo cogió y le contestó encendiendo la tele.

—Hola, Marcus.

—¿Dónde estás?

—En el hotel, no encontré entradas, así que me vine andando, me he dado un baño y ahora me voy a meter en la cama.

—Vístete y te invito a tomar algo.

—Muchas gracias, pero no.

—No puedes decirme que no otra vez.

—No, en serio, mañana si eso comemos o algo... ahora no me apetece nada salir.

—Pues no salgas y abre la puerta —sintió los golpecitos secos en la entrada y dio un respingo—, abre, soy yo.

—¿Qué haces tú aquí? —abrió la puerta y lo vio

ahí de pie, vestido completamente de negro, con la camisa abierta hasta el cuarto botón y sonriendo de oreja a oreja.

—Me encontré con tus compañeros en recepción y me dijeron que te negabas a salir, así que les dije que iba a intentar convencerte yo, que soy colega de Sammy y eso me da algunos puntos... —entró al cuarto sin permiso y ella se asomó al pasillo para comprobar que estaba vacío.

—¿Te han visto subir aquí?

—No creo, ya iban camino de Covent Garden, ¿por qué?, ¿qué pasa?

—No quiero ser la comidilla de la oficina el resto del año.

—¿En serio? —se echó a reír y se puso las manos en las caderas—. Anda, cierra la puerta.

—No voy a vestirme, tengo un delicioso bocadillo de *roast beef*, una taza de té y el canal clásico esperándome.

—¿Te has subido la cena?

—Sí, ¿no has cenado?

—¿Yo...? Un poco... —la observó de arriba abajo y ella dio un paso atrás sintiendo un calor increíble subiéndole por la espalda. Hacía cinco meses apenas lo saludaba y ahora estaba en pijama charlando con él en su habitación. Una verdadera locura, vamos—. ¿Y ese pijama de Bubus?

—Ah, sí —se miró y se estiró el pijama infantil que llevaba puesto, era celeste y tenía un montón de perritos salchicha dibujados—, un regalo de mi cuñada. Sammy y yo lo tenemos igual, lo compró en Nueva York, es una pasada, ¿eh?

—Lo es... —se acercó y estiró el dedo índice para

tocar la tela. Irene percibió de repente que era muy alto y levantó la cabeza para mirarlo a la cara, pero él estaba concentrado en los botones del dichoso pijama que se había dejado sin cerrar. Con las prisas solo había metido uno en su ojal y fue consciente de que estaba medio desnuda, pero no intentó remediarlo, al contrario, no se movió y esperó con calma a ver qué hacía él, que de pronto bajó la mano y volvió a subirla con cuidado por dentro de la chaqueta, acariciándole la piel con el dorso de los dedos—. Llevo unos cuantos meses deseando hacer esto.

—¿Ah, sí?

—Te fiché incluso antes de conocernos.

—¿Cómo dices? —se puso tensa y cuadró los hombros.

—Te vi en el Ramsés a los pocos días de llegar a Madrid, pero apenas me miraste —sonrió al ver su reacción y ella movió la cabeza—. ¿Pasa algo?

—No, nada, no pasa nada —contestó intentando relajarse y olvidar sus prevenciones, a la par que sintió sus dos manos enormes encima, una cogiéndola por la cintura y la otra por la nuca.

Cerró los ojos y no opuso resistencia. Hacía siglos que no besaba a nadie y no pensaba perdérselo. Se agarró con fuerza a su chaqueta y devolvió el beso percibiendo su aroma y su sabor, la energía enorme con la que su lengua le acariciaba la boca y sus manos agarrándole el trasero con propiedad y sin mucha delicadeza. Una novedad muy estimulante que la empujó a pegarse a él con el mismo entusiasmo y decidida a no parar aquello a menos que ocurriera un cataclismo.

Como en las películas, se vio quitándole la camisa

a manotazos, sin parar de besarlo, y llevándolo a la cama, donde apartaron el edredón y todo lo que tenía por ahí, para maniobrar con más libertad sobre las sábanas. Le abrió los pantalones y Marcus la acostó sobre el colchón, le separó las piernas, se le puso encima y la penetró... así, sin más ceremonias.

Irene soltó un suspiro y lo abrazó con brazos y piernas pensando, involuntariamente, que llevaba al menos cinco años sin acostarse con nadie, lo que le provocó un orgasmo instantáneo y tan brutal, que le mordió el hombro y el cuello, apretándose muy fuerte a su cuerpazo enorme y tan calentito, como si lo conociera de toda la vida.

—¿No tienes preservativos? —le preguntó buscando sus ojos y él negó con la cabeza, respiró hondo y se le acurrucó en el cuello.

—Tendré cuidado —susurró sin dejar de balancearse dentro de su cuerpo—, lo prometo.

—Vale...

Giraron en la cama y ella se le puso encima dejando volar sus caderas, que de repente despertaron y se volvieron locas de felicidad, mientras Marcus Olofsson, ese monumento escandinavo de ojos verdes, le acariciaba los pechos con las manos abiertas y tan excitado, que en mitad del proceso pidió una tregua, la agarró por el cuello y la besó suavecito, intentando retrasar ese momento de locura total que llegó igualmente, sin poder hacer nada por impedirlo, cuando volvió a inmovilizarla sobre la cama y la embistió con tanta fuerza que Irene pensó que perdería definitivamente la cordura allí mismo y sin retorno.

—¿Cuánto mides? —le acarició ese torso perfecto y él soltó una carcajada.

—¿Por qué?

—Curiosidad.

—Uno noventa y cinco. Sabía que este culito sería una delicia —estiró el brazo y le agarró el trasero entero con una sola mano. Ella procesó lo del metro noventa y cinco acordándose de la ficha de su donante y se apartó—. Eres muy sexy y llevo teniéndote ganas muchos meses.

—Ya...

—¿Ya? —volvió a reírse y observó cómo agarraba el pijama del suelo y se lo ponía—. ¿Qué haces?

—¿Quieres la mitad de mi bocadillo?

—¿Por qué no llamas para que suban una cena?

—¿Tú estás loco? —se acercó al servicio de té y encendió la tetera eléctrica—, vale una fortuna. Te invito a un té y luego te vas, no quiero que te vean aquí.

—Qué amable... ¿siempre eres tan austera con tus gastos?

—Soy una madre con muchas obligaciones. ¿Azúcar, leche? —miró la hora—. En cinco minutos empiezan *Las damas del teatro* en el canal clásico. Ya sabes, Gregory La Cava, 1937. Lucille Ball, Ginger Rogers, Katherine Hepburn.

—Genial, ¿me dejarás verla contigo?

—Hasta que acabes de cenar —le sonrió, le puso la taza de té en las manos y sacó el bocadillo de su envase térmico—. Este sitio de bocatas es el mejor de todo Londres, cuando vivía aquí era visita obligada. He pasado a posta porque...

—¿Has vivido aquí?

—Vine a trabajar cuatro veranos seguidos mientras hacía la carrera. Mi intención era venirme permanentemente a vivir aquí, pero entré a hacer prácticas en la editorial y me quedé en Madrid, sin embargo, intentaré en un futuro mudarme con Sammy, si encuentro trabajo, claro. Mira —le indicó la tele— ya empieza.

Se sentó a su lado y se tomó el bocadillo y el té como si no acabara de tirárselo como una salvaje después de llevar meses huyendo de él. Era una situación bastante absurda, como poco rara, así que hizo lo posible por concentrarse en la película e ignorar sus propias neuras. Se habían acostado, fin de la historia, esas cosas pasaban entre adultos, sobre todo en viajes de trabajo, y había sido la bomba. Se había quitado la espinita del sexo y lo había pasado maravillosamente bien. No pensaba darle más vueltas, ni pensar en el donante de Sammy, ni nada de eso. Se había dado un homenaje con un tío que estaba buenísimo y en paz. Eran amigos y lo seguirían siendo, no iba a crucificarse por eso.

—Irene... —le besó la oreja y ella se despertó de un salto. Al final lo había dejado quedarse a ver el *Halcón Maltés*, habían hecho el amor otra vez y se había quedado a dormir con la promesa, muy seria, de irse a primera hora de la mañana, recordó Irene abriendo los ojos y mirando los suyos a esa distancia—, son las seis de la mañana, me voy a correr y luego a mi habitación. Te veo en el salón de actos.

—Vale —se tapó hasta la cabeza con el corazón saltándole en el pecho y él le acarició la espalda.

—Guárdame esta noche, ¿quieres?

—Bueno.

—Nada de bueno, promételo. Comer no puedo, pero te invito a cenar.

—Muy bien, gracias.

—Mírame —le destapó la cara y le apartó el pelo revuelto—. Lo juro por Dios, esta ha sido mi mejor noche en años.

—Ha estado muy bien.

—¿Bocadillo, té, cine antiguo y sexo con una chica tan guapa? No hay nada mejor. Hasta luego —la besó en los labios y desapareció. Ella lo siguió con los ojos y unas mariposas muy juguetonas le bailaron en el estómago. Era una sensación estupendísima la que le embargaba por todo el cuerpo, sonrió de oreja a oreja, cerró los ojos y se durmió.

Capítulo 15

—¡Irene!, ¡qué guapa, tía! —exclamó Mamen, su secretaria de redacción, antes de abrazarla—. ¿Qué haces aquí?, ¿no volvías el lunes diecinueve? Nos dijo Pepe que te había dado unos días más por lo del viaje inesperado a Londres.

—Sí, pero es que no me aguanto en casa o en el gimnasio, mejor reviso el número de noviembre y bajo a las doce a recoger a Sammy.

—¿Pero genial en el cole, no?

—Él sí, yo me quedo como huérfana en la puerta.

—Tienes que hacer migas con las otras mamás y te apuntas a un café o algo con ellas.

—Es el tercer día, ya veremos.

—¿Y ayer el cumple?

—Muy bien, llevamos chuches a su clase y por la tarde lo celebramos con Ingrid, Miguel y Alejandra. A ver si el año que viene ya podemos hacer una fiesta con amiguitos.

—¿Ingrid sigue aquí?

—Sí, se ha quedado por el cumpleaños y aprovecha de asistir a unas jornadas de no sé qué. ¿Qué tal tú?

—No tan bien como tú —le guiñó un ojo y le dio un golpecito en el culo subiendo al ascensor—. ¿A mí me vas a contar la verdad?

—¿Qué verdad? —la miró entornando los ojos.

—¿Qué te traes con superbuenorro escandinavo Olofsson?

—¿Yo?, nada —se puso roja hasta las orejas y le dio la espalda—. ¿Están hechas las transcripciones de las dos entrevistas que dejé en el ordenador?

—¿Nada? Todo el mundo dice que en Londres os vieron charlando con demasiadas confianzas y que pasasteis de la gente desapareciendo las tres noches a vuestro rollo.

—Yo siempre paso de todo el mundo, no tengo dinero ni ganas de andar de juerga con la gente del trabajo, ya lo sabes. ¿Y las transcripciones?

—Solo falta la de Patrick Demsey.

—Vale, gracias. ¿Alguna novedad más?

—No, solo tu misteriosa relación con el sueco.

—Ningún misterio, somos amigos, sabes que Sammy adora a su perro y en Londres es normal que hablara con él. No veo cuál es el problema.

—No es mi tipo, pero está como un queso, menudo armario de tres cuerpos.

—Ok, yo voy adelantando lo de Demsey y a las doce menos veinte me voy.

La dejó con la palabra en la boca, saludó a sus compañeros, a Pepe y se sentó frente al ordenador sacando los auriculares para adelantar faena y transcribir la entrevista de Patrick Demsey, que había dejado hecha, pero en pendientes para meterla en el número de noviembre. Era una pesadez, pero no tenía a nadie que lo hiciera más rápido que ella, así que se armó de paciencia y después de revisar el correo se aisló del mundo y se puso a trabajar.

En realidad, no había visto a Marcus Olofsson tras su última noche en Londres. El día posterior a su noche loca de pasión, apenas cruzaron un par de miradas durante la reunión y por la tarde, cuando la llamó para que fuera a su suite, la estaba esperando con una cena de lujo, servida por un camarero y hasta con champán frío en una cubeta.

Había sido muy emocionante cenar a la luz de las velas y mirándose con muchas ganas todo el tiempo, hasta que abandonaron la mesa para pasar directamente a la cama donde se devoraron con tanta locura, que acabaron exhaustos y muertos de la risa dándose el postre en la boca, como dos adolescentes.

El sexo había sido de primera. Ella no tenía mucha experiencia al respecto, a su lado seguro que era una neófita, pero eso había dado igual, se había desinhibido con él, se había dejado llevar y había disfrutado como una enana. Era apasionado, dulce, divertido y sensual, con los músculos marcados en esa piel deliciosa que tenía y que había escudriñado a conciencia, dejando que él hiciera lo mismo con la suya. Una verdadera locura, pero no todo había sido sexo, también habían tenido tiempo de charlar mirándose a los ojos, con calma y el canal clásico de fondo, sin necesidad de entrar en intimidades, sentimientos o rollos románticos, nada de eso, habían hablado un montón cine, de películas, se habían reído a carcajadas recordando a los Monty Python o la serie *Friends*. Los dos eran unos locos cinéfilos que coincidían en un montón de gustos y aquello no había tenido precio.

Desde entonces, más de dos semanas ya, no sabía

nada de él. Se despidieron en Londres, ella para empezar sus vacaciones en Alicante con Sammy, mientras él se quedaba allí para elaborar informes y seguir trabajando antes de volar a Estocolmo a cumplir con otros compromisos profesionales. En cuanto regresó a España le escribió para saludarlo, imbuida por una sensación de entusiasmo total, que la hacía sonreír con mariposas en el estómago si recordaba sus encuentros entre las sábanas, pero, aunque había sido amable y afectuoso, la descolocó de inmediato tardando una barbaridad en responder y poniendo una distancia extraña entre ambos, o eso le pareció a ella, que no tenía muchas tablas en esas lides y, encima, llevaba años fuera del mercado.

Ni veinticuatro horas tardó en regresar a la realidad y desinflarse, asumiendo (esta vez en serio) que lo suyo solo había sido un encuentro sexual, casual, entre dos colegas durante un viaje de trabajo y nada más. Él estaba a su rollo, ella volvía al suyo y aunque jamás pretendió otra cosa con Marcus Olofsson, siendo honesta, se tuvo que reconocer delante del espejo que, por unas horas, solo por unas horas, se había sentido estupenda, femenina y sexy gracias a él. Había sido maravilloso sentirse deseada y mimada por un hombre así, y eso descolocaba a cualquiera, sobre todo si llevabas sola muchísimo tiempo, preocupada solo por tus obligaciones, tus responsabilidades, el trabajo o el bienestar de tu hijo.

No pensaba fustigarse por ser vulnerable e idiota de vez en cuando, pero estaba muy incómoda con toda aquella sensación que la embargaba con respecto a él, más aún desde que se había pillado llorando, sí, llorando delante de la tablet la noche del tres de septiembre, el día de su cumpleaños, cuando su Instagram se llenó de videos y fotografías de la fiesta sorpresa que le habían organizado sus amigos en Estocolmo y donde aparecía besando en la boca a muchas mujeres de bandera, de esas rubias de piernas interminables, que se le agarraban al cuello y lo manoseaban a gusto delante de todo el mundo, mientras a ella ni siquiera le había contestado su saludo de cumpleaños a través del WhatsApp. Qué lástima por Dios.

No era ni su novio, ni su ligue, ni su amante, solo era su jefe y si se había acostado con él, peor para ella, se decía desde entonces. Esa experiencia natural y habitual para la mayoría de la gente de su edad, en su caso era un evento extraordinario, por lo tanto, debía aprender la lección y mantenerse lejos de historias similares en el futuro. Su prioridad debía seguir siendo la de siempre: cuidar de Samuel y hacerlo feliz, todo lo demás sobraba.

—¡Vamos! —oyó que la gente se levantaba y salía hacia el pasillo y se quitó los auriculares para prestar atención.

—¿Qué pasa?

—Ha vuelto el jefe de Suecia y le llevamos una tarta para celebrar su cumpleaños. Fue el tres de septiembre.

—¿Qué? —volvió a la transcripción moviendo la cabeza—. Qué peloteo, por favor, ya han pasado más de diez días.

—Ha encargado un catering y lo están sirviendo arriba —le dijo Pepe y le palmoteó la espalda—. Vamos, no me seas antisocial.

—En teoría ni siquiera estoy aquí, así que voy a

acabar esto y luego me voy corriendo a buscar a mi Chumichurri.

Pepe movió la cabeza con paciencia y la dejó sola, ella respiró hondo, tomó un sorbo de café frío que le quedaba en la mesa y se concentró en la voz de Patrick Demsey. En una media hora acabó la dichosa transcripción y se levantó comprobando que seguían de juerga arriba porque ahí no había bajado nadie. Agarró el móvil y llamó a Ingrid.

—¿Qué tal? Yo ya me voy a buscar a Sammy.

—Estoy llegando a tu edificio. Te espero abajo.

—¡Qué bien! Cinco minutos y te veo.

Pasó por el cuarto de baño, se peinó un poco y salió al rellano para llamar al ascensor, oyó un poco el revuelo que le llegaba desde las escaleras y se imaginó que estaban pasándolo muy bien. Cualquier excusa era buena para comer, beber gratis y escaquearse del trabajo.

—Hola —saludó en general entrando al aparato y respondieron varias personas, pero solo oyó la voz de Marcus. Levantó la cabeza y se lo encontró a un palmo de distancia, con su camisa lila, su pelo largo y sus ojazos verdes enormes. A su lado descubrió a la señorita Dafne Hernández en persona, escoltada por su agente, agarrada a su brazo con propiedad, y justo delante de ella a Sara Gutiérrez, la redactora jefe de la revista *Saludable*, que en seguida se le acercó para darle dos besos.

—¡Pero qué morenita y qué guapa, Irene!, ¿has vuelto hoy?

—Solo me he pasado un rato, ¿qué tal? —se concentró en su compañera dando la espalda e ignorando ostensiblemente a la petarda actriz/modelo/famosa que se pegaba a Olofsson como una lapa y sonrió—, me voy corriendo a buscar al niño.

—¿Qué tal le va?, me dijo Olga que estupendamente, va con su niña, ¿no?

—Leti va un curso por delante, pero sí, están en el mismo cole.

—Qué suerte. Bueno, ya nos veremos y nos tomamos un café.

—Claro, ya nos veremos. Adiós —en cuanto se abrió la puerta del ascensor saltó al rellano y salió a la calle a la carrera sin mirar atrás y, aunque creyó oír que él la llamaba, no hizo ni caso, localizó a Ingrid, que ya la esperaba en la acera y se le acercó con el pulso a mil y pensando que le gustara o no, la imbécil esa y ella se habían acostado con él, pertenecían al mismo club por así decirlo, y aquello era muy, pero que muy jodido de asimilar.

—¿Qué te pasa?, ¿has visto un fantasma? —preguntó Ingrid frunciendo el ceño y ella la agarró del brazo.

—Peor, ahora te cuento. Vamos.

—¿Cómo que peor?

—¡Irene, espera! —su amiga se detuvo y se volvió muy interesada viendo cómo Olofsson las alcanzaba de dos zancadas e Irene bufó impotente—, pensé que volvías el lunes, le dije a Pepe que te dieran unos días más por...

—Sí, solo he venido para adelantar algo de trabajo —respondió intentando sonreír con tranquilidad, desvió la vista y localizó a Hernández, que se había quedado esperándolo en la puerta del edificio.

—¿Y qué tal Samuel?

—Todo bien, gracias. Nos vamos a recogerlo.

—Claro, yo solo...

—Hola, soy Ingrid —intervino su amiga dándole la mano. Marcus la miró a los ojos y le sonrió muy amable, aunque parecía un poco incómodo.

—Encantado. Bueno, ya te llamaré. He tenido unos días de locos, viajando muchísimo y...

—Vale, nosotros nos tenemos que ir —interrumpió haciendo caminar a Ingrid, que lo observaba con la boca abierta.

—Adiós... —susurró Ingrid y se lanzaron a andar de prisa—. ¿Qué ha pasado?

—Se me había olvidado que era amiguito de esa impresentable que me trató tan mal hace unos meses. Si es que tengo un ojo...

—¿Qué impresentable?

—Dafne Hernández, una modelo/actriz/famosilla que me mandó para darle una portada y como me negué, ella montó un cirio impresionante, me insultó y hasta me amenazó.

—¿Se acuesta con ella?

—Salieron en una revista muy acaramelados... —se pasó la mano por el pelo—, lo había olvidado completamente y coincidir con ellos en el ascensor no ha sido muy agradable, la verdad. Recuérdame que me mantenga alejada de ese tío ya para siempre. Si alguna duda podía tener, ahora ya se me han resuelto todas.

—Oye, no esperarás que un hombre semejante no tenga pasado y ligues y...

—Por supuesto, pero ¿esa tía?, ¿también hablarán de cine en la cama? Qué fuerte. Si es que no debería salir de casa.

—Es el primer machote que te llevas al huerto en cinco años, ya vendrán tiempos mejores.

—Dios te oiga —se le agarró al brazo y decidió no pensar más en todo aquel rollo sin importancia que no iba a permitir le afectara lo más mínimo—. ¿Nos vamos a comer a un Rodilla?

—De acuerdo, pero antes tengo que decir una cosa —se detuvo y la miró a los ojos muy seria—: cuando llegue a la clínica voy a mover cielo y tierra para conseguir la ficha privada del donante. Es idéntico a Samuel, tenías razón.

Capítulo 16

—¡No me lo puedo creer! —Irene acarició el brazo de su compañera y le pasó un pañuelo de papel—. ¿Cómo que no pueden hacer nada?

—Tiene pasta, buenos abogados y muy mala leche. Le dijo que si pisaba los Estados Unidos la mandaba derechito a la cárcel, como el caso aquel de..., ¿te acuerdas?

—Claro que me acuerdo —bufó impotente y la animó a salir al pasillo—. Llamaremos a las teles y lo que haga falta para hacer público el caso, Inés, no puede ser que este imbécil le quite a las niñas y se vaya de rositas, al menos que la presión social le amargue la vida.

—Mi hermana no quiere que se sepa nada, las niñas ya tienen edad para enterarse de todo y no quiere...

—Vale, lo entiendo, ¿y el Ministerio de Asuntos Exteriores qué dice?

—Que nacieron en Washington, que son americanas como el padre y que el juzgado le dio la custodia a él. Todo legal y mi hermana no puede ni acercarse sin vigilancia porque la metió en una lista de alertas por posible secuestro de menores.

—Es que... qué hijo de puta... déjame pensar. Ahora tengo que subir a una reunión a gerencia, pero llamaré a mis amigas del bufete aquel y...

—Se portaron genial con Blanca, igual pueden retomar el caso.

—Por supuesto y lo siento mucho —la abrazó tragándose las lágrimas y se despidió subiendo a la carrera a la última planta, llegó al elegante rellano pensando en cómo mandar a asesinar a ese tipo de padres abusones y maltratadores y entonces fue Olga la que la detuvo por el brazo.

—Necesito un favor, uno gordo.

—Mientras no sea pasta, lo que quieras.

—Hemos conseguido que Penélope nos dé una portada, la de diciembre, pero exige que la entrevista se la hagas tú...

—¿Yo?

—Quedó encantada con la que le hiciste el año pasado y solo hablará con un especialista, alguien que sepa de cine, eso ha dicho.

—No deberíais permitir que os exija nada.

—Mira, con tal de salir con ella en el especial de diciembre, le hago el pino puente si quiere. Porfa, Irene, le dije que no se preocupara, que te convenceríamos.

—Ay, Dios —miró hacia la gran mesa donde la gente se estaba sentando y respiró hondo—, ¿y cuándo?, hasta que no empiece la jornada normal del cole, solo puedo hasta las dos y media, luego trabajaré desde casa.

—Lo sé, la programamos para una mañana y si

hace falta yo me quedó con Sammy. Leticia estaría encantada de que fuera a casa.

—Preferiría no alterar su rutina durante la semana.

—Vale, no te preocupes, me ocupo de que sea tempranito y luego organizo con ella otro día para el posado.

—Muy bien, yo la documento y la hago, pero pediré a alguien que la escriba porque no tengo mucho tiempo.

—De eso nos ocupamos nosotros. Hola, Marcus —dijo de pronto e Irene lo sintió pasar por su lado—. Venga, vamos y te deberé una, amiga.

Irene la siguió moviendo la cabeza, sabiendo que ese era un marrón innecesario y entró a la sala de juntas observando a Marcus Olofsson, que ya estaba sentado a la cabecera de la gran mesa con Hanna al lado y todos los redactores jefes de la casa a su alrededor.

Era la primera reunión general que programaba tras la de Londres y estaba dispuesto a conocer agendas, nuevos números y todo lo previsto para el otoño. Era un tío muy concienzudo y ella se deleitó en ver cómo sacaba libreta y boli y anotaba a mano todo lo que le iban contando, muy atento, con unas gafas guapísimas de montura metálica y muy sobrias que le sentaban de maravilla. Era un espectáculo de hombre, con esos hombros anchos, esa cara perfecta y esos ojos tan enormes e inteligentes observando el mundo desde su metro noventa y cinco de estatura. No sabía si era o no su donante, pero si de verdad lo era y Sammy había heredado un poco de su percha, ya tenía la mitad del camino ganado.

—Tenemos confirmada a Penélope Cruz gracias

a nuestra compañera Irene —oyó que decía Olga tomando la palabra— porque ha accedido a entrevistarla para nuestra revista, si no, la hubiésemos perdido.

—¿Por qué? —quiso saber Olofsson y todos los ojos convergieron sobre ella.

—Porque solo acepta salir en una revista femenina si la entrevista se la hace una periodista especializada en cine como Irene, a la que ya conoce, e Irene nos ha dado el ok para seguir adelante con las gestiones.

—Estupendo. ¿Qué más?

Todo el mundo contó sus historias y ella permaneció en silencio mientras Pepe desgranaba sus próximos números, muy previsibles, por cierto. Tomó nota mental de la necesidad de buscar algún golpe de efecto o una novedad interesante para el dos mil diecisiete y se concentró en eso mientras los demás acababan sus intervenciones, traían café y el gran jefe daba por acabada la reunión animándolos a acudir a él o a Hanna para cualquier cosa, idea o necesidad. También lo oyó decir que pretendía permanecer más tiempo en Madrid a partir de octubre, pero ni lo miró, decidida a mantener las distancias con él ahora que, al fin, había superado la resaca de habérselo tirado como cinco veces en dos noches.

—Irene, un momento, por favor —le dijo en medio del barullo de la gente y varios ojos los observaron con atención—, pasa a mi despacho, tengo que comentarte algo.

—¿Qué pasa? —lo siguió a su enorme oficina y entró viendo cómo cerraba la puerta a su espalda—. Tengo un poco de prisa, si quieres...

—Solo será un segundo, siéntate —le señaló una silla, pero ella se quedó de pie. Se cruzó de brazos y vio cómo iba detrás de su mesa y recogía del suelo una bolsa enorme. Frunció el ceño y comprobó que contenía varios paquetes de regalo.

—Esto es para Sammy, por su cumpleaños.

—No hace falta —susurró dando un paso atrás.

—Es un asunto entre mi colega Samuel y yo, tú solo llévaselos, por favor.

—No, muchas gracias. No es nada apropiado, pero te lo agradezco muchísimo. Ahora debo irme porque…

—¿Me vas a despreciar unos regalos para tu hijo?

—No desprecio nada, no me parece correcto. ¿Sueles comprar regalos de cumpleaños a todos los hijos de tus empleados?

—Tú y yo somos amigos, o eso creía.

—Muchas gracias, Marcus, eres muy amable, en serio, pero no puedo aceptarlo, es un agravio comparativo bastante enorme, ¿sabes?

—¿Agravio comparativo con respecto a quién?

—Al resto de mis compañeros —hizo un gesto ostensible con la mano y él frunció el ceño.

—Me da igual lo que piensen los demás.

—A mí no me da igual, pero, de verdad —retrocedió y él salió de detrás del escritorio—, muchas gracias, es un detalle que te acordarás de su cumpleaños. Ahora…

—¿Por qué estás tan enfadada conmigo?

—¿Yo? —sintió cómo le subían los colores y volvió a retroceder viendo cómo él se le acercaba muy serio.

—¿Qué ha pasado?

—Nada.

—¿Nada?

—Debo irme, Marcus, tengo que recoger a Sammy.

—¿En serio? —bufó poniéndose las manos en las caderas—. Háblame.

—No pasa nada. Tengo que irme.

—Un momento —la alcanzó y se le cruzó delante sacando un paquete de la bolsa—, esto no lo he comprado. Ahora me ves administrando una empresa, pero en realidad yo soy licenciado en Matemáticas. Antes de hacer el máster en gestión de empresas aún pensaba en hacer un doctorado y dedicarme a la investigación. En fin —la miró a los ojos y ella sintió un vuelco en el estómago—, publiqué con un compañero un libro de Matemáticas para niños pequeños. Solo es de iniciación, una forma divertida y sencilla de enseñarles a amar los números. Échale un vistazo.

—Es estupendo, gracias —susurró, hojeando el libro de tapa dura y con muchas ilustraciones, pasó la mano por encima de su nombre y le sonrió con las piernas temblorosas—, le va a encantar. Gracias.

—Lo encontré en mi casa de Estocolmo y... me gustaría que lo tuviera él. Está en sueco y en inglés.

—Es un detallazo, Marcus, un millón de gracias —miró la hora—, pero de verdad, tengo que irme.

—Muy bien.

—Gracias —salió sofocada del despacho y corrió por las escaleras con las lágrimas humedeciéndole los ojos. Ya en la calle, llamó a Ingrid—. ¿Ingrid?

—¿Qué pasa?

—Me acaba de decir que es licenciado en Matemáticas.

—¡La madre! —exclamó su amiga y ella sacó un pañuelo para sonarse—. Creo que ya no hay muchas dudas, Irene, pero es casi imposible... una posibilidad entre un millón.

—Lo sé, pero ahora, sí o sí, tienes que saltarte todas las puñeteras reglas y comprobar la ficha anónima, por Sammy te lo pido.

—¿Y qué piensas hacer si lo confirmamos?

—No lo sé, igual coger al niño y largarme a vivir a Australia.

—Con que no te vuelvas a meter en la cama con él es suficiente.

—Eso desde luego. No te preocupes.

Capítulo 17

Apagó el ordenador y miró con una sonrisa el dibujo enmarcado que le había regalado Sammy por su cumpleaños. Era precioso y salían los dos con Bubu, que estaba en el suelo con una pelota. Alejandra le había comprado el marco y se lo habían dado el viernes veintitrés, cuando lo fue a buscar al cole. Estaba como loca con su obra maestra y la miró una vez más antes de colocar el escritorio y hacer amago de irse. Ya era casi la hora de ir a recogerlo y cuando vio entrar con prisas a Marcus en la redacción, bufó recordando que llevaba días sin verlo, y mucho menos dirigirle la palabra, así que no procedía para nada salir huyendo.

—Irene, disculpa.
—Hola.
—Tengo a Thor un poco pachucho y recordé que tu hermano…
—Sí, es veterinario. ¿Qué le pasa? —observó su cara de preocupación y se le encogió el corazón.
—Amaneció arrastrando un poco la patita izquierda y ahora ya no la puede ni apoyar. Los teckel suelen tener muchos problemas de espalda y…

—Lo sé, no te preocupes, llamo ahora mismo a Miguel. ¿Dónde lo tienes? —se despidió de sus compañeros con la mano y lo animó a salir al hall.

—En mi despacho con Hanna.

—Sube a buscarlo y te espero abajo.

—Vale. Mil gracias.

—De nada —marcó el número de su hermano mientras bajaba las escaleras y después miró la hora—. ¿Miguel estás en la clínica?

—Sí, ¿qué pasa?

—El perro de Marcus, mi jefe, que arrastra una patita. Su dueño está bastante preocupado. ¿Lo puedes ver de urgencia ahora?

—¿Bubu?

—Ese mismo.

—¿El teckel del sueco con el que te liaste en Londres?

—¡¿Qué?!

—Yo siempre me acabo enterando de todo.

—¿Lo puedes ver o no?

—Sí, mándamelo.

—Gracias —colgó pensando en matar a Alejandra por cotilla y se quedó en la acera esperando a Marcus, que llegó casi en seguida con Thor en brazos. Se acercó a ellos y acarició la cabecita del perrito—. Tiene los ojos tristones, seguro que le duele.

—Ya, se me parte el alma verlo así. ¿Cogemos un taxi?

—Sí, pero vas tú solo, yo tengo que recoger a Samuel en el cole. Miguel, mi hermano, te estará esperando, es aquí cerca.

—Muy bien, gracias —pararon un taxi, ella le dio

la dirección al taxista y miró a Marcus a los ojos antes de despedirse.

—Seguro que no es nada, luego te llamo.

—Ojalá. Muchas gracias.

Le dijo adiós con la mano y los vio marcharse con un hueco enorme en el centro del pecho. El pobre Thor solo tenía dos añitos y si empezaba ya con hernias discales o males de ese tipo lo acabaría pasando fatal. Se acomodó la mochila al hombro y enfiló a toda prisa hacia el colegio de Samuel, que estaba muy cerca de la clínica de su hermano. Llegó con tiempo suficiente a la puerta y saludó a otras mamás decidiendo dar primero la merienda al Chumichurri y luego acercarse a la clínica para ver qué estaba ocurriendo.

—Marcus ha tenido que llevar a Thor a ver al tío Miguel porque estaba un poco malito, ¿quieres ir a saludarlo, mi vida?

—¡Sí! —asintió masticando su bocadillo de jamón y la miró a los ojos—. ¿Tiene pupa?

—Creo que sí, pero seguro que el tío lo cura.

—¿Le llevamos una chuche?

—Los perritos no comen chuches, pero le podemos llevar una galletita.

—Vale —le dijo terminando la merienda y mirando de reojo los columpios del parque.

—¿Quieres jugar un rato o vamos ya a la clínica?

—Vamos —respondió muy seguro ofreciéndole la mano.

—Vamos, mi vida, has merendado muy bien. Dame un abrazo.

Lo abrazó y se lo comió a besos antes de mirar el reloj y comprobar que ya había pasado una hora desde que se había despedido de Marcus. Seguramente ya habían terminado la consulta, pero de todas maneras pasaría a saludar a Miguel para enterarse del diagnóstico, le quedaba camino de casa y estaba segura que no dormiría tranquila si no sabía lo que le pasaba exactamente a Thor, así que enfiló por el paseo de Reina Cristina a buen paso y cuando llegaron a la clínica entraron saludando a todo el mundo con una sonrisa.

—¡Hola!

—¡Hola, Sammy! —exclamó la recepcionista—, ¿vienes a ayudar a tu tío?

—¡Sí!

—Hola, Patri ¿qué tal? Antes vino mi...

—Sí, sí, pasa, siguen en consulta.

—¿En serio?, ¿tanto tiempo?, ¿pero es muy grave?

—No, pasa y que te lo cuenten ellos.

—Hola, buenas tardes —saludó entornando la puerta. Marcus estaba de pie, de espalda a la entrada y cuando se giró para mirarla, dejó a la vista la camilla donde Thor estaba acostado, con una vía en una patita y dormido.

—¡*Hej*, Samuel! —exclamó acercándose al niño—, ¿qué tal, coleguita?, ¿has venido a acompañar a Bubu?

—¿Tiene pupa? —preguntó Sammy con un poco de congoja y, antes de poder reaccionar, Marcus se inclinó y lo cogió en brazos.

—Sí, pero se le pasará en seguida, tu tío le ha puesto una medicina con esta aguja, ¿ves?

—¿Qué tiene? —preguntó Irene mirando a su hermano, que la observó con los ojos entornados sin dejar de masajear la patita del paciente.

—Le hemos hecho una ecografía y varias radiografías y creo que solo es una contractura. Tenía muchas molestias, así que le hemos puesto un antiinflamatorio y analgésicos. Un poco de reposo y a casa.

—¿Le duele mucho? —preguntó Samuel haciendo un puchero.

Miguel dio un paso al frente, se lo quitó a Marcus y lo abrazó.

—No, ya no le duele, no te preocupes, ¿vale?

—Vale —Irene sonrió y miró de soslayo a Marcus, que no le quitaba al niño los ojos de encima.

—Tu amiguito ya está bien, va a dormir un poco más y verás que mañana ya quiere jugar contigo, ¿sí? —el pequeñajo asintió y su tío le besó la cabeza—. Muy bien, ahora quédate un rato con Marcus y con Thor, que tengo que hablar con tu madre.

—Vale —estiró los brazos hacia Marcus y se le abrazó al cuello sin perder de vista la camilla.

—¿Qué pasa?, ¿no me digas que es más grave de lo que le has dicho a Sammy? —interrogó llegando a su oficina, él cerró la puerta y la miró a los ojos.

—Dime que eres consciente de que te puedes estar acostando con el padre biológico de Samuel.

—¡¿Qué?!

—No te hagas la tonta conmigo, Irene, es imposible que no lo hayas pensado, de hecho estoy seguro que no haces otra cosa desde que lo conociste.

—Pues... y no me estoy acostando con él, solo fue un...

—¡Me es igual, joder! ¿No se lo has preguntado?

—¿El qué?

—¿Si donó esperma en algún momento? Son idénticos y la manchita en el ojo... —soltó un bufido y se desplomó en una silla moviendo la cabeza—. Es una posibilidad entre un millón, pero el parecido es evidente, en cuanto entró aquí, Patricia y Celia me preguntaron si era su padre.

—No, no es probable y en todo caso no es asunto tuyo.

—Sí que es asunto mío, así que mejor te callas. ¿Se lo has preguntado?

—No, uno no va por ahí preguntando esas cosas, ¿sabes?

—¿Le has hablado de su padre?

—No, ¿por qué le iba a hablar de su padre? —agarró un papel y se abanicó muy agobiada.

—¿Y de qué habéis estado hablando estos últimos meses? Me contó que fuisteis los tres a Faunia, que os habéis visto a menudo en verano... no sé... ¿pretendes obviarlo y quedarte con la duda?

—No voy a preguntarle nada.

—Me ha contado que estudió Matemáticas y yo me sé la ficha del donante de memoria, igual que tú. No me mires con esa cara —entornó los ojos y se puso de pie de un salto—, si no se lo preguntas tú, lo haré yo y así todos más tranquilos.

—No te metas en esto, Miguel, o te dejo de hablar para los restos.

—Si no quieres que me meta, compórtate como la madre responsable que eres y pregúntale si fue donante hace quince años.

—¿Para qué?, no veo...

—Porque si fue donante, y averigua toda la movida él solo, puede convertirse en un problema.

—¿Qué problema? —se le puso el corazón en la garganta y se apoyó en la pared.

—No lo sé, pero si me pasara a mí, montaría un cirio considerable. ¿No sois amigos?, pues abre la boca y pregunta. Tú no sueles ser una pasota y menos en lo referente a Sammy.

—No quiero...

—Mira, sé que te aterra la posibilidad real y tangible de haberte encontrado con tu donante, pero mejor saberlo cuanto antes. Mucho has tardado ya. Lo que no entiendo es cómo él no ha preguntado nada.

—Es educado y discreto, seguro que no va interrogando a las mujeres sobre los padres de sus hijos.

—Y encima es amigo de Chris —se pasó la mano por la cara y respiró hondo—. No pienso mirar para otro lado.

—Si de verdad nos quieres un poco, no te metas en esto.

—Tienes que preguntárselo, Irene, no seas gilipollas.

—No soy gilipollas, soy prudente.

—¿Prudente?

—No ha salido el tema y...

—Eres una tía cañón, joven y madre soltera, seguro que se hace preguntas y antes que te pille fuera de juego, coge el puto toro por los cuernos y pregúntaselo.

—No puedo, yo... —lo miró con los ojos abiertos como platos y él movió la cabeza.

—¿Ahora te has convertido en nuestra madre? Por ignorar o dar la espalda a algo, ese algo no desaparece.

—Eso es muy injusto.

—No seas idiota y explícate tú antes que alguien del curro o de tus amigos lo ponga sobre la pista y entonces será realmente difícil justificar por qué no le dijiste nada desde el principio.

—No tengo por qué ir contando mi vida a la gente.

—Por supuesto que no, salvo que el individuo en cuestión parece salido de la ficha anónima de tu donante de esperma. Cualquier persona normal lo habría preguntado a los dos minutos de mirarlo a los ojos.

—No es tan sencillo, lo sabes.

—Vale, pues lo haré yo.

—¡Miguel! —lo detuvo por la manga—, ¿y qué hago si es él?

—No lo sé, primero hay que llegar al río y luego haremos el puente.

—Esto es algo muy serio.

—Y por eso es mejor tener las cosas claras y bajo control. Si es él, pues ya veremos qué pasa. No tiene ningún derecho sobre tu hijo, no puede hacer nada, salvo estar informado, él y de paso nosotros.

—Ay, Dios mío.

—Te doy dos días y como no te comportes como la mujer adulta y sensata que eres, lo llamo y se lo pregunto.

—No hay ninguna prisa.

—¿Cuántos meses han pasado ya desde que lo miraste a los ojos por primera vez?, ¿seis? A mí casi me da un infarto cuando lo vi.

—¡Joder, qué pesado! —bufó siguiéndolo de vuelta a la consulta.

—Muy bien, ¿cómo vamos? —entró a la salita y ella observó cómo Sammy y Marcus se giraban hacia ellos para sonreírles con los mismos ojos verdes. Sintió un vuelco en el estómago y se cruzó de brazos pensando que Miguel tenía toda la razón y que, la evitara o no, la verdad acabaría dando la cara.

—¿Cuándo se despertará? —quiso saber el pequeñajo y Miguel le sonrió.

—Lo vamos a dejar descansar unas horas más para hidratarlo y aliviarle el dolor.

—Vale.

—Puedes irte a casa con mamá y Marcus puede volver al trabajo cuando quiera. Ven a buscarlo después de las ocho y media y, si sigue bien, te lo puedes llevar.

—De acuerdo, pero prefiero esperar fuera, no quiero alejarme demasiado.

—Claro. Sammy, ¿por qué no invitas a tu amigo Marcus a casa?

—Vale —se apresuró a decir el niño y ella lo miró con cara de asesina.

—Irene y Samuel viven aquí al lado, sube con ellos, descansas un poco, habláis y si Thor despierta te llamo y bajas en seguida. ¿Te parece?

Llegaron a su casa en cinco minutos y lo animó a subir simulando normalidad, aunque estaba aterrada. Conocía muy bien a su hermano y sabía que no pasaría por alto algo semejante y que, si en dos días ella no lo hacía a su manera, se presentaría delante de Marcus Olofsson y le soltaría la pregunta sin contemplaciones. Miguel era así de burro y no sería nada diplomático, lo que podría acabar matando de la impresión al pobre sueco, que no sabía de la misa la media.

Le enseñó su piso diminuto y le sirvió un té hablando de vanalidades. Samuel ayudaba mucho enseñándole sus juguetes y a su Bubu, y mientras ellos se sentaban en el suelo del saloncito a jugar, se cambió de ropa y empezó a pensar en la cena y en las palabras adecuadas para preguntar a alguien si había sido donante de esperma en su juventud, en Estocolmo. Seguro que era mejor hacerlo sin paños calientes, pero evitando un tono inquisitorio, incluso sería bueno adoptar un aire relajado y divertido, decidió, por si él negaba la mayor y entonces todo volvía a la normalidad sin más dramas. Seguro que Marcus le aclaraba las dudas y acababan riéndose juntos de su ocurrencia.

—Me gusta mucho vuestra casa —le habló por la espalda y ella se pegó al techo de la cocina del susto—, es muy acogedora.

—Es muy pequeñita, pero suficiente para Sammy y para mí.

—Me encanta.

—Gracias, es de la abuela de una amiga, me la alquila por un precio bastante razonable y eso ayuda mucho. ¿Quieres comer algo?

—No, gracias.

—¿Qué hace Samuel?

—Ha puesto la Patrulla Canina en la tele.

—Ah, claro, no se la pierde por nada del mundo, no sé cómo calcula la hora —comentó dándole la espalda otra vez y él asintió acercándose más.

—Te he echado de menos... —sintió su mano enorme abrazándola por el abdomen, a la vez que hundía la cara en su pelo, y no se movió—, llevo semanas pensando en ti y soñando con tocarte. Me gustas tanto, Irene.

—Bueno... —se le doblaron las rodillas, percibiendo cómo la pegaba fuerte a su cuerpo y pensó en su hijo, que si estaba delante de la tele no se enteraba de nada, pero aun así hizo amago de apartarse—, no es el momento ni el lugar.

—¿Y cuándo será el momento?, ¿tendré que convocar otra reunión general en Londres?

—No, mira... —lo miró a los ojos y comprobó que estaba muerto de la risa— no creo que...

—¿No te gustó estar conmigo?

—Por supuesto que sí, pero...

—¿Y entonces por qué te has deshecho de mí?

—Yo no me he deshecho de ti, tú pasaste bastante de mí, no contestaste a mi mensaje de cumpleaños, no me llamaste y luego te veo muy entretenido con esa tía tan insoportable que parece que también te gusta mucho.

—¿Qué tía? —entornó los ojos y ella dejó de mirarlo—. ¿Dafne?... no me gusta, solo pasó a saludar después de hacer un editorial con la revista *Saludable* y coincidimos en el ascensor contigo. ¿Estás celosa?

—No, solo respondo a los comportamientos de los demás y tú pasaste de mí, así que...

—Tú estabas de vacaciones.

—¿Y eso qué significa?

—Qué querrías desconectar, no sé, no quise molestar.

—Vale, dejémoslo. Voy a dar un baño a Sammy cuando acaben los dibujos y luego pongo la cena, quédate si quieres, a él le encantará.

—¿Solo a él? —volvió a pegarse a su espalda y le besó el cuello con la boca abierta, provocándole un escalofrío por todo el cuerpo.

—Suéltame, Marcus.

—Solo si me das un beso —la giró y la agarró por la cadera y el cuello buscando su boca. Irene intentó resistirse, pero era imposible y le entró la risa, circunstancia que él aprovechó para lanzarse a besarla con energía y tanta pasión que ella cerró los ojos pensando que sabía deliciosamente bien, que su saliva era cálida y dulce y que su aliento calentito le podía provocar un orgasmo sin necesidad de hacer nada más. Abrió los ojos, recuperó la cordura y lo apartó de un empujón.

—¡Marcus!

—¿Qué?, no me digas que no te ha gustado ni un poco porque estarías mintiendo.

—No te lo tengas tan creído.

—Preciosa —le apretó el trasero con las dos manos e intentó volver a besarla contra la encimera—. Me gustas mucho, me gustas de verdad, Irene. Mírame, estoy hablando en serio.

—Yo… —lo miró a los ojos y se detuvo en la manchita marrón de su ojo izquierdo, idéntica a la de su hijo, dio un paso atrás, pensó en su hermano, en su madre, que siempre había sido una cobarde y una hipócrita a la que ella no se parecía en nada, y decidió no alargar ni un segundo más la agonía—, tenemos que hablar.

—¿Qué pasa? —cuadró los hombros y sonrió.

—Tengo que hacerte una pregunta importante y necesito que me respondas con total sinceridad, después, si aún lo quieres, podemos seguir viéndonos porque es cierto, tú también me gustas mucho.

—Ok… — suspiró y se puso las manos en las caderas—, me casé a los treinta con una presentadora y modelo inglesa, a los treinta y dos ya estaba divorciado y desde entonces he tenido muchas parejas sexuales, unas más serias que otras, pero no busco nada, ni me complico la vida con nadie. Ahora mismo no tengo novia o compañera estable, estoy libre y dispuesto a estar contigo si tú...

—No era esa la pregunta —interrumpió un poco confusa, dejó el paño de cocina en la encimera y respiró hondo mirándolo a los ojos— es algo muchísimo más importante, al menos para mí.

—De acuerdo, ¿de qué se trata?

Capítulo 18

Vaxholm, Estocolmo

—¿Y qué quieres hacer?

Se apoyó en el respaldo del sofá y miró a su madre a los ojos, ella estiró el brazo y cogió la mano de su padre, que permanecía con cara de desconcierto desde que les había contado las novedades.

En cuanto Irene le preguntó sobre la donación de esperma, su mundo se puso patas arriba. En realidad, fue igual que cuando eras pequeño y tus amigos te empujaban a la piscina sin aviso, lo que comúnmente la gente llama «un jarro de agua fría».

En quince años jamás había pensado en aquello. Una donación que habían realizado él y dos amigos más cuando su hermano mayor, Björn, que por aquel entonces trabajaba en un centro de reproducción asistida en Estocolmo, les rogó hacer como un acto de suma generosidad y altruismo. Björn, que ahora trabajaba con Médicos sin Fronteras en África, siempre había sido muy apasionado y elocuente con su trabajo y los convenció sin mucho esfuerzo, dejando claro que era un proceso rigurosamente anónimo porque, además, renunciaban por escrito a cualquier contacto con la madre, los posibles hijos y las responsabilidades que se derivaran de todo eso.

Con su practicidad habitual hizo la donación y metió el recuerdo en un compartimento estanco, en un rincón de su cerebro, para no volver a abrirlo nunca más, jamás... hasta hacía dos días, cuando esa chica española que le gustaba tanto, y con la que se había acostado en Londres, se lo había recordado en la cocina de su casa, cuando le preguntó directamente si él podía ser el padre biológico de su hijo.

—¿Has sido donante de esperma alguna vez? —interrogó muy nerviosa y él supo en ese mismo instante que su vida había cambiado para siempre.

—¿Por qué?

—¿En Suecia hace unos quince años?

—¿Por qué?

—Porque concebí a Sammy gracias a un banco de esperma de Estocolmo y...

—¿Qué?

—Siento preguntarlo así, pero no se me ocurre otro modo, Marcus... —se le llenaron los ojos de lágrimas y él se giró para observar al pequeñajo, que veía tranquilamente los dibujos animados en el salón —no pensaba preguntarte esto jamás, pero bueno, está claro que Samuel y tú sois muy parecidos... los ojos... la manchita marrón...

—Siempre pensé que su padre era sueco —susurró con un hilito de voz— porque es cierto que nos parecemos, pero no que tuviera que ver conmigo.

—No te preocupes, es solo una pregunta. No suelo hablar con nadie sobre esto, pero mi hermano...

—le dio la espalda y notó que estaba llorando, así que respiró hondo y habló con toda la calma que fue capaz de reunir en medio de una situación tan extraña e inesperada.

—Sí, fui donante cuando tenía unos veinticinco años, en la clínica de Estocolmo donde trabajaba mi hermano, se llama Instituto Sueco de Reproducción Asistida, luego me marché a Londres para hacer un máster y, si te digo la verdad, nunca había vuelto a pensar en aquello.

—Madre de Dios —Irene tragó saliva sin mirarlo—. El Instituto Sueco de Reproducción Asistida es donde me hicieron el tratamiento.

—Ja... —soltó una carcajada nerviosa y ella buscó sus ojos.

—Lo siento mucho, Marcus, esto es parte de tu más estricta intimidad y me siento fatal por invadirla así. No debería hacerlo porque no hay ninguna certeza, pero...

—¿Cuánto tiempo hace que lo sabes?

—No sé nada, solo es una pregunta.

—¿Y la ficha del donante?

—Es anómina, no tengo nombres, solo datos médicos y algunos detalles como estatura, estudios...

—¿Que coinciden conmigo?

—Sí.

—¿Desde cuándo lo sospechas?

—Desde que te conocí.

—Genial —se apartó de ella y se atusó el pelo muy confuso, con el corazón latiéndole a mil en el pecho, se acercó a Samuel y respiró hondo—, me voy a marchar. Adiós coleguita, ya nos veremos.

Se despidió del niño sin mirar a su madre y bajó a

la carrera a la calle, pasó a recoger a Thor a la clínica y se fue a casa sintiendo como si se desmoronara por dentro, también por fuera, y así se sentía dos días después, sin poder dormir o comer o pensar con claridad. Era lo más insólito que le había pasado en la vida y no estaba seguro si podría asimilarlo con algo de cordura.

—¡Marcus! —insistió su madre y él regresó de sus recuerdos y volvió a mirarla a la cara—, ¿qué quieres hacer?, ¿has hablado con tu hermano?

—No, ¿para qué?

—Porque esto es de todo punto de vista...

—No ha sido una filtración de datos, ella, Irene, lo pensó porque es cierto, el pequeño y yo no parecemos mucho, tiene esta mancha de los Olofsson en su ojo izquierdo y coincidir con algunos datos del donante anónimo.

—¿Y qué pasa con Björg? —insistió su madre y él frunció el ceño—. Que yo recuerde él también fue donante. Ese niño, si se parece tanto a ti, puede ser un Olofsson, no lo niego, pero no necesariamente tuyo.

—¿Cómo dices?

—¿Y has vuelto a hablar con ella? —interrumpió su padre y él negó con la cabeza—. Tal vez deberíamos tener una reunión familiar y ver qué quiere hacer con esta información.

—¡¿Qué va a querer hacer?! Se trata de una madre soltera independiente y responsable, creo que no le interesa hacer nada. Por el amor de Dios, papá, no empieces con paranoias extrañas porque no lo voy a consentir.

—No son paranoias extrañas, eres quién eres, tu familia tiene mucho dinero.

—¡¿Qué?!

—Ya está bien —Agnetha Olofsson se puso de pie y levantó las manos en son de paz—. Por lo que a mí respecta no conocemos a esa chica, Hanna y tú decís que es un dechado de virtudes, pero eso no quita que quiera el mayor bienestar para su hijo y ahora empiece a plantearse cosas. No me mires así, Marcus, es lo normal, yo lo haría, cualquiera lo haría, así que lo primero es pedir una prueba de paternidad.

—Eso, una prueba de paternidad y luego seguimos hablando —intervino su padre levantándose para salir del salón seguido por los perros.

—Una a la que también se someta Björg.

—No voy a pedir nada si ella no da un paso en esa dirección.

—Pues deberías hacerlo —opinó su madre sentándose a su lado—, estáis especulando por un parecido físico y cuatro datos de una ficha médica, lo más razonable sería hacer la prueba de ADN y una vez confirmado o no el parentesco, decidir tu papel en la vida de ese niño.

—¿Qué papel?, esto es absurdo, ellos tienen su vida bastante bien organizada sin mí.

—Si es hijo tuyo o de tu hermano, tenéis responsabilidades. Deberías llamar a Björg inmediatamente y contarle lo que está pasando.

—Ay, Dios —se levantó y miró la hora—, no sé si ha sido buena idea contároslo. Me voy a Vänern a pescar y hacer deporte unos días, Johan se viene conmigo, necesito desconectar.

—Huyendo no soluciónas nada, Marcus.

—No huyo, ¿quién huye?, llevo años sin vacaciones y necesito descansar un poco.

—Vale, tú verás, harás lo que te venga en gana, como siempre, y nosotros te apoyaremos.
—Gracias, mamá, me voy.
—¿Y has tenido algo con ella?
—¿Qué? —se detuvo y la miró a los ojos.
—Hanna dice que…
—Hanna dice muchas cosas.
—¿Y qué me dices tú?
—Ha habido un escarceo fugaz, nada serio.
—Pues mejor me lo pones, no dilates mucho este tema y actúa, es lo mejor para todo el mundo.

Capítulo 19

—Irene, te llaman de gerencia.
—No puedo subir ahora, me voy al Círculo de Bellas Artes a entrevistar a Jude Law —miró la pantalla del ordenador donde tenía abierto un correo electrónico importante y no prestó más atención a Mamen, que se quedó quieta junto a su mesa.
—Es Hanna, te ha llamado ya tres veces.
—Por favor, devuelve la llamada y dile que tengo trabajo, ya la veré esta tarde —mintió, pensando que no tenía la más mínima intención de subir al despacho de Marcus Olofsson para hablar con ella, ni ese día ni ninguno. Hacía dos semanas que él había salido de su casa como un vendaval, después de hacerle la pregunta del millón en la cocina, y desde entonces ni había contestado a sus llamadas, ni a sus mensajes, ni a sus correos electrónicos. No estaba dispuesto a escucharla, y ella ya tampoco a él. Fin de la historia.
—No hará falta, ya está aquí —susurró Mamen nerviosa y ella puso la pantalla a negro antes de oír la voz con acento sueco que se le acercaba por la espalda.

—Irene, necesito hablar contigo.

—Hola, buenos días, lo siento, pero estoy muy liada, me tengo que marchar.

—Solo será un momento, ¿dónde podemos hablar a solas?

—Está bien, acompáñame al despacho de Pepe, ha bajado a desayunar —la hizo entrar en el cubículo de su jefe, cerró la puerta y la miró a los ojos—. Tú dirás.

—Hace mucho que no nos vemos.

—Hay mucho jaleo por aquí.

—E igualmente estás pensando en dejarnos.

—¿Qué? —se atusó el pelo y se cruzó de brazos.

—Sé que estás buscando trabajo fuera de Olofsson Media y es realmente una lástima y un desastre, teniendo en cuenta el «jaleo» que hay con la revista nueva y con todo lo demás.

—¿Ahora nos espiáis?, ¿en serio?

—El medio editorial es pequeño y poco discreto en este país, me ha llegado el rumor e incluso las pruebas de que estás buscando otro trabajo, y realmente no sé ni qué decir, creí que estabas contenta con los recursos extra que os hemos dado, con la nueva publicación, no sé, no puedes dejarnos tirados de esta forma.

—Aún no tengo una propuesta en firme y en todo caso, pensaba comunicarlo con los quince días pertinentes.

—¿Y por qué te quieres marchar justamente ahora?

—Los motivos son personales, por lo tanto, no tengo por qué dar explicaciones.

—Yo creo que sí, vamos… —sonrió por primera

vez y buscó sus ojos—, sé lo que ha ocurrido con Marcus, sé que tenéis un tema muy delicado entre manos y...

—Ya veo que el medio editorial de este país no es el único poco discreto.

—Conozco a Marcus desde que nació, llevo trabajando con su padre más de cuarenta años, son mi familia y por supuesto acabé enterándome de lo que le preguntaste en tu casa, él estaba muy afectado, desorientado y bueno... yo, Irene, por favor —salió detrás de ella al ver que se giraba para salir de la oficina y la sujetó por el brazo—, no creo que un tema personal como este sea motivo suficiente para abandonar el barco tras diez años aquí, realizando una actividad profesional impecable. Eres imprescindible en este equipo, en tu revista y no puedo permitir que te marches así.

—Ya está decidido, Hanna y en serio, debo irme.

—Marcus vuelve esta semana, habla con él antes de dar un paso tan importante.

—Me esperan dentro de cuarenta minutos para entrevistar a Jude Law. Hasta luego.

—Irene...

Esquivó su mano, se acercó a su escritorio, agarró su mochila y salió a toda velocidad hacia el rellano, buscó las escaleras y las bajó tan rápido, que llegó jadeando a la calle donde la esperaba su fotógrafo habitual fumándose un pitillo, le hizo un gesto, se subieron a un taxi y partió camino del Círculo de Bellas Artes con una congoja enorme aprisionándole el pecho.

Jamás debió hablar con Marcus Olofsson sobre la donación de esperma, ni preguntar nada, había sido una mala idea, ella lo sabía, sabía fehacientemente que la gente no se tomaba ese tipo de cuestiones con naturalidad y ligereza. A uno no le encasquetan a un posible hijo así por las buenas, no señor, eso no se hace, y menos la tía con la que has tenido un rollo sexual inesperado en un viaje de trabajo. Era consciente del estropicio y del desconcierto de ese pobre hombre, que había perdido los colores y el habla delante de ella, desapareciendo de su casa y del país en menos que canta un gallo.

Una muy mala idea, una horrible.

Tras la charla con Marcus se peleó con su hermano por presionarla y por empujarla a hacer algo que nunca quiso hacer voluntariamente. Discutieron, se gritaron y se pelearon muy en serio, y llevaban dos semanas sin dirigirse la palabra, las mismas dos semanas que Olofsson llevaba fuera de España, desaparecido en combate mientras su fiel Hanna tomaba las riendas de la editorial. Alguien le contó que el gran jefe se había tomado vacaciones, pero ella no hizo nada por comprobarlo, solo se limitó a intentar contactar con él para pedirle disculpas por el atraco y para asegurarle que, fuese como fuese, nada había cambiado, ya que no pensaba dar ninguna importancia al asunto y, por supuesto, no pensaba vincularlo jamás a ellos, a Sammy. Que podía seguir con su vida tranquilamente. Sin embargo, él nunca contestó, ni respondió a sus mensajes, y ella daba por hecho que ya no lo haría. Estaba en su derecho.

Como madre no le preocupaba Marcus Olofsson, estaba claro que no le daría ningún problema, había salido corriendo ante la más mínima posibilidad de tener un hijo biológico y eso, en su situación, era muy conveniente, pero como mujer, tenía que reconocerlo, le había dolido bastante y había llorado desconsoladamente al sentirse rechazada de esa forma, y diez segundos después de que la besara asegurándole que le gustaba mucho y que estaba dispuesto a tener algo más estable. Eso partía en dos a cualquiera y la reafirmaba en la idea de no confiar en los hombres, porque a ella le fallaban todos, tarde o temprano, y no podía hacer nada por remediarlo, nada, salvo seguir con su vida a solas con Sammy y tomar ciertas decisiones, como cambiar de trabajo y salir de Olofsson Media lo antes posible.

Le dolía en el alma dejar su trabajo, a sus compañeros, y la asustaba la inestabilidad, no podía jugársela a la ligera, por eso no se había marchado ya, sin algo en firme, pero estaba a la espera de algunas respuestas y ya había hecho una entrevista en la competencia. Algo acabaría saliendo, estaba segura, como lo estaba de la necesidad imperiosa de alejarse de allí, sería lo mejor para todos. No pensaba sentirse incómoda o incomodar a Marcus con su presencia o la inevitable de su hijo en el edificio, no pensaba mirarlo a los ojos como si nada, no sería capaz y solo esperaba que él tardara unas semanas más en regresar a Madrid, las precisas para darle tiempo a marcharse sin tener que volver a verlo.

—Hola, Ingrid —llamó a su amiga al salir de la entrevista, se despidió de su fotógrafo y enfiló la calle Alcalá para regresar andando a la oficina—, ¿me has llamado?

—Tengo la ficha completa del donante.

—¿Y? —se detuvo con un nudo en el estómago y respiró hondo.

—Ya no cabe duda, es él, Marcus Alexander Olofsson, nacido el dos de septiembre de mil novecientos setenta y seis en Estocolmo, licenciado en Matemáticas por la universidad de Estocolmo, un metro noventa y cinco de estatura, ojos ver... ¿Irene?, ¿sigues ahí?

—Sí, vale, muchas gracias.

—En el fondo siempre lo has sabido.

—Sí, pero aún me quedaba el beneficio de la duda.

—Tú lo has querido así.

—Y es lo mejor, en fin, te dejo, voy andando y no quiero caerme.

—¿Estás bien?

—Perfectamente y muchas gracias, esta noche te llamo, un beso —colgó y reanudó la vuelta al trabajo con esa tranquilidad que daba tener toda la información perfectamente contrastada. Llegó a la esquina de Alfonso XII con la Puerta de Alcalá y lo vio, uno de los cochazos que siempre llevaban a Marcus, aparcando en la puerta de la editorial. Se detuvo en seco y observó cómo él bajaba con Thor en brazos, camisa celeste de lino y vaqueros, retrocedió por instinto y salió de su campo visual, agarró nuevamente el teléfono móvil y llamó a Mamen—. Hola, Mamen.

—Hola, guapísima ¿qué tal ha ido?

—Todo bien, pero me voy a casa, no me siento muy bien, trabajaré desde allí.

—Ah, vale, ¿necesitas algo?

—No, gracias, solo descansar un poco.

—Cuídate, hasta luego.

—Adiós —colgó, sintiéndose miserable por mentir, cruzó la calle y se encaminó a su casa actuando, por primera vez en toda su vida, como una cobarde.

Capítulo 20

Escuchó el informe exhaustivo de su equipo, los apuntes de Hanna y todo aquello que había pasado en su ausencia, y lo hizo en silencio, jugueteando con el boli mientras fingía prestar atención y estar interesadísimo en esos temas que siempre eran los mismos. Sota, caballo y rey, como decían los españoles.

Vio desaparecer a su gente y deslizó la silla hasta la ventana para mirar hacia el parque de El Retiro, en un rato tendría que bajar a Thor, la excusa perfecta para salir de la oficina y tomar aire.

Casi dos semanas haciendo vida bucólica en Vänern iban a pasarle factura, estaba seguro, y le costaría bastante volver a la rutina, a los viajes y al trabajo de locos de la editorial. Y es que quizás había llegado el momento de dejarlo, presentar un proyecto de doctorado en Cambridge o donde fuera, retomar las Matemáticas y olvidarse de tanta estrategia y toma de decisiones que cada día le interesaban menos.

Suspiró y pensó en sus días de pesca y deporte en Vänern, en la casa de su mejor amigo junto al lago, en las noches interminables jugando al ajedrez y leyendo, en esas charlas sobrias y sencillas con Johan, que no presionaba, ni interrogaba, que lo había escuchado hablar de Irene y Samuel sin dramas... Samuel. Un escalofrío le recorrió la columna vertebral y se puso de pie de un salto. No tenía ninguna duda de que fuera hijo suyo, solo había que quitarse la venda de los ojos y observarlo con atención. Llevaba meses negando la evidencia, pero en cuanto Irene abrió la boca lo supo, y aquello lo tenía completamente conmocionado.

Desde Vänern había llamado al responsable de su donación de esperma, su hermano Björg, y le contó las novedades. Él se quedó estupefacto, sin embargo, con su talante habitual, se lo tomó como un milagro, una suerte que no debía dejar pasar, le dijo, y se ofreció para hacer ciertas comprobaciones en el Instituto Sueco de Reproducción Asistida.

—¿Podría ser hijo tuyo, Björg?, mamá opina...

—No creo, hice dos donaciones y, que yo sepa, se enviaron a otros centros del país para evitar que alguna paciente mía acabara inseminada por mi material biológico.

—¿Estás seguro?

—No.

—¿Y ahora puedes averiguarlo?

—¿Para qué?

—¿Cómo que para qué?, para quedarnos tranquilos.

—Si a ti te tranquiliza saber si ese niño es tu hijo al cien por cien, haré lo posible por comprobar los datos de la madre.

—Ni me tranquiliza, ni deja de tranquilizarme, solo quiero tener información. Esto es una verdadera locura y aunque estoy en medio, la verdad es que no tengo ningún dato objetivo con el que racionalizar este tema.

—No todo se puede racionalizar, Marcus.

—Me da igual, necesito saber qué ha pasado.

—Dame unas horas y te cuento.

Y unas horas después lo llamó, sí, pero sin ninguna noticia concreta porque las identidades de las madres estaban protegidas por un inflexible contrato de confidencialidad. Ellas estaban cubiertas por su derecho a la intimidad y no se podía hacer nada, nada por las buenas al menos, porque según Johan, que era abogado, igual podían intentarlo judicialmente, aunque no era nada sencillo y podían tardar años en conseguir una respuesta. Mala suerte. Lo único que Björg sí le pudo confirmar es que con su muestra solo se había realizado una inseminación, solo una, no más, tal como exigía el código deontológico de la clínica. Perfecto, una sola y al parecer acababa conociendo a la madre y al niño en España. Increíble, pero cierto.

—Si quieres vete a casa, mañana será otro día —Hanna le habló por la espalda y lo sobresaltó—. Debes estar cansado.

—Estoy bien.

—El cóctel de lanzamiento de *Series* será el viernes cuatro de noviembre a las siete de la tarde, ya está cerrado.

—Gracias.

—E Irene Guzmán está en su puesto de trabajo, aún... —se sentó y lo miró a los ojos—. Baja y habla con ella, no es el mejor momento para que dimita y se vaya.

—Dile que suba.

—Tienes cuarenta años, un largo rosario de conquistas y, mi querido Marcus, ¿aún no conoces a las mujeres de la pasta de Irene Guzmán?

—¿Cómo dices?

—Baja tú y habla con ella o lo tienes todo perdido.

—Es una cuestión laboral, que suba y que sea rápido, tengo muchas cosas que hacer.

—No voy a llamarla, coge el teléfono y hazla subir tú, pero no te lo aconsejo.

—La madre...

Protestó, pero hizo caso a su mano derecha y bajó personalmente a la redacción de *Cinefilia*. Objetivamente hablando, no podían perder a un elemento como Irene y mucho menos con la revista nueva recién estrenada y tanto trabajo por culpa de la dichosa fusión. Ella tenía una larga experiencia en la editorial, era una profesional de primera, cohesionaba a sus compañeros y encima trabajaba muchísimo. No podía irse y tenían que llegar a un acuerdo, a una *Entente cordiale* que les permitiera seguir trabajando juntos, como si nada hubiese pasado. Podrían hacerlo.

—Buenos días —llegó a su planta y saludó a sus compañeros buscándola con los ojos. Ella estaba de pie hablando con Vicen. Llevaba unos vaqueros desteñidos y una blusa blanca, el pelo oscuro y ondulado sujeto con un medio moño gracias a un bolígrafo. Deslizó los ojos desde su trasero respingón, pasando por sus muslos estilizados, a sus pies, y descubrió que llevaba botas con tacón. Siempre le había parecido una belleza, con esos ojazos oscuros enormes y esa piel de porcelana, pero verla después de tantos días fue como descubrirla de nuevo y sintió un potente calor subiendo por sus pantalones.

—¡Marcus! —exclamó Vicen al verlo acercarse y él le sonrió observando a Irene, que se volvió para mirarlo de frente—, ¿qué tal las vacaciones?

—Cortas —contestó y se dirigió directamente a ella—. ¿Podemos hablar?

—Tengo mucho trabajo, pero si quieres pautamos una cita.

—Nada de pautar citas, necesito hablar contigo ahora —la siguió hasta su mesa y se sentó en el borde mientras ella se desplomaba en la silla sacando una grabadora y la mochila de un cajón—, me han contado que estás pensando en dejarnos.

—Ya he hablado de esto con Hanna.

—No puedes largarte, Irene, necesitamos gente como tú en el equipo.

—Quiero cambiar de aires, no podéis presionarme a...

—No pienso hacer nada con respecto a Samuel —soltó sin pensar y ella frunció el ceño— y siento haber reaccionado de esa forma en tu casa, pero... ¿dónde vas? —la vio salir disparada hacia el rellano y la siguió de dos zancadas.

—¡No podemos hablar de esto aquí!, ¿estás loco? —se volvió echando chispas por los ojos y lo señaló con el dedo—, además, no tienes que hacer o dejar de hacer nada con respecto a mi hijo, ¿tú de qué vas?

—Por supuesto, subamos a mi despacho y charlemos tranquilamente.

—No, no quiero charlar contigo ahora, Marcus, lo intenté durante dos semanas y ahora tengo que irme, tengo trabajo.

—No puedes renunciar a una larga y brillante carrera profesional por un tema personal entre tú y yo.

Una posibilidad entre un millón de la que no tenemos ninguna certeza. Schh —la hizo callar y la apartó del ascensor—, tú misma me dijiste que solo estabas preguntando, que no tenías datos concretos, yo tampoco los tengo, podemos seguir con nuestra vida normal, con el trabajo como siempre, y olvidar este incidente.

—¿Incidente?

—Llámalo como quieras. Lo que necesito que tengas claro es que no voy a mover ficha al respecto, no voy a invadir tu vida, tu intimidad o tus decisiones, no tienes que abandonar el barco por mi culpa.

—¿Crees que es por ti?, ¿en serio?

—¿No me dirás que es por otra cosa? Es por lo que es, somos adultos, no nos mintamos más y no tomes decisiones equivocadas.

—Suenas de un arrogante, Marcus, en serio, deberías parar el carro.

—Mejoraremos tu nómina y te daremos incentivos, me has dicho varias veces que eres una madre soltera con muchas obligaciones, de acuerdo, la cuestión económica no es problema.

—No...

—Cualquier oferta de fuera yo la mejoro. Si quieres subimos a gerencia y redactamos un nuevo contrato ahora mismo.

—Yo —lo miró a los ojos con los suyos tan profundos y él tuvo que dar un paso atrás—, lo pensaré.

—Te doy cuarenta y ocho horas, después esta oferta se anula y no pienso rogar de rodillas —le sonrió, pero ella ni se inmutó y lo apartó para coger el ascensor—. Dos días, Irene.

Capítulo 21

Jamás pensó que sería capaz de desdecirse de una decisión en firme, pero lo hizo, y es que la oferta económica que Olofsson Media le puso sobre la mesa para que no se marchara de la editorial fue indiscutible y no le quedó otra opción que actuar con la cabeza y aceptarla.

Tampoco es que su gremio anduviera muy boyante en ofertas de trabajo y sueldos, al contrario, la crisis económica había tocado casi de muerte al sector de la comunicación en España y lo mejor que podía hacer era replegar las velas y permanecer en su puesto de trabajo, aunque aquello implicara tener que tratar con Marcus Olofsson casi a diario. Una tortura china que ninguna mejora de sueldo le compensaba, por mucho que intentara mentalizarse y obviar el hecho, ya contrastado por Ingrid, de que él era el padre biológico de Sammy. Una certeza, por otra parte, que ni muerta pensaba contarle a él.

Afortunadamente, Marcus, tan civilizado y tan frío, se comportaba de forma muy profesional con ella. Llevaban dos semanas compartiendo reuniones de trabajo y algún que otro encuentro en los pasillos y en el ascensor, sin ningún gesto de complicidad, y aquello era buena señal, o no, dependiendo de que parte de su cuerpo valorara el tema. Su cerebro le decía que mejor así, sin embargo, su corazón era más traicionero y seguía lamentándose por haberlo perdido del todo y para siempre aquella dichosa noche en que le había preguntado lo impreguntable en la cocina de su casa. Mala suerte. Había sido imprudente y estaba pagando un alto precio: el de haber perdido al único hombre que le había interesado de verdad en muchos años. Sin contar con que había dejado expuesta aquella parte de su vida que era sagrada e intocable, la paternidad de su hijo.

—¿Mami, quieres palomitas? —Sammy se acercó y le puso una palomita en la boca, luego le apartó las manos y se sentó encima de ella para seguir viendo la tele.

—Están muy ricas, ¿estás cansado?, ¿nos vamos a la cama, mi vida?

—No.

—Vale, como quieras, aún es pronto.

Miró la hora y comprobó que eran las nueve de la noche, podía dejarlo trasnochar hasta las diez porque eran viernes y siempre hacían algo especial los viernes por la noche. Le besó el pelo rubio y suave y suspiró viendo cómo agarraba a Bubu para tenerlo más cerca. Lástima que llevara semanas sin ver a Thor, pensó y se le saltaron las lágrimas. Qué pena que los conflictos o los errores de los mayores acabaran afectando a los niños, en este caso a su niño, y volvió a recriminarse por haber sido tan idiota, tan poco firme, como para propiciar que llegaran a ese punto sin retorno.

El móvil le vibró junto a la pierna, lo agarró y leyó el mensaje de Olga desde el Hotel Palace, donde estaban celebrando el cóctel de lanzamiento de la nueva revista, y al que por supuesto ni se había planteado ir. Su amiga la ponía al día de los cotilleos de rigor y volvía a animarla a vestirse y aparecer por allí, aunque fueran diez minutos, al fin y al cabo, se trataba de un proyecto en el que había trabajado muchísimo, pero no se molestó en contestar y sintiéndolo en el alma pasó de dar más explicaciones, miró el teléfono y lo apagó antes de tirarlo encima del sofá.

—¡El tío Miguel! —exclamó de pronto Sammy al oír el timbre de la puerta y ella se levantó dudando que Miguel o Alejandra se pasaran a esas horas por su casa.

—No, debe ser Mila, que me tenía que traer la aspiradora.

—Vale... —la siguió hasta la puerta, ella abrió y se encontraron de bruces con Marcus Olofsson vestido como un pincel. No alcanzó a reaccionar y Samuel ya estaba en el suelo besuqueando a Thor—. ¡Bubu!

—Hola, coleguita, hace mucho que no te veíamos.

—¡Sí! —dijo el pequeñajo y entró a la casa corriendo para que el perro lo siguiera.

—¿Qué haces tú aquí? —le preguntó sin dejarlo entrar y él se metió las manos en los bolsillos.

—Vine a ver a tu hermano, había que vacunar a Thor y decidí probar suerte y pasar a saludar, hace mucho que...

—Ven —Sammy se acercó, lo agarró de la mano y se lo llevó al salón para enseñarle sus juguetes y el libro de Matemáticas que le había regalado.

—¡Hala, qué bien! ¿te gusta el libro?

—Mucho, lo llevé al cole.

—¿Y qué tal el cole de mayores?

—Grande, mi seño se llama Laura.

—¿Y te lo pasas bien?

—Sí.

—¿No tenías que estar en el cóctel de *Series*? —intervino ella muy seria y él la miró de frente.

—Igual que tú —sonrió y acarició el pelo rubio de Sammy—, es broma, estuve media hora, tenía que traer a Bubu al veterinario.

—Genial —tragó saliva admirando esa pinta espectacular, de tío sano y perfecto que tenía, se alisó el pijama y se quedó observando cómo se sentaba en el sofá, Samuel se ponía entre sus piernas y juntos miraban el libro de Matemáticas con atención. La misma forma de la cabeza, el mismo pelo, los mismos ojos... ¿cómo era posible que no hubiese heredado nada de ella?

—¿Podemos sumar muchas cosas? —preguntó Sammy y Marcus asintió.

—Todo lo que quieras y podemos hacerlo en sueco, ¿te has aprendido ya los números en sueco? —el pequeñajo negó con la cabeza—. No importa, mira: *Ett, två, tre, fyra, fem, sex...*

Irene respiró hondo, y antes de soltar que no hacía ninguna falta que se aprendiera los números en sueco, reculó y pensó que el saber no ocupa lugar, así que se alejó del salón decidiendo regalarle quince minutos, nada más, para la visita, luego lo despacharía con viento fresco. Nadie se presentaba en la casa de nadie a esas horas de la noche, menos aún si no eran amigos íntimos, y estaba en su derecho de pedirle que se marchara. Menuda era ella con los horarios y las rutinas de Samuel.

—Nos vamos —a los quince minutos exactos, y antes de que ella abriera la boca, Marcus Olofsson se personó en la cocina con una sonrisa—. Perdona por presentarme así y gracias por...

—Está bien, gracias por traer a Thor.

—Se ve que Sammy ya está cansado.

—Es tarde para él.

—Es cierto y nosotros nos marchamos. Vamos, Thor.

—Di adiós a Bubu, Sammy —lo llamó para que le diera un beso y luego los acompañó a la puerta—. Hasta luego.

—Te quería decir... —susurró ya en el rellano, mirándola con esos ojazos tan enormes y tan claritos— que no contesté a tus mensajes, ni a tus llamadas, porque estaba en el lago Vänern, lejos del mundanal ruido y con el teléfono apagado. Necesitaba pensar y relajarme. Lo siento.

—Está bien.

—No te lo pude decir el primer día que nos vimos porque, en fin, ya lo sabes, había otras cosas que discutir y durante estos últimos días no he querido...

—Está bien, no pasa nada.

—No sé cómo dirigirme a ti, qué hacer para no fastidiarla más, no sé qué quieres de mí, por eso mantengo las distancias.

—No quiero nada de ti —respondió incómoda por la sinceridad y se encogió de hombros—, no tienes que hacer nada.

—¿Ni siquiera hablar con calma del tema de la inseminación?

—No.

—Tal vez deberíamos tratarlo con naturalidad, Irene, yo...

—Yo no hablo jamás, con nadie, de ese aspecto de mi vida y si te pregunté por eso fue por un impulso, bastante imprudente por cierto, que no pude reprimir, nada más. Siento haberte incomodado y ahora, si no te importa... —sujetó la puerta para cerrarla y él se la bloqueó.

—No me incomodó, me sorprendió. No puedes negar que es algo completamente insólito, una posibilidad entre un millón y sería bueno, saludable, que pasado el primer impacto pudiéramos hablarlo.

—No creo.

—Pero no estás sola en esto, yo estoy en medio desde el momento en que decidiste preguntármelo y a mí sí me gustaría charlar al respecto. No es justo que nuestra relación o la mía con Sammy cambie solo porque nosotros, que somos adultos, no seamos capaces de entendernos.

—¡Es que no tenemos que entendernos en nada! —ya soltó enfadándose y él levantó las manos en son de paz.

—No soy una amenaza, soy tu amigo y aunque siempre has estado a la defensiva conmigo, juro por Dios que no pretendo hacerte daño.

—Mami... —Samuel apareció por su espalda y le extendió los bracitos, ella lo cogió en brazos y se lo acurrucó en el hombro.

—Tengo que acostarlo, buenas noches, Marcus.

—Piensa en lo que te he dicho.

Acarició el pelo del pequeño y después se giró para salir con prisas y seguido por Thor camino de la calle. Irene respiró hondo y sintió las lágrimas mojándole la cara. No sabía qué era peor, haber enseñado sus cartas delante de Marcus Olofsson o sentir esa revolución emocional tan potente invadiéndola por todas partes.

Capítulo 22

Golpeó el agua con los remos y en seguida sus músculos se pusieron en marcha. Llevaba practicando piragüismo desde los ocho años, nunca lo había abandonado, ni en el colegio, ni en la universidad, ni en Londres o Nueva York, jamás había dejado de combinarlo con otras actividades deportivas y poder, al fin, probarlo en España, era una verdadera bendición.

Miró a su alrededor y admiró el bonito embalse de San Juan, donde su amigo Erik Karlsson, de la embajada sueca en Madrid, lo había llevado esa mañana de sábado, tempranísimo, para remar un poco, y donde esperaba invertir gran parte de su tiempo libre. Al fin y al cabo no tenía demasiadas cosas que hacer ese fin de semana y prefería pasarlo al aire libre y con esa estupenda temperatura que tenían, a pesar de estar en diciembre. Una gozada.

Se ajustó la gorra y pensó, como solía hacer últimamente, en Samuel. Si las cosas fueran normales e Irene lo consintiera, lo hubiese llevado hasta allí encantado de la vida, si hasta le apetecía invitarlo a

Estocolmo para que conociera a la familia de Thor, pero claro, aquellos pensamientos resultaban desde todo punto de vista imposibles.

Antes de la «gran pregunta», Irene se había abierto bastante con él. Tenía fama de dura y distante entre sus compañeros varones de trabajo, incluso alguno de ellos hablaba fatal de ella tras haber sido rechazado una y mil veces y aquello la convertía en inalcanzable. Todos se habían cansado de invitarla, de intentar ablandarla, de agasajarla o de rondarla y finalmente, cuando él llegó a su vida, ya habían tirado la toalla y la dejaban bastante tranquila, de ahí que conseguir que le hiciera caso, incluso se acostara con él, y no se negara a presentarle a Sammy, gracias a Thor, claro, había sido un gran triunfo, un paso enorme. Una gran victoria que se había hecho trizas por culpa de su reacción de huida tras escuchar en la cocina de su casa que tal vez, era bastante probable, fuera el padre biológico de su hijo.

Maldita sea, exclamó metiendo más ritmo a los remos y respiró hondo. Todo el mundo alucinaría ante semejante posibilidad, una entre un millón, de ser el padre biológico del hijo de una amiga y encima venir a enterarse quince años después de haber realizado una donación completamente altruista de semen. Todo el mundo reaccionaría con un poco de confusión, y algunos saldrían huyendo, como hizo él, una persona que jamás, en toda su vida, había huido de nada.

Mal momento para salir corriendo, estaba claro, y esconderse en Vänern sin contestar a sus llamadas y mensajes, había empeorado bastante la situación, dejándolo en una posición absurda y sin ningún derecho a pedirle nada: ni amistad, ni buen rollo, ni complicidad, ni sexo y, mucho menos, una prueba de paternidad para dejar meridianamente clara su participación en la vida de Samuel.

Él necesitaba hacer ese trámite, necesitaba conocer toda la verdad, comprobar que su hermano Björg no estaba implicado, pero Irene no estaba por la labor, apenas le dirigía la palabra. Era fría y dura como una piedra y no quería jugar nuevamente fatal sus cartas y mandar toda posibilidad de acercamiento al carajo solo por precipitarse y adelantar acontecimientos. Ahora era el momento de actuar con cabeza y paciencia, ganarse poco a poco su confianza, volver a ser amigos y entonces, solo entonces, podría plantearle su necesidad imperiosa de realizar esa prueba de ADN, de la que por cierto sus padres no dejaban de hablar.

—Hola, Hanna, ¿qué pasa? —preguntó, llamándola en cuanto regresó al muelle y se bajó de la piragua.

—Thor se ha puesto malo, pero no te preocupes, gracias a Irene he conseguido que su hermano lo vea en seguida.

—¿Qué tiene?

—Vómitos.

—Voy para allá.

—Déjalo, ya está todo controlado, lo van a dejar en observación y con suero, me imagino. Tú disfruta de tu día en el pantano, solo quería mantenerte informado.

—Ya he disfrutado del pantano y la piragua dos horas, cojo el coche y bajo a Madrid. Si lo mandan a casa avísame.

—Como quieras. Adiós.

Se despidió de los amigos, se subió a su coche alquilado y en menos de hora y media llegó a la clínica de Miguel Guzmán, el hermano de Irene. Entró hecho un vendaval en la sala de espera y en seguida lo hicieron pasar a la consulta donde tenían a su perro y donde se encontró de bruces con Miguel y una de sus ayudantes. Comprobó que estaban solo los tres y se acercó a Thor para acariciarle la cabeza.

—Hola, ¿qué tal?

—Hanna acaba de irse, como venías tú pues...

—Sí, le avisé para que se fuera a comer y... —miró a Thor, que ya andaba olisqueando los rincones de la consulta y sonrió—. ¿Qué tal?

—Está bien, ha sido una gastroenteritis motivada por una intoxicación.

—¿Intoxicación?

—En el parque seguro que comió algo, hemos tenido otros casos esta semana, hay que tener mucho cuidado.

—Y lo tenemos.

—Lo bueno es que se ha recuperado muy rápido, le hemos puesto suero y un antibiótico. Hanna se llevó la receta.

—Estupendo, gracias.

—Doctor, si no le importa yo me voy —susurró de pronto la ayudante y Miguel la miró—, he quedado para comer.

—Por supuesto, Ainhoa, y no olvides que esta tarde te toca con Ana.

—Claro, hasta luego.

—Hasta luego —los dos se despidieron y Miguel se sacó los guantes mirándolo a los ojos—. ¿Así que practicas piragüismo?, Hanna nos lo comentó.

—Sí, es una de mis aficiones.

—Yo conozco dos clubs, uno en El Retiro y otro en la Casa de Campo, están en la ciudad, igual te vienen bien.

—Pues sí, porque ir al Pantano de San Juan me costó hora y media de ida y hora y media de vuelta y no suelo tener mucho tiempo.

—Te doy los datos ahora.

—Muchas gracias.

—¿Y qué tal con mi hermana? —soltó de repente y Marcus lo miró frunciendo el ceño.

—¿A qué te refieres?

—Ya lo sabes.

—Bueno...

—Ella apenas me habla porque fui yo el que la presionó para que te hiciera la «gran pregunta» y está convencida de que ha sido el mayor error de su vida, así que no sé exactamente lo que ha pasado después.

—No ha pasado nada, yo me fui de vacaciones, no contesté al teléfono y a la vuelta, aunque lo he intentado, ya no quiere hablar del tema conmigo. Supongo que no actué como esperaba y se ha cerrado en banda.

—¿No contestaste a sus llamadas?

—Ni a las de ella y ni a las de nadie, desconecté del todo.

—¿Justo después de enterarte de que puedes ser el padre biológico de Sammy? —asintió y Miguel se apoyó en la camilla bufando—. Conociendo a Irene, no volverá a dirigirte la palabra en lo que le reste de vida.

—Espero que no, espero conseguir una tregua para hablar como personas civilizadas sobre este tema.

—¿Y cómo lo llevas?

—¿La posibilidad de ser...? —tragó saliva y se atusó el pelo—. Bueno, no es algo que esperara oír quince años después de haber donado semen en Estocolmo, pero tras el primer impacto, no lo veo tan descabellado, podía suceder y al parecer no has pasado a nosotros, aunque me gustaría tener la certeza y a partir de ahí decidir cómo manejarlo.

—¿Certeza?, ¿una prueba de ADN?

—¿Por qué no?

—Porque mi hermana no accederá ni muerta.

—Si me preguntó sobre mi calidad de donante, debía tener claro que abría una puerta. No pretenderá que la cierre, olvidándome de todo, para seguir con mi vida como si tal cosa.

—¿Y con la certeza de la prueba de paternidad en la mano qué piensas hacer?

—Primero habrá que hacerla y después ya veremos.

—Supongamos que es positiva, tú ya estabas bastante unido a Samuel, ¿no estarás pensando en darle tu apellido, pedir la custodia o algo parecido?

—No es mi intención.

—¿Sabes que ese era el mayor temor de mi hermana desde que se quedó embarazada?, que un buen día apareciera un padre biológico exigiendo derechos.

—No es mi caso, jamás la perjudicaría o le haría daño.

—Vale... —se quedó un rato en silencio y luego lo miró moviendo la cabeza—. Al final va a ser verdad eso que dicen.

—¿El qué?

—Qué lo que más temes te acaba pasando..., en fin —dio una palmadita y se encogió de hombros—,

¿nos vamos a tomar algo aquí al lado?, nos dejan estar con Thor en la terraza.

—Claro, pero Miguel... —le cortó el paso—, me gustaría que tuvieras claro, y así se lo transmitieras a tu hermana, que si me permite hacer las pruebas de paternidad y confirmamos que Samuel es hijo mío, nada cambiará. No pienso intervenir en sus vidas más allá de lo que ella consienta. Soy un tío legal, Irene lo sabe, puede confiar en mí.

—No creo que acceda.

—Ya veremos.

—Es la tía más cabezota e inflexible que conozco.

—Y yo y no voy a parar hasta que podamos hacer esa dichosa prueba de ADN. No pienso en otra cosa desde que hablamos sobre el tema.

—Y estás en tu derecho, Marcus, estás en tu derecho.

Capítulo 23

Fanny y Alexander de Ingmar Bergman, una de sus pelis favoritas y una de sus fantasías infantiles más recurrentes. Desde que la había visto en video a los diez años siempre había soñado con una Navidad sueca, como la que recreaba la película, con nieve, una mansión enorme con muchos adornos navideños, cientos de velas, una bulliciosa familia entorno a los manjares típicos de la época... una Nochebuena de manual con la que seguía soñando veintitrés años después.

Suspiró y miró a través del enorme ventanal la nieve cayendo sobre Estocolmo. Sí, estaba en Suecia, en Navidad, disfrutando de las fiestas en casa de Ingrid, como venía haciendo desde el nacimiento de Sammy, y lo estaban pasando genial, y aunque no había mansiones iluminadas con velas, ni millones de manjares típicos, ni una enorme y bulliciosa familia haciendo jaleo, ellas estaban en la gloria y no podían pedir más.

Observó el reflejo de la gente en el cristal y regresó a la realidad recordando que no estaba sola, sino en casa de un amigo de Ingrid, Peter, que había organizado una gran fiesta prenavideña en su precioso loft de Södermalm, una de las zonas más chic de la ciudad, a la que habían acudido tras pensárselo mucho y gracias a que la adorable madre de Ingrid, Rosa, había insistido en quedarse con Samuel para que se divirtieran un poco. Una decisión difícil que había tomado por tres motivos: el primero, porque no vivían muy lejos de la casa de Peter, el segundo, porque confiaba ciegamente en Rosa, a la que conocía de toda la vida y a la que siempre había considerado una madre y abuela perfecta, y el tercero, porque necesitaba distraerse un poco tras unos meses muy complicados.

Tomó un sorbo de su *Glögg*[2] y pensó, una vez más, en Marcus Olofsson, al que apenas se podía quitar de la cabeza. En el trabajo coincidían poco tras lanzar la nueva revista y, aunque él había intentado varias veces hablar con ella sobre Sammy y la dichosa inseminación artificial, ella había decidido cortar por lo sano y no darle la más mínima posibilidad de acercamiento. No, tras su huida despavorida de la cocina de su casa. No, tras ignorarla dos semanas, no contestar a sus llamadas, ni querer oír sus explicaciones y no, porque haber confiado en él y haber abierto la boca como una completa idiota, era el peor error que había cometido en toda su vida y no quería que se lo recordara cada vez que lo miraba a los ojos.

La había fastidiado bien con Marcus Olofsson y encima él no se rendía e insistía en ser amable y cercano, manteniendo una relación muy estrecha con

---

[2] *Glögg*: Ponche navideño sueco.

Miguel, del que se había hecho amiguísimo y con el que compartía mucho tiempo libre, especialmente si Sammy andaba por medio. Una circunstancia que la había empujado a evitar que su hermano pasara demasiado tiempo con el niño o se lo llevara a todas partes, como había hecho siempre, y que le estaba acarreando un montón de conflictos con él y con Alejandra, que no entendían para nada esa animadversión suya hacia el «pobre» sueco que solo pretendía tener amigos y no sentirse tan solo en Madrid.

Sí, claro, solo pretendía eso, pensó, recordando cómo se comportaba Olofsson con Sammy, cómo lo miraba y cómo provocaba las situaciones más rocambolescas para encontrarse con ella a solas, intentando presionarla para que acabaran hablando del tema tabú que los unía: la paternidad biológica de su hijo, de la que ella ya tenía todas las certezas y de la que no pretendía hablar nunca más con él, menos aún cuando supo, por boca de Miguel, que la opción de una prueba de paternidad entraba en los planes de Marcus: «Sobre todo para aclarar los hechos», le dijo, «sobre todo para dejarse de chorradas y para que os empecéis a comportar como dos adultos, Irene, especialmente tú».

Pues lo tenía claro, podía esperar sentado, porque ella no pensaba someter a su hijo a ninguna prueba de paternidad, no la necesitaban, no entraba en sus planes y era de todo punto de vista innecesaria.

—Hola —oyó una agradable voz en inglés que pertenecía a un hombre que se acercó a ella. Irene lo miró con un gesto de interrogación en la cara—. Gustav Olofsson, me han dicho que trabajas con mi hermano Marcus en Madrid.

—Ah, sí, hola, ¿qué tal? —le dio la mano fingiendo normalidad absoluta y lo observó pensando que no se parecía en nada a su hermano, salvo en la estatura—. ¿Quién te lo ha dicho?

—Ingrid Danielsson —se giró para indicarle a su amiga, que estaba en pleno ligoteo con un tío al que le había echado el ojo nada más pisar la fiesta— me ha contado que trabajas en la editorial y que has venido a pasar las Navidades con ella en Estocolmo.

—Así es, me encanta venir a Suecia en estas fechas.

—¿Y lo sabe Marcus?, lo digo porque él también anda por aquí.

—No, no creo que lo sepa, no suelo contar mis planes a mis jefes —bromeó y se fijó en los ojos color miel de Gustav. Era muy guapo y compartía la misma sonrisa con Marcus, y de paso con Sammy. Dio un paso atrás y volvió a tomar un sorbito de su *Glögg* —. ¿También trabajas en Olofsson Media?

—Ahora no, durante mi adolescencia y mientras fui estudiante sí, era la única forma de sacar una paga digna —le guiñó un ojo—, pero lo dejé hace años, soy actor.

—¡Qué interesante!, yo escribo sobre cine en la revista *Cinefilia*, una de las publicaciones de vuestro grupo editorial en España.

—Creo que ya sé quién eres.

—¿En serio?

—¡Irene! —de pronto apareció Ingrid y los interrumpió sin contemplaciones. Ella miró a Gustav y sintió un extraño escalofrío por toda la columna vertebral—, ya veo que os habéis conocido.

—Sí, si me disculpáis... —él sacó el teléfono móvil del bolsillo de sus vaqueros y se alejó dándoles la espalda, Irene miró a su amiga y frunció el ceño.

—¿Qué haces mandándome a un Olofsson?, estoy de vacaciones.

—Es muy famoso aquí.

—Me da igual, ahora va, se lo cuenta a su hermano y la hemos fastidiado. Dice que Marcus también anda por aquí... ¿no habrá venido a la fiesta, no? —miró por encima de su hombro e Ingrid se echó a reír.

—No creo, no lo he visto. Venga, no seas tonta, vives en un mar de angustia permanente.

—Y tú ayudas poco, ¿qué tal con tu nueva conquista?

—Genial, ya casi en el bote, igual vuelves solita a casa.

—Por mí no hay problema, de hecho debería irme, el Chumichurri...

—El Chumichurri está perfectamente y no llevamos ni una hora aquí. Si te has puesto tan guapa es para aguantar al menos hasta medianoche, no me seas aburrida. Muchos tíos me han preguntado por ti, ¿sabes?, los tienes obnubilados.

—Ya, ya, sí, en medio de estos monumentos escandinavos poco se puede hacer —lanzó una mirada elocuente a las chicas suecas que las rodeaban y soltó un suspiro—, una hora más y me largo, tú has lo que quieras con tu ligue.

—Es actor también, como Gustav Olofsson, pero no tan conocido... un bombón, ¿lo has mirado bien?

—Sí, es muy guapete, ¿y cómo le dices a Olofsson que yo trabajo en la empresa de su familia?

—Salió el tema de forma espontánea, Irene, no seas tan paranoica.

—No quiero acercar lazos con esa gente.

—Es muy majo y me parece que toda su familia también.

—Al menos se ha ido y... ¿qué te pasa? —la vio abrir mucho los ojos y antes de girarse para comprobar qué le había causado tanto espanto, sintió la voz de Marcus Olofsson pegada a su cuello.

—Buenas noches, vaya sorpresa.

—Hola —respondieron las dos e Irene se tomó de un trago el ponche que le quedaba en el vaso.

—Sí que es una sorpresa —apuntó Ingrid ofreciéndole la mano—, ¿eres amigo de Peter?

—No mucho, pero mi hermano sí. ¿Nos conocimos en Madrid hace unos meses?

—Sí, una mañana que pasé a recoger a Irene a la editorial, tú ibas con esa chica, mmm, ah ya sé, Dafne Hernández.

—Es cierto, me alegra volver a verte.

—Lo mismo digo.

—¡Ingrid! —la llamó el nuevo ligue y se acercó para cogerla del brazo. Su amiga la miró con cara de disculpa y se marchó con él dejándola sola con Marcus, que la observaba con las manos en los bolsillos de su precioso pantalón negro hecho a medida.

—Estás muy guapa.

—Ya, gracias —se arregló su sencillo vestido de cocktail y suspiró.

—En serio, guapísima.

—Bueno, yo ya me iba.

—No te creo, ¿quieres otro vasito de *Glögg*?

—No, gracias.

—Vamos, es Navidad, podemos hacer una tregua y compartir un ponche.

—¿Una tregua?, no sé de qué me hablas.

—Irene... —la sujetó por el codo y ella bajó la cabeza—, solo un vaso de ponche y yo mismo te llevo a casa, ¿dónde estás alojado?

—Aquí cerca.

—¿Y Samuel?

—También, no lo iba a dejar en Madrid.

—No era eso lo que preguntaba, pero es igual —agarró dos vasos de *Glögg* de la bandeja de un camarero y le puso uno en la mano—, salud y feliz Navidad.

—Feliz Navidad.

—No sabía que venías a Estocolmo en Navidades.

—Suelo venir para estar con Ingrid y su familia.

—Yo llegué ayer de Nueva York, ¿os quedáis muchos días?

—Hasta después de año nuevo.

—Genial, igual podemos ir a Vaxholm, a conocer a la familia de Bubu.

—Mira, Marcus... —lo miró a los ojos y él le sonrió, era tan guapo y olía tan bien que podía hacer perder la cordura a cualquiera, pero a ella no, así que cuadró los hombros y le sostuvo la mirada—, no vengo de turismo, venimos para estar en familia y te lo agradezco mucho, pero no, gracias, y ahora si...

—Ahora si te disculpo saldrás corriendo, como siempre.

—Pues sí, fíjate.

—No te pega nada ser tan cobarde.

—¡¿Qué?!

—¡Madre de Dios! —exclamó una mujer y acto seguido se le agarró del cuello como una posesa—. ¿Marcus Olofsson en persona y nadie me había dicho nada?, serás ingrato, ¿cuándo has llegado?, ¿por qué no me has llamado?

—Hola, Evelyn.

—¿Y quién te ha traído a la fiesta?

—Me llamó Gustav.

—Genial, ¿estás tomando algo?

—Sí y no estoy solo...

—Nada, por mí no os preocupéis, yo ya me iba —susurró Irene con una sonrisa y el corazón a mil en el pecho, dejó el vaso de ponche en una mesa y se largó de allí de dos zancadas. Se despidió de Ingrid con la mano, recuperó su abrigo y se metió en el ascensor pensando en Gustav, que había llamado a Marcus para contarle que ella estaba allí, lo que venía a sugerir que toda su familia sabía de la existencia de Samuel, de sus dudas y de...

—¡Irene, ¿dónde vas?! —Marcus llegó en dos minutos a su lado, cuando ya estaba en la calle, y la sujetó por los hombros—, es tarde y hace un frío de muerte, te acompaño, tengo el coche aquí al lado.

—No, gracias —se deshizo de su manaza y siguió andando—, voy muy cerca.

—Ya basta, por favor —la agarró de un brazo, la hizo girar y luego la arrinconó contra una pared para mirarla de cerca. Ella vio sus ojazos verdes a un palmo de distancia y se puso tensa, calibrando la posibilidad de pegarle un buen rodillazo en sus partes, pero no lo hizo y respiró hondo sin poder moverse.

—Déjame en paz, Marcus.

—Cuando mi hermano Gustav me llamó para decirme que acababa de encontrarse contigo en una fiesta, me levanté de la cena donde estaba con unos amigos y salí corriendo para verte, así, sin pensarlo, nunca había hecho algo semejante por nadie y me gustaría que valiera la pena.

—¿Qué valiera la pena?, ¿tú te estás oyendo? Y, lo más importante, ¿por qué te avisó que estaba en la fiesta?, ¿eh?

—Será porque le he hablado mucho de ti.

—¿De mí?, ¿por qué?

—Irene, baja un poco la guardia, ¿quieres?

—Vale, yo me largo. ¿Me dejas?

—Escucha —no la dejó moverse y tragó saliva antes de seguir hablando—. Antes de… ya sabes… tú y yo nos gustábamos mucho, para mí no ha cambiado nada y creo que para ti tampoco o, si no, no huirías sistemáticamente cuando me ves.

—¿Qué? —lo miró fijamente a los ojos sintiéndose a la vez cabreada y halagada y bufó. Él se inclinó y le besó la mejilla, regalándole su aliento caliente y delicioso.

—Deja que te acompañe a casa.

—No hace falta, está a un par de calles de aquí.

—Vamos andando, pues —la abrazó por los hombros con mucha fuerza y la animó a caminar, en silencio, sintiendo el ruido de sus zapatos sobre la acera helada. Ella se metió las manos en los bolsillos y decidió seguirle la corriente sin abrir la boca—. ¿Con quién está Sammy?

—Con la madre de Ingrid.

—¿Y qué se ha pedido para Papá Nöel?

—Un montón de cosas —al fin llegaron al portal de su amiga y abrió la puerta sin mirarlo—. Muchas gracias. Buenas noches.

—Me quedo una semana más después de Navidad, trabajando en esta sede y me gustaría veros.

—Mira, yo...

—No pienso dar la lata con conversaciones pendientes, ni asuntos de Madrid, solo me gustaría ver a mi coleguita y enseñarle un poco Estocolmo.

—Marcus...

—Prometo portarme bien —la acarició un brazo y sonrió—. Solo un poco de turismo.

—Tenemos muchos planes con Ingrid, pero si hacemos un hueco te aviso y podemos quedar.

—No me llamarás, llamaré yo y espero que me cojas el teléfono.

—Qué pesado. Tengo que subir.

—¿Un beso de despedida? —preguntó coqueto.

—No —respondió seria y le cerró la puerta en las narices. Él se echó a reír y la siguió con los ojos hasta que alcanzó la escalera y se lanzó a subir los peldaños corriendo, sintiendo un delicioso cosquilleo por todo el cuerpo.

Capítulo 24

Abrió un ojo y se tapó con el suave e inmaculado edredón de plumas recordando, con sumo placer, que seguían en Estocolmo de vacaciones. Se abrazó a la almohada y pensó que aún era temprano, todavía podía remolonear unos minutos más antes de que Sammy o Ingrid se despertaran, y aquello era un verdadero regalo del cielo. Se pegó más a la almohada y aspiró el delicioso aroma que desprendía, un perfume familiar, riquísimo, tan varonil... parpadeó algo confusa y se sentó de golpe en la enorme cama, situándose y recordándolo todo. No estaba en casa de Ingrid, estaba en el piso de Marcus Olofsson, concretamente en su dormitorio, y la evidencia casi la mata del susto.

—Ay Dios, ay Dios, ay Dios... —se apartó el pelo largo de la cara y admiró el gran dormitorio y sus enormes ventanales que daban al Báltico intentanto calmarse, apartó el edredón y, como temía, pudo comprobar que estaba desnuda.

Muy bien, Irene, un par de vasos de vino y todo a tomar por saco. ¿Y Sammy?, ¿dónde estaba Sammy? El corazón se le puso en la garganta e hizo amago de levantarse, pero antes de pisar el suelo lo vio entrar en brazos de Marcus, muy contento, y llevando entre los dos una gran bandeja con el desayuno.

—¡Mami!

—Hola, mi vida, ¿qué haces?

—¿Tienes hambre? —preguntó Marcus, acercándole al niño y dejando la bandeja a los pies de la cama—. Samuel me ha dicho que te gustan las tostadas y el café.

—Sí, gracias —abrazó al pequeño y miró a Marcus a los ojos—. ¿Lleva mucho tiempo despierto?

—Una hora, ya ha desayunado.

—Dormí con Bubu en la tienda de campaña... —le explicó el niño con los ojazos verdes abiertos como platos.

—Sí, mi amor, luego ayudaremos a Marcus a ordenar su salón ¿vale?

—No hace falta, me encanta la tienda de campaña —susurró el aludido con una sonrisa— creo que la dejaré permanente.

—¿Vamos a jugar un ratito más? —le preguntó Sammy gateando hasta él para mirarlo de cerca e Irene pudo percibir perfectamente cómo Marcus se deshacía ante esa vocecita tan dulce.

—Por supuesto, coleguita, venga, vamos, dejemos que mamá desayune tranquila —lo agarró, se lo subió al hombro y se lo llevó de vuelta al salón. Ella miró la bandeja con el desayuno, agarró la taza de café y tomó un sorbo recolocando en su cabeza todo lo que había sucedido antes de amanecer desnuda en la cama de Marcus Olofsson.

Después de la Nochebuena y la comida de Navidad compartida con la familia de Ingrid, y tras varias llamadas de Marcus, accedió a verlo el veintiséis de diciembre a la hora del desayuno en una cafetería de Södermalm, Söder, como la llaman los suecos, para partir desde allí a otra isla, la de Vaxholm, donde al fin podrían conocer a la familia de Thor.

En un principio se había negado, claro, porque aquella visita significaba coincidir con sus padres, los señores Olofsson, pero Ingrid había hablado en voz alta sobre el tema delante de Sammy y el pequeñajo, al que no se le iba una, estaba como loco de contento con la idea de ver a los perritos, así que al final no se había podido negar, tampoco su amiga, a la que había rogado que los acompañara.

De ese modo llegaron antes del mediodía a la fabulosa casa de los Olofsson en Vaxholm. Una propiedad típica de la zona donde Björg y Agnetha Olofsson vivían una especie de exilio voluntario tras muchos años en Estocolmo trabajando de sol a sol, le contó Marcus, y donde los recibieron con los brazos abiertos, muy entusiasmados con la visita de Samuel, el pequeño amiguito español de Thor, como ellos lo llamaban, y del que todo el mundo parecía tener noticia. Una circunstancia que la puso en guardia en seguida, aunque ver a su hijo tan feliz, con tantos Bubus jugueteando a sus pies, acabó por calmarla y decidió disfrutar del día lo mejor posible, sin perder a Sammy de vista y charlando amigablemente con la familia, el hermano pequeño de Marcus, Stellan, que estaba de visita en Estocolmo con su mujer americana, y con sus padres, que eran dos personas muy cercanas y muy atentas, y que hicieron todo lo posible por ofrecerles un día estupendo e inolvidable para su hijo.

—Nos gustaría regalarle un cachorro a Samuel —

le dijo en un aparte la señora Olofsson e Irene la miró moviendo la cabeza—. Ya sé que es muy pequeño aún, pero Hanna me contó que estabas buscando un teckel para adoptar.

—Es cierto, pero no sé si aún estamos preparados para cuidar de un perrito, yo trabajo mucho y...

—Bueno, cuando quieras, cuando estéis preparados, aquí habrá un Bubu esperándolo.

Después de ese comentario, que le robó literalmente el corazón, se despidieron muy agradecidos y regresaron a Estocolmo con la intención de irse a casa, pero Marcus los convenció para cenar en su piso de Fiskargatan, donde tenía todo preparado para agasajarlos con una típica cena sueca, y donde llegaron sin mucha resistencia, en un abrir y cerrar de ojos, y antes de poder decir esta boca es mía.

—Tu casa es preciosa —le dijo después de la cena y tras despedirse de Ingrid, que los había abandonado de repente para correr a los brazos de su nuevo novio—, ¿la tienes hace mucho tiempo?

—La compré como inversión hace unos seis años, la he ocupado poco.

—Ya, me lo imagino. Tiene unas vistas espectaculares —susurró asomándose a uno de los ventanales desde donde se divisaba el Mar Báltico—, la verdad es que Estocolmo es precioso.

—¿Te gusta? —se le puso al lado y miró el paisaje con la misma atención.

—Muchísimo y bueno... —miró la hora— deberíamos irnos. Voy a ayudarte a recoger la tienda de campaña.

—No, déjalo jugar un rato más —los dos observaron a Sammy, que jugaba con unos legos encima de su mullida alfombra y debajo de las sábanas con las que habían construido un castillo, y sonrieron—, está encantado.

—Antes de media hora estará dormido.

—Y yo te ayudaré a llevarlo a casa.

—Vale, gracias —observó su aspecto inmejorable, con sus vaqueros desteñidos y una camisa a cuadros en blanco y celeste, y lo siguió con los ojos mientras se iba a la cocina y regresaba con una botella de *Glögg* y dos copas—, no voy a beber más.

—Este lo hace mi padre, está buenísimo.

—Seguro que sí, pero ya estoy un poco piripi.

—Eso es bueno, ven, siéntate un rato —la hizo ir hasta uno de sus enormes sofás y se le sentó al lado sirviendo el ponche—. Gracias por ir a Vaxholm, tenía muchas ganas de que Sammy conociera a los perros de mi madre.

—Se lo pasó muy bien.

—Es un niño increíble —observó al pequeño con los ojos brillantes y luego, al sentirse observado, la miró a ella con una sonrisa—. ¿Qué ocurre?

—Estaba pensando que eres muy cabezota.

—¿Yo? —bromeó y estiró las piernas.

—Sí, tú. Has conseguido que te viéramos aquí, que fuéramos a Vaxholm y encima que acabara cenando en tu casa.

—Soy un tío constante, igual que tú.

—¿Yo soy un tío constante?

—Muy graciosa —estiró la mano y le acarició la mejilla con el dorso de los dedos, ella no se movió y se limitó a disfrutar de ese impagable y delicioso contacto en silencio—. Eres preciosa, Irene, ¿lo sabes?

—Uy, creo que estoy un poco borracha, debería irme, en serio.

—El canal clásico tiene la noche dedicada a George Cukor, quédate y vemos juntos *Historias de Filadelfia* —miró la hora— aún estamos a tiempo y más tarde *La costilla de Adán* o *El Multimillonario*.

—Creo que las veré en casa de Ingrid, es tardísimo y está nevando, debería llevarme a Sammy a la cama.

—Ya está en la cama —le indicó con la cabeza al niño, que dormía abrazado a Thor y sonrió—, sería una pena sacarlo ahora a la calle.

—Pero habrá que hacerlo —se puso de pie y se mareó. Marcus soltó una carcajada y la agarró por la cintura para volver a sentarla en el sofá—. Madre mía...

—Calma, ahora te hago un café.

—Llevaba muchos años sin beber y estas son las consecuencias, antes de Samuel aguantaba bastante más, no te creas.

—Te creo.

—Vale, pues pon la peli mientras se me va pasando el mareo, ¿te gusta mucho George Cukor?

—Claro —encendió el televisor, buscó el Canal Clásico y asintió viendo que *Historias de Filadelfia* ya había empezado—. Ya está, ¿a ti no te gusta Cukor?

—Me encanta, especialmente sus primeros trabajos... —lo miró de reojo y admiró durante unos segundos sus pestañas largas, luego tragó saliva y fijó la vista en la pantalla—. Tus padres son estupendos, Marcus, han sido realmente muy amables. Agradéceles otra vez que nos hayan recibido en su casa.

—No ha sido nada, estaban encantados.

—¿Les contaste lo de mi inseminación y todo eso?

—Sí —buscó sus ojos y ella asintió.

—¿Y qué opinan?

—Están sorprendidos, como yo.

—Vale —de repente el mundo se puso cuesta arriba otra vez y suspiró. Él no dijo nada, pero le puso la mano en una pierna.

—¿Y los tuyos?, ¿no protestan porque te traes a Sammy a pasar la Navidad a Estocolmo?

—¿Mis padres?, no, no les importa en absoluto.

—¿No se reúne la familia?

—Claro que se reúnen, pero a nosotros no nos echan de menos.

—No puede ser...

—Para mi madre el que yo sea madre soltera y por inseminación artificial es, y cito textualmente, «una monstruosidad egoísta». Desde que me quedé embarazada ha demostrado su disgusto de todas las formas posibles y cuando nació Sammy decidió ignorarlo sistemáticamente. Apenas lo ha visto en sus tres años de vida, finge que no existe, y mi padre, que evita los conflictos a toda costa, tampoco ha hecho nada por subsanar este desatino —suspiró—. Al último lugar que llevaría a mi hijo en Navidad sería a su casa.

—Vaya, lo siento.

—Bueno, ha sido muy complicado, sobre todo al principio, pero a estas alturas ya no pienso en ello —sintió que se le escapaba una lagrimita indiscreta y se la limpió con el dorso de la mano—. Ya es una evidencia: he bebido más de la cuenta.

—Vale, pero no llores.

—No lloro, solo me he puesto un pelín blandita.

—¿Un pelín blandita tú?, eso es imposible.

—¿Qué insinúas?

—Que eres más dura que una piedra.

—Serás...

Le dio un empujón en el hombro y luego se lo quedó mirando de cerca, su cara perfecta con una sombra de barba, el pelo largo y rubio, su sonrisa fácil y esos ojazos verdes con la manchita marrón en el ojo izquierdo que lo hacían irresistible. Marcus Olofsson era, sin lugar a dudas, el hombre más varonil y más sexy que había visto en toda su vida y por un momento estuvo a punto de olvidarse de eso y salir corriendo, pero no lo hizo, estiró la mano y le acarició la mejilla sin dejar de mirarlo a los ojos. Estaban como enganchados y aquella era una sensación muy cálida, muy íntima, deliciosa, tan potente que fue capaz de olvidarse de todo, superar la distancia que los separaba y plantarle un beso en la boca que él respondió de inmediato.

En medio segundo se acomodó encima de él, a horcajadas, para besarlo a conciencia, y tras comprobar que Sammy estaba completamente dormido, se fueron al dormitorio principal donde se desató la locura total. Pocas veces le había arrancado la ropa a un hombre de esa forma, pero le dio igual y se dedicó a besarlo entero, de arriba abajo, lamiendo cada rinconcito de su piel suave y olorosa, hasta que lo dejó completamente desnudo y a su merced, listo y excitado, con una preciosa erección que mimó y cuidó hasta que él le suplicó una tregua y solo entonces se apartó, se desprendió de la poca ropa que aún le quedaba puesta, se recostó en la cama y lo recibió dentro gimiendo contra su cuello.

Marcus Olofsson era un amante experto, ya lo había comprobado en Londres. Era apasionado y algo salvaje, dos cualidades que la volvían loca, y esa noche especialmente, a oscuras, en Estocolmo y en completo silencio, se dejó llevar del todo, permitiendo volar a su cuerpo y su imaginación hasta el infinito, bien pegada a su piel y a su boca, con un hambre desconocida que le dejó meridianamente clara una cosa: estaba loca por ese hombre, lo quisiera reconocer o no.

—¿No has comido nada? —su voz grave la sacó de sus ensoñaciones y lo miró con una sonrisa.

—No tengo hambre, lo siento.

—¿Vienes a jugar a la tienda de campaña con nosotros?, le hemos agregado unas mejoras.

—¿Qué mejoras? —preguntó muerta de la risa.

—Hemos hecho una pequeña despensa y una librería.

—Hala, qué interesante.

—Marcus… —Sammy llegó corriendo seguido por Thor y le habló en sueco, varias frases seguidas que la dejaron estupefacta.

—¿Estás hablando en sueco, mi amor?

—Sí —respondió él agarrando a Marcus de la mano—. Bubu se ha comido una galleta de chocolate.

—¡Bubu! —regañó Marcus frunciendo el ceño—, y después nos quejamos cuando te pones malo. Venga, todo el mundo al salón. Irene —se volvió hacia la cama con su pelo revuelto, su pantalón de deporte gris claro y su camiseta celeste. Estaba guapísimo, resplandecía, pensó ella y respiró hondo—, está nevando, he avisado a la oficina que hoy trabajo desde casa y tenemos comida para alimentar a un regimiento, ¿nos quedamos aquí los tres, lejos del mundanal ruido?

—Claro —respondió de inmediato, sintiendo que no hablaba ella sino su cuerpo satisfecho y feliz—, me parece un buen plan.

—Perfecto.

Capítulo 25

—Ok, está bien... —se apoyó en el respaldo de la silla y se pasó la mano por la cara.

—Los archivos están encriptados o no sé que historias, el caso es que nadie me puede dar información al cien por cien y la ley los protege, sin embargo, insistiré, no te preocupes, aunque también podrías relajarte y dejarlo correr —susurró Björg desde Tanzania y él movió la cabeza.

—¿De verdad no te interesa para nada aclarar este tema?

—No y, si te digo la verdad, tampoco me conviene demasiado porque si se entera Johanna tendré un problema.

—¿Tú mujer no sabe que fuiste donante de esperma?

—No.

—Vaya por Dios. En fin, te dejo, hermano, tengo mucho trabajo.

—Hablé con Chris Brown ayer, está por aquí de paso, y me dijo que conocía a tu Irene desde hacía más de diez años y que, además de ser muy guapa, era una mujer muy inteligente, muy fuerte y con las ideas muy claras, que jamás te dejará hacer las pruebas de paternidad.

—¿Le contaste a Chris Brown lo que estaba pasando?

—Claro, es un buen amigo.

—Ya, pero...

—También me confesó que se había ofrecido en su momento para ser su donante y que ella se negó rotunda porque buscaba un padre completamente anónimo.

—Lo sé.

—Vale, pero no te preocupes, localizaré al antiguo director del Instituto Sueco de Reproducción Asistida para ver si él, con su buena mano, puede ayudarnos a conseguir más datos.

—Está bien, gracias. Adiós.

Le colgó y se concentró en los documentos que tenía sobre el escritorio. Había mucho papeleo pendiente después de las vacaciones de Navidad y era mejor que se lo tomara en serio o Hanna lo cortaría por la mitad. Abrió la primera carpeta, leyó por encima y firmó sin mucho entusiasmo, luego subió los ojos hacia su portátil, estiró la mano y lo puso en marcha dejando a la vista las fotos que le había enviado su madre. Todas eran de cuando tenía más o menos la edad de Samuel y en realidad, no lo podía negar, eran como dos gotas de agua. Se parecían tanto que dudaba que incluso Irene pudiera diferenciarlos.

Seleccionó otra carpeta, la abrió y esta vez pudo ver las fotografías de Sammy en Navidad, en Estocolmo o en Vaxholm jugando con los ocho perros de su madre, tan sonriente y feliz. Era un niño increíble, tan listo y despierto, tan cariñoso y simpático, unos rasgos que eran exclusiva responsabilidad de su madre porque ella, que vivía dedicada en cuerpo y alma al pequeño, estaba haciendo un trabajo extraordinario con él.

Pensó en Irene y sintió de inmediato el impulso de tocarla y de secuestrarla una temporada en su cama. Era muy potente la química que compartían, la intensidad de sus encuentros sexuales y la serenidad que ella le despertaba. Le encantaba pasar tiempo con esa mujer, viendo una peli o compartiendo una charla, siempre apasionada por su parte, sobre cine, sobre política o sobre cualquier cosa. Era inquieta, inteligente, culta, divertida y muy sexy, estaba loco por ella, y en Suecia había comprobado que cuando bajaba las barreras y decidía dejar de ser la más fría y distante de los mortales, se convertía en la chica más cariñosa y sensual del universo.

—¿Ya me tienes todo firmado? —Hanna entró en el despacho sin llamar y él asintió, firmando los papeles que aún le quedaban pendientes.

—Erik Karlsson me ha estado hablando del Colegio Escandinavo de Madrid, ¿qué sabes al respecto, Hanna?

—Salvo que imparten el sistema educativo sueco, poco más, ¿por qué?

—No sé, curiosidad.

—¿Curiosidad? —al acercarse a su mesa miró de reojo su portátil y pudo ver las fotos de Samuel. Dio un paso atrás y se cruzó de brazos—. ¿Es por Sammy?

—Podría ser, me gustaría comentárselo a Irene.

—¿Y por qué le iba a interesar a Irene el sistema educativo sueco?

—¿Y por qué no?, es de los mejores del mundo y Samuel habla cada vez más sueco, podría interesarle.

—No vayas por ahí, Marcus, o acabarás por cabrearla otra vez. ¿No dices que volvéis a ser muy amigos? —él la miró frunciendo el ceño—, pues si quieres seguir cultivando esa amistad, ni se te ocurra meterte en los asuntos de su hijo, mucho menos en su educación.

—También podría ser mi hijo.

—Eso tendrás que probarlo y, si es así, tampoco creo que puedas empezar a intervenir en su vida a tu antojo.

—¿De qué parte estás? —Marcus se puso de pie, cerró el portátil y miró la hora.

—De la tuya, por eso no quiero que te precipites y estropees tu actual relación con ella.

—De acuerdo, tendré en cuenta tu consejo, Hanna. Ahora debo irme un rato, pero estaré en el edificio.

Bajó corriendo las escaleras y llegó a la redacción de *Cinefilia* casi en seguida. Llevaban una semana trabajando tras su paso por Suecia e Irene estaba hasta arriba de trabajo, lo sabía, pero quería llevársela a comer a casa o a su despacho para estar un rato a solas.

La localizó con los ojos y la vio de pie, junto a su mesa, hablando por teléfono. Llevaba unos pantalones de vestir marrones y una blusa blanca con las mangas amplias, el pelo oscuro suelto y gesticulaba mucho. Estaba discutiendo con alguien. Se acercó, le acarició la cintura con los dedos y luego se apoyó en su mesa para mirarla a los ojos, ella le regaló una media sonrisa y le hizo un gesto para que esperara un minuto.

—¿Qué ha pasado?, ¿a quién tengo que matar? —bromeó viéndola colgar y ella bufó moviendo la cabeza.

—Me han cancelado una entrevista que veníamos gestionando desde hacía meses. Se me acaba de caer la portada de marzo.

—¿Con quién?

—Hugh Jackman. Su agente dice que no va a venir a España, que solo pasará por Londres y París en la promoción de *Logan*, pero no es cierto, sé fehacientemente que tiene cerrada una televisión en Madrid.

—Conozco a Hugh Jackman, en Nueva York éramos vecinos.

—¿En serio?

—En serio. Déjame mover algunos hilos, a ver qué se puede hacer.

—¿Tráfico de influencias?, me encanta —le sonrió con esos ojazos negros tan expresivos y luego prestó atención a la maqueta de la revista que tenía encima de la mesa, él no se pudo resistir, se acercó y se le acurrucó en el cuello con los ojos cerrados. Ella dio un respingo y se apartó de un salto—. ¡Marcus!

—¿Qué?

—La gente cotillea, ¿sabes? —miró a su alrededor con elocuencia—, no quiero que digan que me estoy acostando con el jefe.

—Pero te estás acostando con el jefe —sonrió y ella movió la cabeza.

—Sin comentarios. Venga, ¿necesitabas algo?

—Llevarte a comer.

—¿Ahora?, estoy muy liada y además tengo que

buscar canguro para Samuel porque Miguel y Alejandra están con la gripe.

—¿Canguro para qué?

—Es el cumpleaños de Olga y vamos todas las chicas a cenar a un mexicano.

—Yo me puedo quedar con él.

—¿Tú?, no te preocupes, ya conseguiré a alguien.

—Thor y yo podemos cuidar de mi coleguita, seguro que a él le encanta la idea.

—No, Marcus, déjalo, pero gracias.

—¿No confías en mí?

—Claro que sí, pero... —lo escudriñó con calma y luego asintió soltando un suspiro—, está bien, gracias, solo serán un par de horas.

—El tiempo que necesites.

—Estupendo, mil gracias, ¿a las ocho en mi casa?

—Eso está hecho.

Capítulo 26

Salió de la ducha y pasó por el cuarto de Sammy para comprobar que dormía plácidamente, entró en su dormitorio con calma, hizo la cama y luego se vistió para estar en casa. Era sábado y no tenían planes para salir, mucho menos después de haber discutido con Marcus, así que pretendía pasar el fin de semana en casita, lo más tranquilamente posible, intentando obviar el hecho de que solo le apetecía llorar o salir corriendo.

Se fue a la cocina y preparó café. Él se había dejado la chaqueta en la encimera, así que la agarró, la abrazó, la olió con todas sus fuerzas y luego la colgó en la percha de la entrada con los ojos llenos de lágrimas, como una verdadera idiota.

Precisamente por esas reacciones suyas, por esas tensiones, por esas idioteces, no quería tener pareja, por eso mantenía a los hombres a raya y, por eso, desconfiaba de la mayoría.

Se sirvió una taza de café y se sentó en el sofá grande del salón pensando en lo obnubilada que la tenía Marcus Olofsson. Después de caer rendida a sus pies en Suecia, el «idilio» continuó viento en popa en España, donde, sin hablarlo, ni discutirlo, empezaron a mantener una relación estable y muy constante que ya había cumplido un mes y que los había llevado a verse casi a diario, no solo en el trabajo, sino también por las noches en sus respectivas casas, llegando a dormir juntos casi todos los días que él estaba en Madrid, y a compartir fines de semana y tiempo libre con una naturalidad que la tenía completamente fascinada.

Él era un sueño, muy cariñoso con Sammy, que lo adoraba, y extremadamente atento con ella. Muy apasionado, tan inteligente, tan guapo, tan seguro de sí mismo, tan perfecto que empezó a bajar la guardia, por primera vez en muchos años, y comenzó a dejarse llevar, a relajarse y a permitir incluso que le hiciera algunas preguntas sobre la dichosa inseminación artificial. Un tema tabú en el que no estaba dispuesta a ahondar, pero del que empezaron a charlar con cierta naturalidad. Él quería saber cómo se había sentido durante el embarazo, los detalles del parto, de los primeros meses de Samuel, de sus primeros pasitos o palabras, estaba muy interesado en el niño porque lo quería, le confesó una noche, y ella, muy conmovida, empezó desde entonces a considerar seriamente la posibilidad de contarle la verdad, de hablarle de lo que había averiguado Ingrid, de confirmarle que sí, que era cierto, él era el padre biológico de Samuel y estaba dispuesta a integrarlo en su vida de la mejor forma posible.

Sin embargo, una fuerza sobrehumana le impedía hacerlo. Algo la detenía a la hora de mirarlo a los ojos y confesar toda la verdad, no sabía qué le pasaba, pero hasta ese momento no había podido ser sincera con él y esa mañana, después de lo que había ocurrido el día anterior, daba gracias a Dios por no haberle dicho la verdad, por no haberse dejado llevar por el corazón, porque, si todo se desarrollaba según parecía, igual no lo volvía a ver en lo que le restara de vida.

—¿Qué es esto? —le preguntó en el restaurante, cuando a la hora del café le puso un folleto en la mano.

—El colegio escandinavo de Madrid.

—Eso ya lo veo, Ingrid estudió allí.

—¿O sea, que lo conoces? —ella asintió—. Me han ofrecido una plaza para Samuel, para lo que queda del curso o para el siguiente.

—Sammy ya tiene colegio.

—Pero este imparte el sistema educativo sueco, es muy bueno, con deporte...

—¿Qué? —dejó el papel sobre la mesa y apoyó la espalda en el respaldo de la silla completamente desconcertada—. No puedo permitírmelo, es carísimo.

—Yo sí puedo y me encantaría...

—Ni en sueños, pero muchas gracias —miró la hora e hizo amago de levantarse, pero él la sujetó por el brazo.

—No soy un extraño, no me hables así.

—¿Y qué quieres que te diga, Marcus?, ¿estás loco?, ¿cómo vas a pagar tú el colegio a mi hijo?, ¿por qué? Dentro de un tiempo tú y yo nos dejamos de ver y qué pasaría ¿eh?, yo te diré lo que pasaría: dejarías de pagar la mensualidad y yo tendría que sacarlo del sistema educativo sueco para llevarlo otra vez a su cole del barrio. No, muchas gracias.

—¿Ya estás pensando en dejarme?

—No vayas por ahí, estoy hablando en serio.

—Yo también estoy hablando en serio —le agarró la mano y buscó sus ojos—, tienes una visión muy trágica de la vida, Irene.

—Soy realista.

—De acuerdo, puedo ingresar en un banco un fondo permanente para costear el colegio, se pagará automáticamente sin ningún problema y pase lo que pase entre nosotros.

—No, gracias y si no quieres que me enfade de verdad, dejemos el tema, por favor.

—¿Qué te enfades de verdad?, me callo mil cosas para que no te cabrees de verdad, dejes de hablarme o me mandes de paseo, ¿cuándo me toca a mí hablar con libertad?

—Si te sientes tan coaccionado, Marcus, deberías...

—No, déjalo, no digas nada. Gracias —le soltó la mano y ella pudo ver la sombra de tristeza en sus ojos tan claros, así que reculó y respiró hondo.

—No quiero que te sientas así, dime lo que me tengas que decir.

—¿En serio? —asintió y él habló sin cambiar la postura—. Quiero hacer una prueba de paternidad.

—No voy a someter a Samuel a nada de eso, lo siento —se levantó y se cruzó el bolso en bandolera—, si decidí ser madre soltera y a través de un banco de esperma, fue porque el proceso era anónimo, no voy ahora a...

—Es evidente que es hijo mío, solo necesito las pruebas para que acabes aceptándolo.

—Me vuelvo a la oficina, adiós.

Y se largó sin mirar atrás y llegó a la redacción hecha un mar de lágrimas y sintiéndose muy culpable. Él no se merecía vivir en la inopia, seguro que no, pero ella solo pretendía proteger a Sammy, protegerse los dos y no complicarse la vida con unas pruebas de paternidad que, visto lo visto, derivarían sin el menor género de dudas en una solicitud de reconocimiento oficial, de custodia compartida y de todos aquellos requerimientos legales que no necesitaban en sus vidas. Marcus tenía que comprenderlo y si no era así, lo mejor sería dejar de verse y pasar página de una vez por todas.

La situación se había descontrolado del todo y toda la culpa era suya por haberlo dejado entrar en su apacible existencia, por haberse acostado con él, por haber iniciado una relación íntima que no tenía ni pies ni cabeza. ¿Quién, en su sano juicio, se podía acostar con el padre biológico de su hijo, sabiendo que era el padre biológico de su hijo? Nadie, ninguna madre responsable en su situación lo haría.

Pasó la tarde autoflagelándose por idiota y mirando el teléfono móvil por si Marcus Olofsson daba señales de vida, pero no lo hizo y cuando a las ocho de la noche apareció en su casa, como habían quedado antes de la discusión, para cenar, fue la primera sorprendida y lo recibió con la mejor disposición, decidida a charlar con él tranquilamente, para tratar de aclarar muchas cosas antes de seguir adelante, o no, con su relación, sin embargo, poco tiempo le duraron las buenas intenciones porque él, que no era ni un crío, ni un pusilánime, no estaba por la labor de una tregua y en seguida sacó la artillería pesada contra ella, poniéndola otra vez, y muy a su pesar, a la defensiva.

—Ya se ha dormido, ¿quieres un té? —llegó al salón y se lo encontró sentado y completamente absorto en la televisión—. ¿Marcus?

—¿Sabes que Samuel podría ser hijo de mi hermano? —levantó la mano para hacerla callar y ella dio un paso atrás— es un Olofsson, no me cabe la menor duda, pero podría ser hijo de Björg, que también fue donante de semen en el Instituto Sueco de Reproducción Asistida, donde trabajaba, así que no me juzgues por necesitar una prueba de paternidad.

—No te juzgo, solo digo que no voy a someter a mi hijo a ninguna prueba de ADN.

—¿Por qué?, es un mero trámite.

—Para ti es un mero trámite, para mí supone saltarse de un plumazo mis principios y mi filosofía de vida.

—¿Filosofía de vida?

—La decisión de ser madre soltera y por inseminación artificial no fue tomada a la ligera. Me lo pensé mucho, me eché encima a mucha gente y me comí muchas críticas, pero fui adelante con un embarazo en solitario completamente convencida de que era lo que quería y como lo quería. Han pasado tres años y sigo convencida de que hice lo correcto, porque les guste o no a los demás, esta es mi vida, la familia que componemos Sammy y yo, y no pienso cambiarla por nada del mundo. Nunca busqué un padre para mi hijo, ni antes ni ahora, no lo necesito, esa es mi filosofía de vida.

—Tú me metiste en tu vida, tú me involucraste preguntándome si había sido donante en Estocolmo.

—Y no sabes cuánto lo siento, nunca debí…

—Yo no lo siento, al contrario, estoy encantado de

poder ser el padre biológico de Samuel, pero necesito confirmarlo.

—¿Para qué?

—¿Cómo que para qué?, ¿de verdad no lo entiendes?

—Entiendo tu postura, pero...

—Me parece perfecto que no necesites de un padre para tu hijo, tampoco pretendo serlo, solo pretendo resolver una duda tan trascendental, tan potente, que apenas me deja respirar, y, a partir de ahí, si tú lo consientes, intentar construir algo entorno a Samuel.

—¿Construir algo entorno a Samuel?, ¿darle tu apellido?, ¿pedir derechos de visita?, ¿la custodia compartida?, ¿matricularlo en el colegio que a ti te apetece?, ¿en serio?

—No pienso hacer nada de eso, pero tampoco me parece tan monstruoso querer enriquecer la vida de un niño con la presencia real y física de su padre biológico.

—Se empieza queriendo enriquecer la vida del niño y se acaba a gritos en los tribunales.

—Eso no es verdad, tú y yo nos llevamos bien, podemos estar juntos en esto, como en todo lo demás, Irene, no seas tan intransigente.

—¿Tú crees que nos llevamos bien?

—Sí, por eso estoy contigo. Mírame —se levantó, se le acercó y le sujetó la barbilla para que lo mirara a los ojos— el treinta y uno de diciembre tenía previsto dejar definitivamente Madrid para volver a Nueva York, la fusión ha funcionado bien y esta sede puede seguir sola, con un equipo directivo autónomo y sin mí. Esos eran los planes iniciales, sin embargo, un mes después sigo aquí, ¿tú por qué crees que me he quedado?

—Por Samuel, supongo.

—Por él, pero principalmente por ti.

—Vale —bajó la cabeza sin saber qué decir y él la abrazó con fuerza.

—Formamos un gran equipo, me encanta estar contigo, hacer el amor contigo, charlar contigo e incluso discutir contigo. Eres única para mí, Irene, baja la guardia de una maldita vez y confía en mí.

—Déjame pensarlo —se apartó y respiró hondo—, todo esto me descoloca bastante, ¿sabes?, no quiero equivocarme, ni arrepentirme en un futuro de nada, se trata de mi hijo.

—No lo vas a consentir ¿verdad?, ni siquiera piensas considerar la maldita prueba de paternidad. Estoy perdiendo el tiempo contigo —se alejó de ella y la miró a los ojos con los suyos entornados—, no me darás ni la más mínima oportunidad de poder poner en orden mi vida, aunque hayas sido tú la única responsable de ponerla patas arriba. Lo cierto es que te importa una mierda y te ríes de mí como te da la gana.

—¡¿Qué?!

—Soy honesto contigo, vengo de cara, no escondo mis sentimientos y te pido algo de vital importancia para mí, para todos, y tú no eres capaz de bajar de tu torre de marfil y reconsiderar tus perfectos e inamovibles principios. ¿Qué clase de persona eres, Irene?

—Lo que no voy a consentir es que me hables así. Vete de mi casa, por favor.

—Salimos juntos, dormimos juntos, trabajamos juntos, no soy ningún extraño, ¿por qué me tratas así?

—No te preocupes, no voy a volver a tratarte de

ninguna manera. Adiós —le indicó la puerta con los ojos llenos de lágrimas y él silbó para llamar a Thor, que llegó corriendo a su lado.

—No pienso rendirme —salió rozándola con el brazo y pisó el rellano indignado—. Supongo que ha llegado el momento de largarme de esta ciudad, ya nada me retiene aquí. No tendrás que volver a verme, pero, tenlo en cuenta, sí que tendrás noticias mías, de mis abogados, no voy a olvidarme de Samuel.

—Perfecto, Marcus, es justamente lo que te dije que acabaría pasando. Haz lo que tengas que hacer, no te tengo ningún miedo.

Y eso había sido todo.

Se levantó para secarse las lágrimas antes de que despertara Sammy y se fue a la cocina intentando sujetar los sollozos. Tenía que tranquilizarse y recuperar la serenidad porque no podía perder los papeles delante del niño, no podía parecer una loca llorona y desesperada, con el corazón roto, que era como se sentía.

«Todo ha sido culpa tuya, Irene», se dijo limpiándose la cara con papel de cocina, «tú bajaste la guardia, te dejaste llevar, hiciste caso a tu hermano, planteaste la pregunta del millón a tu jefe y encima te enamoraste de él, porque en eso se resumía tanto sufrimiento: te has enamorado y has perdido a Marcus Olofsson en un tiempo récord, y eso no tiene perdón de Dios».

De pronto el timbre de la puerta sonó muy alto y se pegó al techo del susto. Miró la hora, las ocho de la mañana, seguro que se trataba de su vecina pidiendo café o pan de molde, como casi todos los fines de semana.

—Hola —saludó y se quedó quieta al verlo a él en carne y hueso delante de su puerta. Thor pasó corriendo entre sus piernas, directo hacia la habitación de Sammy, y Marcus Olofsson buscó sus ojos con cara de angustia.

—No pienso hacer nada legal contra ti, no sé por qué te dije eso, bueno, sí lo sé, habló mi frustración. Lo siento mucho.

—Está bien, gracias.

—¿Crees que podemos olvidar la discusión de ayer y seguir adelante al margen de...?

—¿Podrás tú?

—No pienso volver a hablar de pruebas de paternidad, colegios escandinavos ni nada parecido hasta que tú estés preparada.

—Está bien.

—Perfecto —le ofreció la mano y ella saltó para abrazarse a su cuello con fuerza, llorando como una Magdalena. Él le besó la cabeza, entró en la casa y cerró la puerta de una patada.

Capítulo 27

Mediados de marzo y parecía verano. No es que hiciera un calor insoportable, pero la temperatura era alta y bufó sacándose la corbata. Miró a su alrededor y buscó a Irene con los ojos, ella estaba al otro lado de ese jardín enorme haciéndose fotos con su hermana Clara, que, vestida de novia, posaba con sus damas de honor y sus parientes femeninas más cercanas en medio de varios arreglos florales. Todo muy cursi, muy de boda, que era lo que estaban celebrando en esa finca de las afueras de Madrid.

Se inclinó y comprobó las sumas que acababa de hacer Sammy en su cuaderno de Matemáticas. Le encantaba jugar a sumar y restar y encima lo tenía entretenido, así que le dio el visto bueno y le puso cuatro ejercicios más para que siguiera distraído, luego tomó su gran vaso de refresco y lo apuró de un trago, apoyando la espalda en el respaldo de la silla. Jamás se acostumbraría a ese calor seco de Madrid.

Volvió a buscar a Irene y la observó con atención. Llevaba un vestido marrón chocolate muy sexy, con la espalda abierta hasta la cintura y una falda estrecha que terminaba justo debajo de las rodillas, dejando a la vista sus preciosas piernas y sus tobillos finos, adornados con las pulseras de sus sandalias de tacón. El pelo oscuro sujeto en un moño clásico y poco maquillaje, muy elegante, guapísima. Solo mirarla y una excitación brutal le subía por todo el cuerpo, algo que le pasaba desde el principio, desde que la había conocido, aunque con el paso de los meses su deseo por ella estaba creciendo exponencialmente y sin freno, no lo podía negar.

Cambió de postura y desvió los ojos hacia el resto de los invitados a la gran boda de Clara Guzmán, la hermana pequeña de Irene. Una chica rubia y muy simpática que estaba cumpliendo el sueño de casarse como en un cuento de hadas, con todos los accesorios y rituales que existían en el complejo mundo de los enlaces matrimoniales, y que había tenido la deferencia de invitarlo, a pesar de que se habían visto solo dos veces y de que Irene no estaba muy por la labor de asistir al «dichoso bodorrio», como lo llamaba, donde tendría que hacer el paripé y aparecer junto a su familia como la familia que en realidad no eran.

Finalmente decidió ir y no defraudar a su hermana y ahí estaban, los dos juntos, ejerciendo oficialmente como pareja y él a cargo de Samuel, que ya estaba dando los primeros síntomas de hastío y aburrimiento total. Era muy pequeño para tanto trajín, pensó y estiró la mano para revolverle el pelo.

—¿Tienes sed, coleguita?
—¿Nos vamos?
—Todavía no, pero creo que falta poco.
—Vale.

Respondió resignado y a él el corazón se le deshizo de ternura. Era imposible no querer a ese pequeñajo, aunque no fuera su hijo biológico, lo quería con toda su alma porque era un crío estupendo, increíble y lo tenía maravillado. Solo esperaba poder seguir a su lado para siempre, incluso, y a pesar de Irene, que cualquier día lo mandaba a paseo y lo alejaba de Samuel. Una opción bastante plausible teniendo en cuenta que ella era inexpugnable y nunca aceptaría reconocer oficialmente su paternidad.

«Más se consigue con miel que con hiel» le decía su madre continuamente, animándolo a tener paciencia con Irene y las dichosas pruebas de ADN. Por supuesto él no se olvidaba de la promesa que le había hecho y llevaba más de un mes sin mencionar ni someramente el tema de la inseminación artificial. No hablaban al respecto y todo iba de maravilla, pero eso no quería decir que se hubiese resignado a vivir en la inopia, en absoluto, solo quería decir que cumplía con su palabra, aunque en su fuero interno siguiera obsesionado con la idea de realizar las pruebas de paternidad y de ese modo dejar de una maldita vez las cosas meridianamente claras: Sí, Sammy era hijo suyo y no había nada más que hablar.

Respiró hondo y trató de calmarse. Normalmente en su día a día tomaba decisiones y ejercía su voluntad con mano firme y sin dudarlo, sin embargo, en ese, el ámbito más importante de su vida, no tenía ni voz ni voto, era un mero espectador pasivo y empezaba a impacientarse. La frustración apenas lo dejaba respirar y tal vez había llegado el momento de coger el toro por los cuernos y pasar a un plan B.

—Marcus... —Sammy le habló de muy cerca y lo

sacó de sus pensamientos de golpe. Le sonrió y miró sus ojos verdes con atención.

—¿Qué pasa, cariño?

—Me quiero ir...

—Lo sé, ahora buscamos a mamá. ¿Quieres ver unos cisnes?, he visto unos en el estanque de la entrada —se puso de pie, lo cogió en brazos y se encaminó hacia la salida con la intención de distraerlo un rato más, pero una señora muy elegante le cortó el paso y le sonrió de oreja a oreja antes de pellizcar la mejilla del pequeño.

—Hola, Samuel, ¿no das un beso a la abuelita?

—Hola —respondió el niño y se acercó para besarla con un poco de desconfianza.

—Eres muy guapo. ¿Qué tal?, soy Maica, la madre de Irene —lo miró a él a los ojos y le extendió la mano—. ¿Hablas español?

—Un poco, encantado.

—No sabía que mi hija iba a venir acompañada. Es una gran sorpresa que se haya dignado a traerte.

—¿Cómo dice?

—Mamá, ¿qué haces?, te están buscando para las fotos —interrumpió de repente Miguel, que apareció de la nada y la sujetó por el brazo—, vamos, corre, que Clara está de los nervios.

—Solo quería saludar a...

—Marcus, se llama Marcus.

—Encantada Marcus y tú, Samuel, ¿no quieres venir conmigo?

—No —contestó rotundo y se le acurrucó a él en el cuello.

—Vaya por Dios, qué malo eres con la abuelita.

—¿Malo con la abuelita? —Irene se acercó de dos

zancadas y miró a su madre con los ojos entornados. Miguel resopló y él se quedó quieto sin saber muy bien qué hacer—. ¿Qué términos son esos?

—Es un decir, no quiere venirse conmigo.

—No te conoce ¿cómo se va a ir contigo?

—Qué insufrible eres, hija.

—Lo mismo digo.

—Vale, suficiente —Miguel agarró a la señora del brazo y se la llevó casi a rastras de allí. Irene lo miró a él y le sonrió.

—Está a punto de dormirse, gracias por cuidarlo toda la tarde —extendió los brazos y le quitó al niño para acurrucarlo sobre su hombro.

—Ha sido un placer, ¿estás bien?

—Sí, es mi madre, que me saca de quicio. Solo se ha acercado a Sammy porque está contigo y quería cotillar, está como loca de curiosidad por saber quién eres. ¿Nos vamos?

—¿Tan pronto?, aún queda la tarta y todo eso, ¿no?

—Ya le he dicho a Clara que nos íbamos pronto.

—Genial, voy a buscar el coche.

—Gracias. Marcus, ven aquí —lo sujetó por la chaqueta y lo hizo acercarse para darle un beso en la boca—, nunca había ido a una boda con un hombre tan guapo.

—Lo mismo digo.

—No mientas.

—Yo no miento. Te espero en la puerta.

Quince minutos después se metían en carretera camino de Madrid. En el asiento trasero, en su sillita, acomodaron a Sammy para que durmiera tranquilo y se quedaron en silencio un rato, viendo cómo se hacía de noche justo frente a ellos. Un momento muy agradable que lo llevó a pensar en lo bien que se sentía cuando tenía a Irene y a Samuel cerca. Estiró la mano y la posó sobre su muslo, ella levantó la suya y le acarició los dedos.

—¿Satisfecha tu hermana con su boda?

—Creo que sí, la pobre me confesó que llevaba días con pesadillas terribles en las que Fran la dejaba plantada en el altar, como Álvaro Echevarría hizo conmigo.

—Ese tío era imbécil.

—¿Álvarito?, lo sigue siendo.

—De eso no me cabe la menor duda.

—De todas maneras siempre he pensado que al final me hizo un favor, si me hubiese casado con él no habría tenido a Sammy, ni avanzado en el trabajo, en fin, como decía mi abuela: todo pasa por algo.

—Bueno, hubieses tenido hijos con él.

—Pero no a mi Chumichurri —se giró y le acarició las piernas—. Se ha portado muy bien. Gracias otra vez por cuidarlo.

—No me des las gracias, me encanta estar con él.

—Lo sé —se acercó y lo besó en la mejilla—. ¿Tú cómo estás?, ¿has pasado mucho calor?

—Un poco. ¿Y a ti no te gustaría casarte?

—¿A mí?, no lo he pensado, pero creo que no, ¿tú te casarías otra vez?

—¿Por qué no?, que me fuera mal la primera vez no significa que me vaya a ir mal una segunda... ¿Qué? —la miró de reojo y vio que movía la cabeza con una media sonrisa—, ¿qué ocurre?

—Imaginarte de novio, casándote, me descoloca un poco. Solo te pido que no me invites a tu boda.

—¿Das por hecho que me casaría con otra?

—Claro, con una modelo o actriz o famosa, altísima, guapísima y con dinero, como tu ex o como la insoportable Dafne Hernández.

—Qué errada estás.

—Ya, ya... ¿Sabes qué?, aún no tenemos los billetes para Suecia y faltan tres semanas, creo que los compraré esta noche —cambió de tema, pero se quedó en silencio al ver sus ojos entornados—. ¿Qué pasa?

—No sé cómo tomarme eso.

—¿Lo de los billetes?

—Olvida los billetes, iremos en un jet de la empresa, así que tranquila.

—¿En serio?, pues...

—¿De verdad me ves casándome con otra?

—Marcus... —se echó a reír, pero él no movió ni un solo músculo de la cara—, estoy de broma, qué sabemos lo que nos deparará el destino.

—El destino se puede planificar.

—Vale —se apartó y se puso a mirar por la ventana—, llevábamos más de un mes sin discutir y no pienso hacerlo ahora, mucho menos por una tontería.

—No me parece una tontería porque si piensas en mí casándome con otra, es porque piensas en ti dejándome tirado a la primera de cambio y no es una opción muy agradable.

—Seguro que tengo más papeletas para que me dejes tú a mí que yo a ti, así que dejémoslo correr... —suspiró—. Estuve en Estocolmo una Semana Santa y tuve muy buen tiempo, espero que esta se porte igual de bien, aunque el frío o la lluvia no me molestan nada, al contrario, me encantan. ¿Crees que el clima nos acompañará?

—Esté como esté lo pasaremos bien.

Y no volvió a abrir la boca hasta que llegaron a su casa, un poco dolido por ese tipo de comentarios que Irene soltaba de vez en cuando y que siempre iban encaminados a denostar su interés real por ella o sus sentimientos. Una costumbre que traslucía a las claras lo poco que confiaba en él y que él llevaba fatal, cada día peor, sobre todo desde que sentía que se había enamorado de ella, aunque fuera incapaz de decírselo a la cara.

—¿Tienes hambre? —lo miró al descubrirlo apoyado en el dintel de la puerta del cuarto de baño y le sonrió—, tengo gazpacho y…

—Eres tan guapa que a veces me duele mirarte —se acercó y la abrazó por la espalda. Ella estaba en braguitas y sujetador, después de pasar por la ducha, y le sonrió a través del espejo.

—Es usted muy galante, caballero.

—Preciosa —le acarició ese delicioso y suave vientre con la mano abierta y le lamió el cuello sintiendo cómo se le tensaba la espalda—, te deseo las veinticuatro horas del día, Irene, estoy loco por ti.

—Y yo por ti.

—¿En serio? —le bajó la braguita de algodón, la acomodó sobre la encimera, se abrió los pantalones del traje y la penetró soltando un quejido profundo. Se balanceó dentro de ella con calma, sujetándola por las caderas, con los ojos cerrados, oliendo su pelo largo y suelto, hasta que decidió deslizar las manos por su piel de terciopelo, arrancarle el sujetador y atraparle los pechos con ansiedad—. *Jag älskar dig*[3]

---

[3] *Jag älskar dig*. En sueco «Te amo».

—Marcus... —ella se giró para mirarlo de frente, muy emocionada, y le acarició la mejilla.

—Te quiero y me da igual si por decirlo te deshaces de mí.

—¿Cómo voy a deshacerme de ti? —lo besó con los ojos llenos de lágrimas y se quedó pegada a su boca, regalándole su aliento tibio hasta que susurró—: yo también te quiero.

—Más alto, por favor.

—Te quiero.

—Así me gusta —la cogió en brazos y se la llevó a la cama. Afortunadamente, Samuel dormía plácidamente con Thor en su cuarto y tenían toda la noche por delante, así que la tiró encima del edredón con una sonrisa de oreja a oreja—. ¿O sea, que entiendes el sueco?

—Un poquito, solo las cosas importantes —respondió muerta de la risa.

—Qué interesante.

Capítulo 28

—Me alegro que lo hayáis pasado tan bien, Clarita y todavía te queda media luna de miel.

—Sí, ahora toca mi parte... —su hermana le hablaba feliz como unas castañuelas al teléfono, mientras ella intentaba organizar su escritorio.

—¿Y por qué nos os fuisteis a Japón desde California?

—Fran quería ver a su madre, ya sabes que está malita.

—La vi estupenda en tu boda.

—Sí, está mejor. ¿Y qué me dices de la última neura de mamá?

—¿Qué neura?

—¿No te lo han contado Miguel o Alejandra?, es muy fuerte.

—No, ¿qué le pasa?

—Dice que Marcus es el padre de Samuel, que lo tuviste de forma natural con él y que te inventaste lo de la inseminación solo para hacerle daño, para ponerla en un brete, para joder un poco, vamos...

—¡¿Qué?!, es increíble —contestó moviendo la

cabeza— hay gente tan egocéntrica que cree que todo tiene que ver con ella, incluso una decisión tan importante.

—Lleva desde la boda intentando que Miguel, Ale o alguno de nosotros le dé la razón, yo ya le dije que Marcus es tu jefe y que lo conoces desde hace un año, pero da igual, ella erre que erre, que el niño es clavado a él y bla, bla, aunque en eso tiene razón, Sammy es el vivo retrato de Marcus, no lo puedes negar.

—Casualidad... —contestó evitando entrar en el tema y suspiró mirando el número de marzo de *Cinefilia* donde, gracias a Marcus Olofsson y su gestión, Hugh Jackman aparecía hablando de *Logan*—. Cariño, tengo que dejarte, estoy muy liada y...

—¿Y Marcus qué tal?

—Lleva toda la semana en Suecia, llega esta noche.

—Mándale recuerdos.

—Mil gracias, un beso grande. Adiós.

Colgó a su hermana pequeña, que ya llevaba dos semanas casada, y se despidió de sus compañeros de redacción para subir a saludar a su amiga Olga, que acababa de incorporarse al trabajo tras una larga baja médica por problemas con su segundo embarazo. Aún tenía tiempo para charlar con ella antes de tener que volar al Hotel Villa Magna para entrevistar a Jessica Chastain y le apetecía un montón verla, así que subió corriendo las escaleras y llegó a su redacción contestando al teléfono móvil, que no paraba de vibrar desde hacía un rato.

—Marcus...

—Llevo diez minutos llamándote.

—Lo siento, estaba liada, ¿qué tal te va?, ¿necesitas algo?

—Vamos a publicar tus entrevistas de Penélope Cruz y Hugh Jackman en Suecia, las empiezan a traducir hoy.

—Genial, me parece estupendo.

—Es estupendo ¿estás bien?

—Yo sí, es que subía las escaleras a la carrera, voy a ver a Olga, ha vuelto hoy a la oficina, ¿tú que tal?

—Mucho trajín como siempre, deseando veros.

—Y nosotros a ti.

—¿Qué juguete decidió finalmente llevarse al cole?

—A Bubu, por supuesto.

—Espero que no lo pase muy mal cuando los otros niños quieran tocarlo y jugar con él.

—Ese era el riesgo, pero se empeñó en llevarlo.

—Ay, Dios —exclamó e Irene no pudo evitar sonreír—, es preocupante... en fin, ya me contaréis.

—No te preocupes, ahí está la profe para poner orden. Te vemos esta noche en tu casa, ¿te parece?

—Perfecto, luego hablamos. Un beso.

—Un beso —le colgó con el estómago lleno de mariposas y las piernas de lana, como le sucedía siempre que oía su voz tan sexy, y entró al despacho de Olga sonriendo de oreja a oreja. Solo pensar que volvía esa noche y lo tendría todo el fin de semana para ella sola, le provocaba escalofríos por todo el cuerpo—. ¡Hola, guapísima!

—Hola —respondió Olga poniéndose de pie para abrazarla—, estás estupenda, Irene, ¡qué guapa te veo!

—¡Tú sí que estás guapa!, ¿me vas a decir lo que es? —le acarició la tripita y ella sonrió.

—Otra niña.

—Estupendo, Leticia estará encantada.

—Lo está ¿y tú?, ¿qué haces para resplandecer de ese modo?

—Nada, tú que me miras con buenos ojos.

—No es eso, estás más guapa que nunca, en serio.

—¿Sabes que a la hermana de Inés le van a devolver las niñas?, acabo de enterarme.

—Gracias a tus amigas abogadas.

—Sí, se lo han currado mucho, pero lo han conseguido en colaboración con un bufete americano, si no era imposible.

—Me alegro.

—Pues sí, habrá que celebrarlo cuando vengan de Washington.

—¿Y tú te vas a Estocolmo en Semana Santa? —Irene asintió sentándose en una silla—, ¿a la casa del gran jefe?

—Sí, la semana que viene. Estaremos con Ingrid y también con Marcus.

—Me refiero al gran, gran jefe, el señor Björg Olofsson, hay quien dice que ya conoces su mansión de Vaxholm.

—¿Quién dice eso?

—Es evidente que lo tuyo con esa familia, con el guaperas de Marcus, va viento en popa, Irene, ¿no me lo vas a contar ni a mí?

—No hay mucho que contar.

—Todo el mundo sabe que estás liada con Marcus Olofsson, se os ve de lejos, incluso mi maridito lo ha visto dos veces en el cole recogiendo a Sammy, y para que tú dejes que alguien recoja a Sammy debe ser de mucha confianza. ¿Qué está pasando?, ¿va muy en serio la cosa?

—Es Marcus Olofsson, cualquier día se va a Singapur a coordinar una fusión y no le vuelvo a ver el pelo, sin contar con que tiene mil oportunidades al día con chicas de todas partes, no hay nada serio que contar.

—Mujer de poca fe.

—Soy realista.

—Pues hoy no alcancé ni a colgar el bolso, cuando ya me estaban hablando de vosotros dos, sois la pareja de moda de la editorial.

—Qué lástima —se movió incómoda y trató de cambiar el tema, pero Olga no lo permitió y se inclinó sobre la mesa para hablarle en tono confidencial.

—Corre el rumor de que te subieron el sueldo porque te acuestas con el jefe, eso sí que es una lástima, amiga mía. La gente es muy malintencionada.

—No me lo puedo creer —se levantó y se puso en jarras, con un cabreo monumental subiéndole por el pecho.

—Alguien de administración lo soltó y es la comidilla de…

—Es cierto que tuve una subida de sueldo, pero fue antes de empezar a salir con Marcus y… —agarró su bolso y se lo colgó en bandolera— tampoco tengo que dar explicaciones a nadie, pero si te preguntan, que sepan que fue porque avisé que me iba, que cambiaba de trabajo, y quisieron mejorar cualquier oferta que tuviera de fuera, nada más.

—¿Te ibas?, ¿por qué?

—Unas ganas irreprimibles de cambiar de aires y cuando escucho historias como esta, te aseguro que me vuelven a entrar unas ganas locas de largarme cuanto antes de aquí.

—Irene, toda la vida se ha cotilleado en las empresas, no es ninguna novedad.

—Tal vez, pero odio ser el centro de los cotilleos. Yo nunca me meto con nadie, Marcus mucho menos y... —miró la hora y se acercó para darle dos besos—, me voy, tengo una entrevista en el Villa Magna. Cuídate.

Salió bufando de impotencia y mirando con desconfianza a todos los compañeros que se encontró de camino a la calle. Desde luego en las empresas se chismorreaba, lo sabía, no era idiota, y más tratándose de un lío en el que estaba involucrado el jefe, pero el caso es que Marcus y ella eran solteros, estaban libres, no molestaban a nadie y habían sido muy discretos. No entendía tanto revuelo y mucho menos que se especulara con información privada y confidencial como era el monto de su nómina. Era una verdadera vergüenza y estaba tan enfadada que se pasó el resto del día indignada y pensando estrategias para enfrentar a la gente y poner las cosas claras. Necesitaba que supieran que era perfectamente consciente de que la ponían verde a sus espaldas, que los que se decían amigos callaban y otorgaban, y que estaba siendo el gran entretenimiento del año. Necesitaba hacerlo, pero era imposible hacerlo, y eso la frustraba aún más.

A las seis de la tarde, ya más tranquila, llegó a la casa de Marcus en Alfonso XII y abrió la puerta dejando entrar a Thor, que se había quedado con ellos toda la semana, y a Samuel, que venía con su Bubu abrazado por el cuello tras superar la visita al colegio. Según su profesora no había permitido que nadie tocara a su peluche favorito, pero al menos no había intentado jugar con los juguetes de los demás niños, y eso había facilitado bastante las cosas. Un verdadero alivio.

—¿Qué vamos a cocinar? —le preguntó, siguiéndola para ayudarle a ordenar la compra.

—Unos espaguetis a la boloñesa, que son los favoritos de Marcus.

—¿Y cuándo viene?

—Más tarde, ahora se subía a su avión. ¿Quieres un poquito de zumo, mi vida?

—Vale —lo sentó en la isla central de esa enorme cocina y le sirvió un vaso de zumo antes de poner un cuenco de agua para Thor en el suelo.

—¿Estás muy cansado? —él negó con la cabeza—. En cuanto coloquemos todo nos damos un bañito y nos ponemos el pijama.

—¿Y podemos ver Bob Esponja?

—Claro, en la tele grande del salón.

—¡Sí!

Aplaudió tan contento y ella le dio la espalda para ordenar la pequeña compra que le había hecho a Marcus: pan, leche, huevos, yogures, algo de fruta y verdura. Todas esas cosas frescas que él no tenía tiempo de comprar y que, sin embargo, necesitaban si se quedaban allí a pasar el fin de semana.

Abrió la nevera y sonrió recordando lo bien que estaban últimamente, sobre todo tras decirse te quiero hacía dos semanas. Una confesión que aliviaba tensiones y dejaba el panorama más claro, opinaba Marcus, que había resultado ser un sentimental de mucho cuidado. Jamás te lo podías imaginar observando la pinta que tenía, siempre tan seguro, relajado y desenvuelto, como viviendo al margen de todo el mundo, pero era cierto, era un hombre apasionado y muy romántico y cada día lo quería un poco más. Pensó en sus ojazos verdes y en su boca y le temblaron las rodillas, dejó la compra en la nevera y se fue directo al mueble alto de la cocina para buscar la salsa de tomate y el aceite de oliva que había dejado allí en su última visita, pero no los encontró, se alejó para ver si los había cambiado de sitio y en seguida los localizó en la balda más alta, así que se fue a buscar una silla para alcanzarlos.

—¿Qué es esto? —detrás de varios productos suecos, al fondo de la estantería, vio aquella bolsa gris metalizada y la cogió con total inocencia, pensando que se trataba de algún producto olvidado por Marcus. Seguramente caducado, creyó, sacando de ella algo que jamás, nunca, se hubiese imaginado encontrar allí.

—Son bastoncitos —contestó Samuel desde su sitio y con mucha seguridad—, se usan así, ven...

—¿Bastoncitos?, ¿ya los habías visto antes? —abrió una de las cajas, que ponía *DNA Paternity Test*[4] en el frontal, rompió el plástico que contenía varios «bastoncitos» y le entregó uno a Samuel, comprobando que el Kit se completaba con un sobre y un texto de instrucciones en inglés.

—Se hace así... —el pequeño se metió el hisopo en la boca y se frotó el interior de la mejilla con mucho cuidado, como Irene había visto hacer alguna vez en televisión. A ella se le paralizó literalmente el corazón en el pecho, dio un paso atrás y se sujetó al borde de la encimera para no caerse al suelo—, ya está.

---

[4] ADN. Test de Paternidad.

—¿Marcus te enseñó cómo hacerlo?

—Sí, ¿quieres tú?

—No, mi vida... —se acercó y lo cogió en brazos—. ¿Te acuerdas cuándo lo hicisteis?

—Sí... cuando tú fuiste a ver a ese bebé nuevo.

—¿El hijo de mi amiga Elena? —él asintió— el fin de semana pasado. Está bien. ¿Me das un abrazo?, ¿uno muy, muy fuerte?

Capítulo 29

—¡Hooola, ya estoy en casa! —Marcus abrió la puerta principal y Thor corrió inmediatamente a saludarlo—. ¿Qué tal, Bubu?, ¿dónde está la familia? ¡¿Sammy?!, ¡¿Irene?! —llegó al salón y se quitó la chaqueta observando que ella no se movía del sofá, y que tenía los ojos fijos en el suelo—. Hola, ¿qué pasa?, cuánto silencio, ¿dónde está Sammy?, ¿ya se ha dormido?

—Está en casa de Miguel y Alejandra.

—¿Por qué? —dejó la mochila con el portátil encima de la mesa del comedor y sonrió de oreja a oreja. Irene levantó la mirada y comprobó que venía con pantalones de vestir oscuros, con pinzas y ceñidos, de esos que estaban tan de moda, y un polo azul marino, muy guapo, y respiró hondo intentando mantener el tipo—. ¿Noche muy sexy para dos? Me encanta la idea.

—... —ella guardó silencio, cogió la cajita del Test de Paternidad y se la puso delante de los ojos. Marcus dio un paso atrás, mudando la expresión de alegría a desconcierto de forma instantánea y levantó las manos en son de paz.

—Irene, no es...

—Samuel ya me enseñó cómo se usa, es todo un experto.

—Mira...

—¿Dónde llevaste las muestras de ADN de mi hijo, Marcus?, ¿a Suecia? —él asintió y ella se puso de pie—. He hablado con mi abogada y dice que has cometido un delito. Has extraído muestras de saliva de un menor, sin mi autorización y abusando de mi confianza, porque te has aprovechado de mí, que fui tan idiota como para dejarte a cargo de Samuel creyendo que podía confiar en ti. ¿Te das cuenta de lo grave que es todo esto?

—Solo pretendía conocer la verdad, estoy en mi derecho.

—¿Tu derecho?, ¿qué derecho? Tú renunciaste a tus derechos el día que firmaste un documento de descargo de responsabilidades antes de donar esperma. No tienes ningún derecho sobre los hijos concebidos gracias a esa donación, lo sabes, no me vengas con gilipolleces.

—Que Samuel y tú aparecierais en mi vida lo cambió todo.

—Sí, ha sido una circunstancia completamente anómala, fruto de la casualidad, y pensé que la resolveríamos juntos algún día, no que tomarías la decisión unilateral y completamente ilegal de robar el ADN de mi hijo.

—No he robado nada, no digas eso... —se atusó el pelo y ella pudo notar que se le humedecían los ojos—, hice lo que cualquiera en mi situación se plantearía, sobre todo sabiendo, fehacientemente, que tú jamás ibas a permitir la prueba de paternidad.

—Eso no lo sabes, yo…

—Sí que lo sé. Si ni siquiera me permites hablar del tema en voz alta y eres incapaz de comprender la incertidumbre en la que estoy viviendo estos últimos meses… ¿cómo ibas a consentir que fuéramos juntos y en armonía a realizar los test de ADN?

—Y entonces mejor tomar el camino de en medio.

—Sí y lo siento, lo siento mucho, pero no me dejaste más alternativas.

—Claro, la culpa es mía —agarró su bolso y caminó hacia la puerta principal—. ¿Sabes qué?, ¿sabes lo que más me duele?, que has roto de un plumazo mi última oportunidad de confiar en la gente, porque estaba empezando a confiar ciegamente en ti, porque creía que eras una especie de milagro, lo mejor que me había pasado en años y sin embargo… —ahogó un sollozo y buscó un pañuelo de papel en el bolsillo del pantalón—, sin embargo no eres mejor que los demás, te ha importado una mierda cometer un delito y robar el ADN de mi hijo de tres años para satisfacer tu curiosidad, tus necesidades, sin tener en cuenta el daño irreparable que estabas haciendo, sin pensar que estabas tocando lo más sagrado que tengo.

—No, no, Irene, escúchame… —trató de tocarla, pero ella lo apartó de un manotazo.

—¡No me toques!

—No te toco, pero escúchame, mírame, soy yo, no ha cambiado nada, yo te quiero, os quiero a los dos, jamás os haría daño.

—¿Ah no?, ¿y cómo llamas a coger a mis espaldas, y sabiendo que estaba en contra, una muestra de ADN de Sammy?, ¿cómo quieres que me lo tome?

Supongo que esperabas que no me enterara, claro, pero me he enterado y ya no hay vuelta atrás.

—Lo siento mucho —se echó a llorar y ella se desconcertó un poco, pero lo ignoró y le dio la espalda para salir de allí cuanto antes— solo quería comprobar lo que ya sabía, lo que ya sentía dentro de mí y sí, me equivoqué al hacerlo a tus espaldas, he cometido un grave error y te pido perdón, pero no puedes crucificarme por ser humano, por tener sentimientos y por necesitar certezas con respecto a mi hijo.

—Tu hijo… —se puso las manos en las caderas y él hizo lo mismo mirándola a los ojos—, ¿ya tienes los resultados?

—Sí, Samuel es mío y no hay margen de error, se hicieron tres prue… ¡Irene! —de dos zancadas la alcanzó y le cerró el paso, se inclinó buscando sus ojos y frunció el ceño—, ¿tú ya lo sabías?

—Déjame salir, Marcus.

—¿Lo sabías y no fuiste capaz de contármelo?

—Déjame salir, por favor.

—¿Cómo has podido ocultármelo todos estos meses?, ¿cómo has podido mirarme a la cara y callarte algo así?

—No pienso seguir con esto, déjame salir o…

—¿O qué? —se puso delante de la puerta y se cruzó de brazos—. Tenemos que hablar y no voy a permitir que salgas huyendo como siempre.

—¡No!, yo ya no tengo nada más que hablar contigo, se acabó —lo señaló con el dedo y acto seguido lo empujó con todas sus fuerzas para apartarlo de la puerta—, tú y yo hemos terminado y si tienes algo de decencia no me busques, ni me llames, ni me abordes en el trabajo y, por supuesto, ni se te ocurra acercarte a mi hijo, porque si lo haces te denunciaré, ¿queda claro?

Salió corriendo de aquel edificio tan señorial y tan silencioso y siguió corriendo hasta que las lágrimas no la dejaron seguir respirando. Detuvo el paso en Atocha, a pocas calles de su casa y la de su hermano, y no pudo seguir adelante, buscó un banco y se sentó sin poder dejar de llorar.

No sabía qué pasaría a partir de ese momento, pero necesitaba estar prevenida, lo primero era dejar el trabajo porque Marcus Olofsson seguiría siendo el dueño de la empresa, el jefe supremo en cualquier sede de Olofsson Media, y la que tenía que quitarse de en medio era ella, como debió haber hecho desde un principio, para seguir con su vida lo más lejos de él, de su familia y de sus posibles pretensiones con respecto a Sammy. Lo primero era Sammy y si Marcus había sido capaz de tomarle a las malas una muestra de ADN, seguro que era capaz de ir con todas sus fuerzas legales contra ella, seguro que ya tenía a sus carísimos abogados redactando alguna demanda de paternidad o algo parecido y no lo podía permitir.

—Hola, ¿cómo ha ido? —Miguel le abrió la puerta y la miró con atención, suspiró y le besó la cabeza—. Ya veo que fatal.

—¿Dónde está mi Chumichurri?

—Dormido, pasa y tómate algo, ha venido María José.

—Hola, Mariajo, te iba a llamar ahora.

—Hola, guapa —la hermana de Alejandra, que también era su abogada, se puso de pie y le dio un abrazo—, tenía que haberte acompañado.

—Hubiese ido peor. Dios mío, qué cansada estoy —se desplomó en un sofá y observó cómo su cuñada salía de la cocina con una bandeja—. Hola, Ale, ¿qué tal se ha portado Sammy?

—Estupendamente, como siempre. ¿Qué te ha dicho, Marcus?

—Que llevó la muestra de ADN a Suecia y que el resultado es positivo, ya sabe que es su hijo —ahogó un sollozo y los miró a los tres con cara de angustia—. Dice que tenía derecho a saber la verdad y que como yo no iba a permitir nunca la dichosa prueba de paternidad, actuó por su cuenta.

—Qué hijo de puta —exclamó Alejandra y se sentó a su lado.

—¿Le advertiste que es un delito?, ¿que no puede actuar de esa forma con un menor, de espaldas a su madre...? —intervino María José indignada—, sin contar con que al donar esperma renunció tajantemente a cualquier derecho sobre los hijos nacidos de dicha donación.

—Se lo dije todo, pero tiene su punto de vista y no pienso seguir discutiendo con él. También le dije que no volviera a acercarse a nosotros o lo denunciaría, pero...

—Lo vamos a denunciar inmediatamente por lo de la muestra de ADN, he traído el coche, nos vamos ahora mismo al Juzgado de Guardia.

—No sé... —se pasó la mano por la cara y pensó en la mirada triste de Marcus, en sus lágrimas, y suspiró con el corazón encogido.

—Si no lo denuncias tú, lo denuncio yo —intervino Alejandra—, me parece un abuso de tal calibre, que lo menos que se merece es que lo llame a declarar un juez.

—¿Y qué pasa con vosotros dos? —preguntó Miguel y las tres lo miraron entornando los ojos—. Se os veía muy enamorados, Irene, no me mires con esa cara.

—¿Crees que puedo seguir con un tipo que traiciona mi confianza de esa manera y a la primera de cambio?, ¿en serio?

—Sammy lo adora.

—Tú mejor te callas —protestó Alejandra—. ¿Por qué los tíos siempre os tenéis que proteger?, ¿estás tonto?

—Solo digo que en medio de esta locura no hay que perder la perspectiva porque sí, es cierto, lo ha hecho de la peor forma posible, pero hasta hace unas horas era tu pareja, estabas encantada con él y Samuel también, erais casi una familia y eso no puede cambiar de la noche a la mañana. En el contexto general y visto desde fuera, creo que el que Marcus haya cometido semejante cagada no invalida lo que siente por vosotros dos, al contrario, solo demuestra que quiere estar presente en vuestras vidas.

—¿Tú te estás oyendo?

—El tío está como loco por ella, por el enano, y encima es su padre biológico, ¿qué más se puede pedir?

—¿Qué haga las cosas bien?

—Otros habrían salido corriendo y él quiere ejercer de padre, ¿qué hay de malo en eso?

—Nada, pero las cosas no se hacen así, no se fuerza una prueba de ADN con un niño de tres años y a escondidas de su madre, eso no está nada bien y se merece que ella lo mande a tomar por saco.

—Ella está dolida y no ve los hechos con claridad.

—Qué sabrás tú...

—Sé que Marcus es un buen tío, que no ha actuado con mala intención, ni pretendiendo hacer daño, no es ningún delincuente peligroso.

—Genial, Miguel, así me gusta, apoyando a tu hermana.

—Vale —Irene levantó el tono y los dos se callaron—, sigo aquí, ¿sabéis?

—Sí, cariño, lo siento, es que estoy muy cabreada.

—Yo voy a consultar con algún fiscal de menores y con otros colegas el caso —apuntó María José—, voy a ver si hay jurisprudencia al respecto en España, así estaremos prevenidas ante las posibles pretensiones legales de este tío.

—Muy bien, muchas gracias.

—Pero lo primero es lo primero y ahora vamos a poner la denuncia en el juzgado, lo que ha hecho extrayendo una muestra de ADN de tu hijo, sin tu consentimiento, es muy grave.

—Sí, hay que curarse en salud, Irene —Alejandra se levantó y le ofreció la mano—. Venga, vete con Mariajo a Plaza de Castilla, nosotros nos quedamos con Sammy, no te preocupes.

—Piensa bien lo que vas a hacer —Miguel la miró moviendo la cabeza y ella asintió—, no te sientas presionada.

—No, claro que no. Adiós.

Capítulo 30

Tres meses después

Rozar la piel de Marcus era un placer en sí mismo, porque era suave y sabía deliciosamente bien. Le encantaba besarla y lamerla con calma, oliendo de paso esa fragancia inconfundible que desprendía. Giró en la cama y buscó su espalda desnuda y acogedora, lo abrazó con todo el cuerpo y aspiró con los ojos cerrados el aroma de sus hombros y de su cuello, se pegó más a él y entonces todo se desvaneció. Un golpe seco de realidad la despertó de un salto y se sentó en la cama llamándolo, con los ojos llenos de lágrimas y una sensación de orfandad tal, que se abrazó a la almohada sollozando, como venía haciendo desde hacía ya muchos días.

Tres meses, tres meses enteros desde que había descubierto lo de la prueba de paternidad y todo había cambiado radicalmente. Desde luego dejaron de dirigirse la palabra, él estaba tan dolido como ella por todo lo sucedido y además respetó su deseo de que la dejara en paz, así que no se lo había puesto tan difícil, y de ese modo había podido empezar a reorganizar su vida con algo de serenidad.

Lo primero fue buscar un nuevo trabajo, en cualquier parte de España o del resto del mundo. Esta vez no iba a dar marcha atrás en sus planes y pronto empezó a comprobar que sí era factible buscarse la vida lejos de la editorial y de Madrid. Le dolía en el alma tener que irse definitivamente, pero era lo mejor y Sammy aún era pequeño, ambos podrían adaptarse fácilmente en cualquier parte, solo había que esperar a que acabara el curso en junio *et voilà*, a iniciar una nueva vida lejos de sus temores, sus malos recuerdos y su intranquilidad, porque no vivía tranquila desde que Marcus Olofsson había hecho lo que había hecho y la ansiedad por no saber cuál sería su siguiente paso apenas la dejaba respirar.

Por supuesto, era consciente de que él hablaba regularmente con su hermano Miguel, se habían hecho muy amigos y gracias a su hermano, Marcus se mantenía alejado de ellos y de momento sin hacer nada, en un plano muy discreto, intentando respetar sus deseos, decía Miguel, aunque ella no se fiaba de nadie, mucho menos de Olofsson, y seguía esperando a que cualquier día actuara legalmente y pidiera reconocer a Samuel.

En la editorial apenas se veían, él continuó con sus viajes y su actividad en la planta más alta del edificio y las pocas veces que coincidieron en un pasillo o en una reunión, ambos actuaron como lo que eran: jefe y empleada. Ni una mirada de más, ni una palabra de menos, total normalidad en medio del caos que ella experimentaba en su interior. Una experiencia dolorosa, confusa y extraña que estaba pudiendo con su salud y que no mejoró, sino más bien todo lo contrario, cuando se enteraron oficialmente de que Marcus Olofsson dejaba Madrid para regresar a Nueva York.

El equipo directivo de Olofsson Media España cambiaba y él volvía a los Estados Unidos para continuar con su actividad profesional allí, aunque según supo por su hermano, los verdaderos planes de Marcus eran ir delegando su trabajo en otros, porque quería dejar la empresa familiar para regresar al mundo académico, retomar sus Matemáticas y «redecorar» su vida, le contó Miguel con una sonrisa, animándola a abandonar su propósito de huida para quedarse en su trabajo de siempre, como siempre y sin dramas.

Otro consejo más en medio de los cientos que le daban al día las amigas, la familia, sus compañeros, su abogada e incluso Chris Brown desde Australia, que la había llamado varias veces por teléfono para advertirle que la situación que estaba viviendo con Marcus Olofsson era justamente la que él había vaticinado la última vez que se habían visto en Madrid: «Pura magia, Irene, el destino al final te encuentra y no deberías darle la espalda».

Tal vez era pura magia o el destino, no lo sabía, pero el caso es que el traslado de Marcus a los Estados Unidos acabó por destrozarla. Algo completamente insólito y estúpido teniendo en cuenta que lo que quería era tenerlo lejos de Samuel, y su vuelta a Nueva York le garantizaba precisamente eso, tenerlo lejos, sin embargo, una cosa era lo que le dictaba la cabeza y otra bien distinta lo que sentía su corazón y siendo sincera, para qué negarlo, la cruda realidad de tener que aceptar que él se había ido para siempre, la partía por la mitad.

Desde luego, cuando se sentía así y lloraba, soñaba con él y se despertaba llamándolo a gritos, no era la Irene sensata y madre de familia que quería ser, era la otra Irene, la mujer enamorada e idiota que no podía quitárselo de la cabeza, que lo buscaba en cada rasgo y gesto de su hijo, que lo echaba de menos y que lo espiaba a escondidas cuando lo localizaba en algún rincón de la editorial. Era una lástima, una vergüenza, y se odiaba por eso, pero no podía evitarlo, solo esperaba que el tiempo lo curara todo y, como siempre, la ayudara a conformarse con lo que le había tocado vivir, la pérdida y el desamor, no era la primera vez y podría superarlo.

Cerró los ojos y rememoró la última vez que lo había visto. Él estaba despidiéndose de algunas personas en su planta, al lado de su redacción, vestido con vaqueros, una camiseta negra y una chaqueta de cuero también negra, de esas de motero que solo a alguien de su estatura y complexión física sentaban realmente bien, y lo había observado a gusto durante unos minutos, recreándose en esa pinta estupenda que tenía, en su aplomo, en sus ojazos verdes y su sonrisa, hasta que subió la mirada y la cruzó con ella el tiempo suficiente para hacerla recular, recoger sus cosas y salir huyendo de allí. No miró atrás y al día siguiente, cuando volvió al trabajo, supo por Hanna que la víspera, Marcus Olofsson había cerrado su piso de Madrid y había partido definitivamente a Nueva York.

—Mami... —la vocecita de Samuel la hizo saltar y se volvió hacia él limpiándose las lágrimas.

—¡Hola, mi amor!, te has despertado tú solito, ¿tienes hambre?

—La tía Ingrid está haciendo el desayuno.

—¿En serio?, ven aquí —lo agarró y lo subió a la cama para comérselo a besos—, ¿qué tal tu nueva camita?, ¿te gusta?

—Sí, ¿va a venir Bubu?

—Pero si ya tienes a tu Bubu.

—El otro Bubu, el de Marcus.

—Ya hemos hablado muchas veces de eso, mi amor —lo acurrucó contra su pecho y le besó el pelo rubio—, ellos se han mudado lejos y...

—Quiero ver a Bubu.

—Lo sé, mi Chumichurri, pero de momento no es posible.

—Hola, dormilona... —Ingrid se asomó al dormitorio y le sonrió—, ¿has descansado?, ¿qué te pasa? —de repente frunció el ceño al ver sus ojos hinchados y ella negó con la cabeza.

—Nada, estoy bien, vamos, te ayudo con el desayuno —se bajó de la cama con Sammy en brazos y besó a su amiga del alma en la mejilla—. No sé que haría yo sin ti, Ingrid, mil gracias por haber venido a la mudanza.

—Ha sido un placer, además, tienes unos vecinos guapísimos.

—¿Ah sí?, eso dice Mary.

—Totalmente, menos mal que estoy de vacaciones y tengo tiempo para ligar un poco —bromeó guiñándole un ojo—. Tú y yo nos pondremos las pilas y con algo de suerte te dejo colocada antes de irme.

—Ni en broma, pero gracias.

—Ya se te pasará el —bajó el tono mirando a Sammy— «Síndrome de Estocolmo», nunca mejor dicho, y verás las cosas con mejor disposición, sobre todo a los tíos, créeme.

—Eres una optimista —vio el teléfono móvil vibrar encima de la mesa de la cocina y respondió sin reconocer el número.

—Hola.

—¿Irene? —el acento sueco le paralizó el gesto, pero no colgó y miró a su amiga moviendo la cabeza.

—Sí, ¿quién es?

—Hola, buenos días, soy Agnetha Olofsson, la madre de Marcus, siento molestarte a estas horas, pero quería hablar contigo. Hanna me pasó tu teléfono, espero que no te importe.

—Buenos días, Agnetha, ¿en qué puedo ayudarte?

—Björg y yo estamos en Madrid, hemos venido unos días por temas de trabajo y nos gustaría ver a Samuel, ya sé que te has marchado de la editorial y que no te encontraré en la oficina, pero podemos quedar en el parque o donde te parezca mejor.

—¿Ver a Samuel? —miró a Ingrid abriendo mucho los ojos y ella dejó lo que estaba haciendo para prestar atención.

—Sí, independientemente de los temas pendientes que tú tengas con mi hijo, Samuel es nuestro nieto y nos gustaría verlo. Sé que podrás comprenderlo.

—Entiendo, pero...

—Soy consciente de que te pido algo completamente irregular, pero entiéndeme, Irene, nosotros solo queremos pasar tiempo con el pequeño.

—Agnetha...

—Una tarde, un par de horas, lo que te parezca bien. Hemos traído a Thor con nosotros y seguro que Sammy quiere verlo.

—De eso estoy segura, pero hay un problema.

—¿Qué problema?

—No estoy en Madrid, nos mudamos a Dublín hace unos días.

—¿Irlanda? —notó cómo respiraba hondo, bastante contrariada, pero guardó silencio—, ¿y lo sabe Marcus?

—No, no tiene por qué saberlo.

—Bueno, qué lástima. Lo siento mucho, estábamos muy ilusionados con la idea de ver al niño.

—Muchas gracias por llamar, Agnetha.

—¿Él está bien?

—Perfectamente, gracias.

—¿Y vivís en el mismo Dublín?

—Muy cerca, en Dún Laoghaire.

—Vale, pues... ¿te importa si te llamo de vez en cuando para saber de vosotros?

—No me importa.

—Gracias, manda un beso fuerte a Samuel. Adiós.

Irene colgó y se puso las manos en las caderas sin saber muy bien qué hacer, miró a Ingrid y vio que se había sentado a desayunar como si tal cosa, se acercó a Sammy y le besó la cabeza intentando calibrar la importancia que podía tener aquello. Que los padres de Marcus actuaran de mutuo propio, o no, con respecto al niño, no le hacía demasiada gracia, aunque por otra parte, tenía que reconocerlo, el que mostraran interés por él la enternecía un montón. Se trataba de una familia muy unida y que quisieran ejercer de abuelos, algo de lo que Sammy había carecido siempre, no podía dejar de conmoverla.

—Te faltó contarle que has venido a dirigir una revista online que se llama *PopCorn Time* y que en Dún Laoghaire vives cerca de George's Street y del puerto deportivo, a pocos minutos de la carnicería del señor O'Reilly.

—¿Qué insinúas?

—Que te vienes al fin del mundo para perder de vista al personal y a la primera de cambio le sueltas a la madre del susodicho que estás aquí. Te ha traicionado el inconsciente.

—¿Qué inconsciente?

—Igual quieres que te encuentren.

—¿Qué dices?, por supuesto que no, lo único que sucede es que no sé mentir, además, estaban en Madrid y querían ver a Sammy, no iba a engañarla descaradamente, lo siento.

—Pues a esta hora en Nueva York ya estarán buscando Dún Laoghaire en el mapa.

—No creo, ya han pasado tres meses y...

—¿Qué nos apostamos?

Capítulo 31

—¿Dún Laoghaire?, ¿en serio? —tiró encima de la mesa el último informe que le había pasado su ayudante y se volvió para admirar a través del cristal las preciosas vistas de Manhattan—, ¿tanto costaba decírmelo?

—Nosotros no sabíamos nada y cuando lo supimos, que fue dos días antes de que se marcharan, me hizo jurar que no se lo contaría a nadie, ni mis padres tienen muy claro dónde está.

—¿Y por qué Dublín?

—Mary, una amiga suya de Londres, consiguió una subvención cojonuda para editar una revista online y como Irene andaba buscando trabajo le ofreció la dirección. Mary es irlandesa y la revista tiene la sede en Dublín, es lo único que sé.

—¿Pero si es online por qué mudarse a Irlanda?, ¿no podía trabajar desde Madrid? No entiendo nada.

—Quería cambiar de aires, y al parecer Mary le facilita la vivienda. Una casita muy mona, según ella, en las afueras de Dublín, pegada a la costa. Dice Ingrid, que está con ellos ahora mismo, que el sitio es precioso y que Irene puede trabajar desde casa.

—Pero sola con Samuel allí...

—Seguro que lo tiene todo controlado.

—Joder... —se desplomó en su butaca junto al escritorio y se pasó la mano por la cara— toda esta mierda no hace más que complicarse.

—Oye, tú te largaste primero a Nueva York.

—Ella ya había avisado que dejaba la editorial, no me quedaba mucho más por hacer en Madrid, salvo callar como un puto gilipollas mientras ella seguía adelante con su vida, ignorándome y actuando como si yo no existiera —respiró hondo—. Tu hermana va a acabar conmigo, te lo digo en serio, tío.

—Al menos no te denunció, eso sí que hubiese complicado de verdad las cosas.

—Sí, pero de poco sirven esas buenas intenciones si no puedo acercarme a ellos, ver a Sammy o comportarnos como la gente normal.

—Bueno, no sé qué decirte, yo he hecho todo lo posible...

—Lo sé, Miguel, lo sé, no estoy reprochándote nada, es que... es muy jodido todo esto.

—Soy consciente y lo siento mucho.

—Lo sé... ¿y cómo está Alejandra?

—Afortunadamente ayer superó el primer trimestre y está feliz, aunque desde que se marcharon Irene y el enano no hace más que llorar.

—Me lo imagino.

—En fin, te dejo, aquí es tardísimo y mañana tengo que madrugar.

—Es cierto, no había mirado la hora. Manda un abrazo a tu mujer, adiós.

Colgó el teléfono y lo tiró encima de la mesa, tenía un montón de trabajo, pero pocas ganas de trabajar y se restregó la cara con las dos manos para espabilar y acabar al menos con las firmas pendientes.

Llevaba unos meses muy malos. La pésima, aunque seguía pensando que legítima, idea de hacer las pruebas de paternidad de espaldas a Irene, lo había convertido en un paria, en un monstruo capaz de cometer una ilegalidad tremenda contra un menor de edad con tal de satisfacer su curiosidad, su egoísta necesidad, según ella, de hacer oficial algo innecesario. ¿Qué sabría ella de sus necesidades y frustraciones? Nada.

Lo cierto es que jamás podría traducir en palabras lo que se le pasó por la cabeza el día que compró los Test de ADN en Londres y los llevó a Madrid con la intención de usarlos con Sammy. Hanna y otras personas le habían hablado de esas pruebas caseras muy fiables, y muy accesibles, que luego simplemente había que llevar a un laboratorio de confianza donde te darían rápidamente los resultados, y eso hizo, extrajo tres muestras de saliva del pequeño y junto con las suyas las llevó a tres laboratorios diferentes de Estocolmo y los tres le confirmaron que era su hijo biológico. Aleluya.

La alegría y la paz que experimentó por confirmar lo obvio, porque en su interior siempre supo que el niño era suyo, le impidieron ver lo que se le venía encima. Nunca planeó cómo se lo iba a decir a Irene y mucho menos imaginó que ella encontraría los test en su cocina, desatando con aquello la tercera guerra mundial y condenándolo a él a la culpa más desgarradora e inmensa que había sentido en toda su vida. De nada importaron sus explicaciones, su lógica, y tampoco importó el hecho de que ella ya sabía la verdad desde hacía meses, se la había ocultado y no había tenido la generosidad de decírselo. No, eso no importó y el que salió perdiéndolo todo fue él, que desde entonces no levantaba cabeza.

Sin embargo, la seguía queriendo, estaba enamorado de ella, la había perdonado y, aunque su abogada había tenido la desfachatez de soltarle a la cara que a saber si se había acercado a Irene por pura estrategia y con la única intención de acceder a Samuel por el camino más corto, seguía convencido de que lo podían arreglar.

—Hemos venido para informarle que nuestra cliente, doña Irene Guzmán Sáenz de Tejada, ha decidido, desoyendo nuestro consejo legal, no cursar una denuncia contra usted —le soltó la señora letrada en su despacho y en un tono bastante belicoso nada más sentarse frente a su mesa— aunque haya sustraído sin su consentimiento, es decir, de forma completamente ilegal, el ADN de su hijo menor de edad...

—Ahora sabemos que también es mi hijo.

—Le recuerdo que usted renunció a cualquier derecho sobre los hijos nacidos a partir de la donación de esperma que realizó en Estocolmo, en el Instituto Sueco de Reproducción Asistida, hace quince años —le puso un papel sobre la mesa y él lo cogió para comprobar que, efectivamente, se trataba de una copia del documento original, redactado en sueco, que había firmado hacía siglos.

—Afortunadamente las cosas no son inamovibles.

—Me temo que la ley es la ley, señor Olofsson.

—Nuestro caso es excepcional y prueba de ello es que su «cliente» ha comprendido la situación perfectamente y ha decidido no denunciarme.

—Ha decidido no denunciar porque prefiere no magnificar el asunto, no porque entienda su caso como algo excepcional —intervino la abogada más joven, aún más cabreada que su compañera, y él la miró frunciendo el ceño—, de hecho aún me queda por demostrar si usted no se acercó a Irene solo por interés, siguiendo una estrategia calculada y con la única intención de acceder a su hijo por el camino más corto.

—Esta reunión concluye ahora mismo —se levantó y les indicó la puerta—, no quiero acabar demandándola por injurias y calumnias.

—Nos vamos, solo espero que se dé por informado y que tenga en cuenta la generosidad de nuestra cliente al no denunciarlo, pero que le quede claro, si vuelve a acercarse a la señora Guzmán o a su hijo, lo demandaré. Me ocuparé personalmente de ello.

Si esa mujer, que no lo conocía de nada, y que luego supo era cuñada de Miguel, se había atrevido a faltarle al respeto de esa manera y en su propio terreno, ¿de qué no sería capaz delante de Irene? Seguramente tanto ella como los amigos, la familia y los allegados de la madre de su hijo empezaban a especular sobre sus posibles y maquiavélicas intenciones contra ella en su cara, haciéndole un daño gratuito y dificultando bastante las cosas entre los dos. Seguramente era así y se agarró tal cabreo, que llamó primero a la embajada de Suecia y luego al bufete de abogados más importante de Madrid para pedir asesoramiento jurídico y contratar sus servicios con la intención de empezar a defenderse delante de tanto despropósito y de tanta estupidez. No pretendía llegar a los tribunales con Irene, porque le había prometido no hacerlo, pero si sus abogadas volvían a dudar de su honor, de sus intenciones o de su honestidad, pensaba freírlas delante de un juez.

Fue durante aquellos aciagos días cuando decidió dejar definitivamente España y volver a los Estados Unidos. Irene había presentado ya su carta de dimisión en la editorial, no podía ver a Sammy y poco le quedaba por hacer salvo esperar a que las aguas se calmaran y eso lo podía hacer desde Nueva York, así que se largó de Madrid dejándose el corazón y la cordura en el intento, pero sin dejar de confiar, ni por un segundo, en el buen criterio de Irene, en su cabeza estable y serena, capaz de desechar todas las idioteces y mentiras que pudieran insinuar sus abogadas sobre él, ver la verdad y, tras superar un periodo de reflexión y tranquilidad, volver a abrir la puerta para darse otra oportunidad.

Podrían hacerlo. Estaba bastante cansado de esperar, pero algo en su interior le decía que valía la pena tener paciencia. Miguel ya le había advertido que si quería lograr algo con su hermana tenía que dejarla respirar, y eso venía haciendo desde hacía tres meses. Aún y a pesar de las presiones de sus padres, que habían amenazado con ir ellos a los tribunales para solicitar legalmente un régimen de visitas con Samuel, y de sus abogados, que le aconsejaban mover ficha cuanto antes y plantearse una demanda de paternidad en toda regla (una demanda que cualquier tribunal podría admitir porque, hubiese firmado lo que hubiese firmado en el pasado, en el presente, y según se habían desarrollado los acontecimientos, estaba en su derecho a solicitar), seguía esperando, seguía curando sus heridas lejos de Irene y Sammy, respirando hondo, quieto y tragando quina con tal de no volver a jugar mal sus cartas.

Para los demás, sobre todo para su familia, parecía una posición cómoda, hasta cobarde, pero no tenía mucho margen de maniobra. Era consciente de que lo había hecho fatal, había traicionado la confianza de la mujer más desconfiada y a la defensiva que había conocido en toda su vida y ahora tocaba pagar culpas y aguantar. Era duro, la espera se le estaba haciendo larguísima, pero se trataba de su hijo, de Irene, y por ellos cualquier esfuerzo valía la pena.

—Hola, belleza —la voz lo sacó de sus cavilaciones y levantó la cabeza para comprobar que se trataba de Fiona, su exmujer, que se acercaba a su escritorio con andares felinos y una gran sonrisa en la cara.

—¿Qué haces tú aquí?

—Hemos quedado para cenar, ¿te has olvidado?

—Pues... —se puso de pie estirando la espalda y comprobó que ya era noche cerrada.

—No me lo puedo creer, qué desconsiderado, Marcus.

—Estoy muy liado.

—¿Esta es la famosa madre de Samuel? —se inclinó para observar la pantalla del ordenador, donde tenía abierta una serie de fotografías de Sammy e Irene en el parque de El Retiro, y él asintió—. Es muy guapa.

—Es preciosa —agarró la chaqueta y miró la hora—. ¿Dónde tenemos reserva?

—Lo que es alucinante es el parecido del pequeñajo contigo, es como una fotocopia.

—Sí, se parece mucho —sonrió mirando una imagen de Sammy abrazado a Thor y suspiró—, aunque tiene el carácter de su madre, es muy listo.

—Bueno, como tú... y ella es espectacular, no me extraña que te tenga así de alelado.

Marcus guardó silencio viendo cómo Fiona ampliaba una foto de Irene, donde se la veía tan guapa, sonriendo con sus ojazos negros muy brillantes, y sintió un pellizco en el estómago. La añoraba tanto que a veces le dolía todo el cuerpo.

—Ya te he dicho que es preciosa. Venga, vamos.

—Si hubiese sabido que hacías niños tan monos, hubiese tenido uno contigo.

—Tú nunca quisiste tener hijos.

—Es broma... —se echó a reír sin apartar los ojos del ordenador—. ¿Sabes qué? Me pregunto qué sentirá ella cuando mira a su hijo, que es igual que tú. Seguro que te echa mucho de menos.

—No lo sé, ¿nos vamos? —cerró el portátil y la miró levantando las cejas—. ¿Tu marido se viene a la cena?

—Sí, corazón, está esperándonos en Tribeca.

Capítulo 32

Increíble. Colgó el teléfono y se quedó quieta mirando por la ventana. Hablar con Olga siempre le producía una desazón tremenda, así que igual había llegado la hora de cortar lazos y empezar a pasar seriamente de ella y su catálogo de cotilleos y rumores que no conducían a ninguna parte.

Aunque estaba en casa por el nacimiento de su segunda hija, Olga se enteraba de todo lo que ocurría en Olofsson Media y al parecer disfrutaba soltándole perlas que sabía, fehacientemente, le afectaban más de lo debido. Lo último eran las especulaciones de todo el mundo, decía ella, con respecto a su vida y la de Marcus.

—Hay quien dice que estáis viviendo en el lujo total, en Manhattan y a cargo de la empresa familiar... como os fuisteis casi a la par de Madrid...

—Pero ya sabes que eso es falso.

—También que va a dar sus apellidos a Sammy.

—Vale, tampoco es cierto y tengo que dejarte, estoy muy liada.

Al final había conseguido cortar, pero el disgusto no se lo quitaba nadie y se levantó de la silla a punto de estrellar el ordenador contra la pared. Qué cotilla era la gente y qué injusta, al menos en Dublín trabajaba sola, con dos colaboradores online y Mary Stewart atenta desde Londres. Nadie le daba demasiados problemas y nadie se interesaba por la vida privada de nadie. Un verdadero respiro en medio del último año que llevaba encima.

Se fue a su coqueta cocina y miró por la ventana, desde donde se divisaba el mar de Irlanda. La casita que le había dejado Mary, herencia de su abuela materna, estaba muy cerca del centro de Dún Laoghaire, a unos cuarenta y cinco minutos de Dublín, y le encantaba. Ya sabía que en invierno el viento helado lo congelaba todo y llovía mucho, era consciente, pero siempre le había gustado el frío y la casa estaba perfectamente acondicionada para soportar las inclemencias del clima, así que se sentía realmente satisfecha de haber aceptado el ofrecimiento de Mary y haberse instalado allí con Sammy, que ya tenía plaza en un colegio estupendo de la zona.

En Madrid había cerrado todo, metido sus cuatro trastos en un guardamuebles, vendido el coche y partido a Irlanda con su ordenador y dos maletas. Tampoco tenía mucho más que llevar y la casa estaba amueblada, así que la mudanza había sido sencilla y barata. Ahora solo quedaba pagar los gastos fijos y poco más, porque Mary no le cobraba alquiler. Su amiga no había querido fijar una renta mensual de una vivienda que estaba vacía todo el año, y ese generoso detalle le cambiaba a ella la vida, bajaba considerablemente sus gastos y le permitiría, con algo de suerte, ahorrar. Un verdadero milagro que estaba dispuesta a aprovechar al máximo.

Respiró hondo más animada, se sirvió una taza de té y miró la hora. Ingrid y Sammy habían salido hacía más de una hora a pasear por el pueblo con el encargo de traer verduras y pan para la comida, y al parecer se estaban distrayendo con algo, seguramente algo relacionado con el puerto deportivo donde la actividad en pleno verano era incesante. Regresó a su mesa de trabajo, tocó el ratón del ordenador y en ese mismo instante le entró una videollamada por Skype, una procedente de Australia, se sentó y contestó con una sonrisa.

—Hola, Chris.

—Hola, *my angel*, ¿cómo estás?, ¿más animada hoy?

—Perfectamente, gracias, el otro día me pillaste de bajón total, lo siento.

—Me quedé preocupado y pensativo —le guiñó un ojo y ella movió la cabeza—, deberías venirte conmigo a Sídney y dejar que cuide de ti.

—Muchas gracias, pero me pilla muy lejos, me da pereza viajar tantas horas en avión y con un niño de tres años —bromeó y él soltó una carcajada—. ¿Tú que tal estás?

—Genial, te llamo para contarte algo.

—¿Qué ocurre?

—Me voy a Londres esta noche, me quedaré en la espectacular casa de mi amiga Susan Adkins en Notting Hill y así podré verte, ¿no os ibais con Ingrid a pasar unos días allí?

—Pues sí, yo tengo una reunión el próximo viernes e Ingrid vuelve el lunes desde Gatwick a Estocolmo.

—Nos veremos, pues, ¿quedamos el sábado a las seis para una barbacoa?

—Espera... —abrió el calendario y asintió—, ok, dentro de cinco días en Londres, ¿a tu amiga Susan Adkins no le importará?

—No, está de retiro espiritual en la India.

—Vaya, qué suerte. ¿Y qué vienes a hacer a Inglaterra?

—Trabajo y placer, ya te contaré.

—Qué misterioso.

—¿Cómo está el pequeño Samuel?, ¿ya habla con acento irlandés?

—Solo llevamos diez días aquí, pero seguro que acaba hablando como Michael Fassbender, y me encanta la idea.

—Ay, Dios, Michael Fassbender.

—Mi debilidad, lo sabes.

—¿Y alguna noticia de los Olofsson?

—Agnetha Olofsson llama casi a diario.

—No me refería a Agnetha, pero igualmente es estupendo... —volvió a sonreír y ella lo miró en silencio—. ¿Tienes alojamiento en Londres? Porque si no lo tienes te puedes quedar conmigo en Notting Hill.

—Ya tenemos el hotel pagado, pero gracias por el ofrecimiento.

—De nada, *my angel*, solo quiero verte feliz.

—Eres un encanto y muchas gracias, pero te tengo que dejar, tengo mucho trabajo. Buen viaje y te veo el sábado —colgó sintiendo vibrar el móvil sobre el escritorio y al comprobar que se trataba de su padre se lo pensó dos veces, pero finalmente respondió cerrando los ojos—. Hola, papá.

—Soy mamá, ¿cómo estás?

—Hola, muy bien, ya instalados.

—¿Vais a venir este año a la playa?, tenemos espacio y estoy organizando los turnos, que esto parece Benidorm con tanta gente que entra y sale.

—Acabo de empezar un nuevo trabajo, no puedo cogerme vacaciones.

—No me lo recuerdes... dejar un trabajo fijo de tantos años, claro que tu hermana me contó que tu jefe es ese sueco tan guapo que llevaste a la boda, seguro que te deja volver cuando te apetezca.

—¿Y cómo estáis vosotros?

—¿Estás con él allí en Belfast?

—No es Belfast, es Dublín, capital de la República de Irlanda.

—Da igual —Irene se puso tensa, pero se calló y respiró hondo—, ¿estáis los tres juntos?, porque podrías traerte al sueco a conocer Cádiz.

—El sueco se llama Marcus y no, no está con nosotros aquí, pero agradezco tu invitación. Ahora, si me disculpas, tengo que seguir trabajando.

—Siempre tan arisca, hija, qué cruz.

—Señor...

—Espero que si te vas a vivir con el sueco al menos nos lo cuentes, no quiero enterarme de tus cosas por la madre de Ingrid o por tus hermanos.

—No te preocupes, que no ocurrirá.

—Pues podrías hacerlo, que en septiembre cumples los treinta y cuatro y ya es hora de que sientes la cabeza, además, se ve que ese hombre está muy bien situado.

—En fin, no voy a discutir contigo, no me vale la pena, pero recuerda que senté la cabeza hace años. Hasta luego.

Colgó y respiró hondo varias veces para no perder la calma. No quería acabar odiando a su madre, pero cada día se le hacía más complicado tolerarla. Bebió un sorbo de su té y se concentró en el ordenador, donde había empezado a escribir un artículo sobre el cine negro de los años cuarenta y cincuenta, una de sus épocas favoritas, también la de Marcus. Se quedó en suspenso y se permitió rememorar durante unos segundos sus estupendas noches viendo cine clásico en la tele, abrazados en la cama, normalmente después de haber hecho el amor con esa pasión e intensidad que solo compartía con él, y tragó saliva sintiendo cómo se le anegaban los ojos de lágrimas. Suficiente, se dijo en voz alta, carraspeó, recuperó la compostura y regresó al trabajo.

Capítulo 33

Volver a Londres era, venía siendo, un placer desde hacía al menos quince años, calculó bajándose del metro en Lancaster Gate, frente a Hyde Park, y llenándose los pulmones con el inconfundible aroma de esa ciudad que tanto amaba.

Cogió a Sammy en brazos y se animó a caminar hacia el hotel charlando con Ingrid, que cargaba su enorme maleta con ruedas por esas calles llenas de gente, muy parlanchina y con ganas de juerga después de haberse pasado catorce días practicando una vida monacal en Dún Laoghaire, aseguraba ella, aunque eso no era del todo cierto. De hecho había visitado muchas noches el pub, se había ligado a un local muy guapo y había quemado una noche entera en Temple Bar, en Dublín, con el mismo nativo de Dún Laoghaire que bebía los vientos por ella.

—Tengo tanta gente que ver aquí, que necesito que hagamos un *planning* para organizarnos con Sammy.

—No te preocupes por Sammy, puede ir conmigo a todas partes.

—Pero tu reunión…

—Tranquila, solo es con Mary y su socia, saben que soy madre soltera y no les importa que lleve al niño.

—Ya, pero él se puede aburrir allí y yo me lo puedo llevar al parque mientras tú arreglas el mundo, ¿a qué hora es la cita?

—A las diez en Camden.

—Genial, nosotros nos quedamos por aquí y te esperamos para comer.

Y como siempre ocurría en Londres, el tiempo se les pasó volando. Llegaron un miércoles por la mañana y el sábado, cuando iban camino de la barbacoa de Chris en Notting Hill, tenían la sensación de no haber llegado a todo lo que querían hacer. Una lástima que venía a reforzar su idea recurrente: tenía que mudarse a Londres. Tarde o temprano tendría que hacerlo si quería disfrutar a tope de la ciudad, sin límites, sin billetes de vuelta a ninguna parte, y tal vez su nuevo trabajo, si todo marchaba bien, podría permitírselo.

—¡Vaya casoplón! —exclamó Ingrid al ver la casa donde se alojaba Chris Brown en Chepstow Villas, en pleno corazón de Notting Hill, y los miró a ellos con los ojos muy abiertos— y pintada de rosa, no me digas que no es preciosa. ¿Te gusta, Sammy?

—¡Sí! —exclamó él tan contento.

—¡Hola! —Chris abrió la puerta y extendió los brazos para dar un abrazo colectivo mientras admiraba a Samuel de arriba abajo—. Vaya por Dios, eres clavadito a... en fin, pasad, pasad. ¡Qué guapa te veo, *my angel*!

—¿Solo a ella? —apuntó Ingrid dejando los bolsos en la entrada—, qué descortés y eso que te hemos traído una tortilla de patatas.

—Las dos estáis buenísimas, lo sabéis perfectamente —recogió la tortilla y movió la cabeza—. ¿La habéis hecho vosotras?

—Sí, este mediodía en casa de nuestra amiga Blanca, venimos de allí.

—Genial, muchas gracias, me viene de perlas, pero pasad, hay más gente en el jardín de atrás.

—Tu amiga Susan tiene una casa espectacular.

—Lo sé y es una tía cojonuda. ¿Estás bien, Irene? —la sujetó por la cintura y guiñó un ojo a Sammy, que lo observaba con sus ojazos verdes muy atentos.

—Sí, ¿y tú?

—Estupendamente y me alegro mucho de verte. Qué guapa estás —admiró su vestido de verano, blanco e ibicenco, silbando y ella lo apartó moviendo la cabeza.

—No seas tan adulador.

—Es la pura verdad. ¿Y tú, campeón, cuántos años tienes?

—Tres —respondió él enseñando los deditos y Chris se los cogió para mordérselos.

—Estás muy mayor, venga, vamos a saludar a los demás.

—Hola, ¿qué hay? —salieron al jardín pequeñito, pero muy bien cuidado de Susan Adkins, y se dedicaron a saludar a esa gente desconocida, entre los que no había ningún niño, hasta que volvió a sonar el timbre y Chris se fue a abrir la puerta a la carrera.

Irene se sentó en un rincón para dar agua a Samuel y no levantó la cabeza hasta que su amigo le tocó el hombro y le hizo un gesto para que lo siguiera.

—¿Qué pasa?

—Acompáñame, quiero enseñarte una cosa.

—¿Qué cosa? —se levantó y cogió a Sammy en brazos.

—La biblioteca.

—¿Tiene biblioteca?, qué gozada.

—Sí, ven conmigo.

Llegaron a una puerta acristalada preciosa y Chris la abrió haciéndolos pasar con bastante ceremonia, ella entró distraída, fijándose en los libros que forraban las paredes, hasta que por el rabillo del ojo vislumbró una figura alta y espigada muy familiar, giró la cabeza y se encontró de frente con los ojos transparentes y perplejos de Marcus Olofsson. Obviamente estaba igual de sorprendido que ella y comprendió de inmediato que aquella era una encerrona en toda regla para ambos.

—¿Qué coño es esto, Chris? —se volvió hacia él con el corazón saltándole en el pecho.

—Mea culpa —contestó levantando las manos—, pero era necesario. Los dos estáis pasándolo fatal por separado, el destino os trajo a Londres a la vez y no podía desaprovechar la oportunidad. Además, no estoy solo en este plan, somos muchos los que queremos que al menos habléis.

—¡¿Qué?!

—¡Marcus! —gritó Samuel al descubrirlo y se escurrió de sus brazos para alcanzarlo de un salto, él se inclinó y lo abrazó con los ojos llenos de lágrimas.

—Hola, coleguita, cuánto tiempo, ¿cómo estás?

Irene sintió cómo se le humedecían los ojos ante el panorama y se volvió hacia Chris para pedir más explicaciones, pero él ya se había escapado cerrando la puerta a sus espaldas.

—¿Y Bubu?

—No ha venido conmigo, está en Estocolmo, no sabía que iba a verte... ¿y esto qué es? —le indicó la libreta que llevaba sujeta en una mano y él se la enseñó tan orgulloso.

—Mi libro de mates, ¿quieres jugar?

—Por supuesto, pero antes otro abrazo bien grande, ¿sí?

—¡Sí! —se le agarró al cuello muy fuerte, él levantó los ojos hacia ella y forzó una sonrisa.

—Juro por Dios que no sabía nada.

—Yo tampoco, me dijo que era una barbacoa y que... ¿con qué excusa te ha traído a ti?

—La misma. Yo os hacía en Irlanda.

—Hemos venido por un tema laboral —buscó una silla y se desplomó en ella viendo las fotos de una chica rubia, abrazada a un hombre muy parecido a Marcus—. ¿Este es...?

—Mi hermano Björg, esta casa es de su primera mujer, Susan Adkins.

—¿En serio?, esto es increíble.

—¿Hacemos sumas? —preguntó Sammy buscando sus ojos y él le besó la frente sentándolo junto al escritorio que presidía la biblioteca.

—Sumas y restas, ¿vale? Estás muy mayor, has crecido mucho.

—Solo un ratito, Samuel, seguro que Marcus tiene otras cosas que hacer y nosotros tenemos que irnos pronto.

—No tengo nada que hacer y mucho menos sabiendo que estáis aquí.

—Muy bien... —suspiró Irene y se levantó, se arregló el pelo y observó cómo le ponía una fila de ejercicios en su libreta. Desde que lo había acostumbrado a jugar con las sumas y las restas, esa era su afición favorita y no se cansaba nunca, así que se cruzó de brazos pensando en cómo lograría sacarlo de allí.

—¿Y tú cómo estás? —dejó al niño trabajando con sus sumas y dio un paso hacia ella.

—Bien, gracias.

—Me contó Miguel que te habías hecho cargo de una revista, ¿de qué temática?

—Entretenimiento, cine, gastronomía, actividades culturales en general. Es una guía del ocio digital, pero aún estamos trabajando en ella, la lanzamos en septiembre.

—Estupendo.

—Sí, pero está en pañales. ¿Y tú qué tal? —preguntó por pura cortesía y miró de reojo sus vaqueros desteñidos y su camiseta blanca impoluta, sus botas vaqueras. Guapísimo, como siempre, aunque estaba más delgado—. ¿Qué tal en Nueva York?

—Bien, aunque lo dejo el veinticinco de agosto para pasar a otra cosa.

—¿Otra cosa? —lo miró a los ojos y sintió las rodillas de lana, así que se apartó y se apoyó en la pared.

—Me vengo a Cambridge para terminar la tesis doctoral, dedicarme a la investigación y con algo de suerte, dentro de un par de años, dar clases en la facultad de Matemáticas.

—Me alegro mucho por ti, es una gran noticia, aunque no sé si Olofsson Media opinará lo mismo.

—Olofsson Media puede sobrevivir perfectamente sin mí —dio otro paso más y se puso enfrente de ella—. Este fin de semana había venido a Londres para cerrar lo de mi vivienda en Cambridge y hacer otros papeleos, jamás imaginé que acabaría viéndoos. Dios es bueno.

Irene guardó silencio y se movió para tenerlo más lejos. Era absurdo comportarse así, pero no sabía hacerlo de otra forma y se quedó callada, mirando los libros, hasta que él volvió a hablar a su espalda.

—Os he echado tanto de menos, Irene.

—Echado de menos —repitió Sammy desde el escritorio y los dos lo miraron.

—Vale, no es el momento de… en fin, te dejo un rato con él, yo me voy a comer algo al jardín.

—Te quiero —la agarró por el brazo para evitar que saliera y ella bajó la cabeza—, mírame y dime que ya no me quieres.

—Marcus…

—Mírame y dime que no soy el único imbécil que sufre con todo esto.

—No quiero hablar más, ni discutir más, en serio.

—¿Sabes que te estás jugando nuestra felicidad con esta actitud?, ¿eres consciente, Irene? Solo se trata de hablar y ya que estamos aquí —miró a su alrededor—, hablemos.

—No quiero hablar.

—¿Qué tengo que hacer para que me perdones?

—Nada, Marcus, fue demasiado grave lo que pasó, ¿no lo entiendes?, ¿no te has puesto en mi lugar?

—Me he puesto en tu lugar y lo entiendo perfectamente, ¿te has puesto tú en el mío?

—Madre mía —lo miró a los ojos y asintió—, he hecho todo lo posible por comprenderte, pero eso no cambia lo que hiciste a mis espaldas. Yo confiaba en ti.

—No confiabas tanto cuando no quisiste contarme que ya sabías que era el padre biológico.

—Tenía mis motivos.

—¿Qué motivos?, ¿los que insinúa tu ilustre abogada?

—¿De qué estás hablando?

—Esa mujer fue a verme a la editorial y me dijo que a saber si no había planeado acercarme a ti con el único propósito de llegar a Samuel por el camino más corto.

—¿Qué?, no sé nada de eso, no...

—Me faltó al respeto y aún estoy decidiendo si demandarla o no por injuriarme de esa manera.

—No tenía ni idea, ella normalmente es un encanto, es...

—Vale, ¿y cuáles eran tus motivos?

—Te los he explicado mil veces.

—¿Cuáles?, ¿que no necesitas un padre para tu hijo?, ¿que decidiste hacer una inseminación anónima para evitarte el engorro de tener que compartirlo con un hombre?, ¿que no quieres futuros convenios reguladores, regímenes de visitas y esos asuntos legales que no soportas?

—¿Te estás burlando de mí?

—No, solo repaso lo que siempre me has dicho.

—Pues ya está, no necesito explicarte nada más.

—¿Y cómo es posible que tengas un sentido tan trágico de la vida?

—Soy realista.

—¿Y qué pasa con nosotros?, ¿qué pasa cuando Dios, el destino o como quieras llamarlo, nos pone frente a frente, nos descubrimos y, sin imaginar ni en sueños que tenemos un hijo en común, nos enamoramos?

—Marcus...

—¿Podemos dar la espalda a eso?, ¿podemos huir de algo tan importante?, yo creo que no. Creo que lo que nos ha pasado es algo irrepetible, insólito e inmenso, un auténtico milagro, y deberíamos valorarlo un poco más. Yo estoy dispuesto a lo que sea por remediar lo que hice, enmendarlo y empezar de nuevo —miró al cielo y respiró hondo—. No puedo seguir viviendo así, Samuel y tú sois lo único que me importa, he esperado tres meses y creo que me estoy volviendo loco.

—¿Crees que yo no lo estoy pasando mal?

—No lo sé, háblame, dime lo que sientes.

—¿Lo que siento? Siento que tú lo estropeaste todo, Marcus, que tú rompiste la confianza y la complicidad que compartíamos, y que jamás pensé que iba a llegar a tener con un hombre. Tú me partiste el corazón y después de eso solo intento rehacer mi vida y pasar página, nada más. Solo quiero volver a vivir en paz —ahogó un sollozo y se puso las manos en las caderas—, yo solo venía a una barbacoa…

—Lo sé, lo siento… —estiró la mano y la abrazó contra su pecho, ella aspiró durante un segundo su delicioso aroma y se apartó secándose las lágrimas.

—Si tengo que seguir discutiendo y hablando de este tema, yo sí que me voy a volver loca.

—Pero si no hablamos, no podemos entendernos.

—Yo no quiero entenderme contigo.

—Sí que quieres.

—Vaya putada, voy a matar a Chris… —caminó por la biblioteca intentando serenarse y observó cómo él se acercaba a Sammy para revisar sus ejercicios.

—¡Muy bien, coleguita!, todo perfecto.

—¿Más?

—Vale, un poco más —levantó los ojos hacia ella y le sonrió—. ¿Estás bien?, ¿quieres salir al jardín?, seguro que algo queda de la barbacoa. Luego seguimos charlando.

—No te vas a rendir nunca, ¿verdad? —soltó sincera y él cuadró los hombros.

—No.

Capítulo 34

—Me alegro que vaya todo bien.

—Bueno, no sé si va del todo bien, pero al menos hemos dado un gran paso y ya nos hablamos con normalidad.

—Si estás tan convencido de lo que sientes, Marcus, vale la pena seguir luchando.

—Lo sé y eso hago.

—Y me siento muy orgulloso, en serio.

—Gracias, hermano. ¿Crees que podrás ir a Estocolmo a finales de agosto?

—No podré, me es imposible.

—Vale, no pasa nada, ya nos veremos en otro momento.

—Espera… —guardó silencio y Marcus aprovechó para mirar nuevamente a aquella azafata de tierra que lo tenía esperando sin ninguna explicación— tengo que dejarte, ha llegado una parturienta.

—Muy bien, adiós —colgó a Björg y se acercó al mostrador—. ¿Qué ocurre?, ha mirado los papeles al menos treinta veces.

—Es lo normal en estos casos, señor.

—Viajo habitualmente con mi perro por Europa y le aseguro que está todo en orden.

—Vale, un momento —cogió un walkie-talkie y llamó a alguien.

Él bufó y miró la hora. No sabía de que servía viajar en el avión privado de la empresa si luego en el aeropuerto de turno te retrasaban de esa manera. Dejó la mochila encima de la mesa y le hizo un gesto a la mujer para que se acercara, estaba decidido a llamar a su superior, pero no hizo falta, porque en ese momento apareció un guardia con el transportín de Thor.

—Me han hecho perder más de media hora y de forma completamente innecesaria.

—Lo sentimos mucho, señor.

—Gracias, adiós.

Salió del aeropuerto y sintió el típico viento de Dublín en la cara, aunque esta vez era cálido y no frío, como en otras ocasiones que había visitado la ciudad, y aquello lo animó un poco, se acercó al coche que lo esperaba al lado del área de llegadas y le dio al chófer la dirección de Irene y Sammy en Dún Laoghaire.

Llevaba unos días de locos intentando dejar todo atado en Olofsson Media. Su salida estaba prevista para el veinticinco de agosto, quedaba menos de un mes, y no le daban tregua. Siempre había pensado que la empresa era como una gran maquinaria, muy bien engrasada, que caminaba sola, sin embargo, no era así, todo dependía de la dirección principal en Estocolmo, la que él representaba, y aunque su padre, Hanna y otros directivos intentaban ayudar, el peso se lo estaba llevando solo y la cosa pintaba muy complicada.

Afortunadamente su familia había entendido y apoyado su decisión de cambiar de aires para probar suerte en el mundo académico, y eso aliviaba bastante. Su hermano pequeño, Stellan, que llevaba cinco años viviendo en los Estados Unidos, donde ejercía como asesor financiero, había decidido volver a Estocolmo para incorporarse a Olofsson Media Suecia como consejero delegado. Su fichaje le había llegado como un balón de oxígeno, Stellan pronto podría hacerse cargo de más responsabilidades y conseguiría funcionar a su ritmo, estaba seguro.

Miró por la ventana del coche el precioso paisaje de Irlanda y acarició la cabecita de Thor. Lo había recogido esa misma mañana en Vaxholm, en casa de sus padres, porque si había decidido hacer la locura de tomarse un par de días en medio del caos, solo para ver a Irene y Sammy, no podía llegar a su casa con las manos vacías, y sabía que la mejor sorpresa era llevar a Bubu con él.

Se atusó el pelo y se puso las gafas de sol pensando en Londres. La encerrona que habían preparado Chris y sus hermanos en casa de Susan había resultado perfecta, al menos desde su punto de vista, y aunque le había costado una barbaridad llegar a comunicarse con Irene, habían acabado hablando con calma, habían pasado dos días estupendos, y juntos, en la ciudad y tras las despedidas, habían conseguido normalizar un poco su situación y al menos ya charlaban casi a diario por teléfono. Un verdadero milagro.

No sabía si lo estaba perdonando de verdad, si conseguiría olvidar las famosas pruebas de ADN y volvería a confiar ciegamente en él. No estaba seguro de nada, pero como decía su hermano Björg, valía la pena seguir luchando, y como él le había asegurado rotundamente a ella, no pensaba rendirse jamás.

Tocó el timbre de la casa y un minuto después Irene y Sammy abrían la puerta con los ojos muy abiertos.

—Hola...

—¡Bubu! —gritó Samuel y se tiró al suelo para abrazar y achuchar al perrillo.

—¿Marcus? —preguntó Irene un poco desconcertada y lo hizo pasar—, ¿no estabas en Nueva York?

—Me he escapado un par de días. Qué casa más bonita.

—Sí, es muy acogedora —se arregló el pelo detrás de la oreja y suspiró—. ¿Has pasado a recoger a Thor?

—Sí, llevo no sé cuántas horas viajando. ¿Coleguita, me das un abrazo?

—¡Sí! —corrió para agarrarse a su cuello y luego volvió a la alfombra para jugar con su Bubu.

—¿Y tú me das un abrazo? —dejó la mochila en el suelo y la miró a los ojos, ella se quedó quieta sin saber muy bien qué hacer, así que estiró la mano, la agarró por el cuello y la besó. La besó con toda la añoranza que llevaba acumulando desde hacía más de tres meses y que ya era incapaz de contener por más tiempo—. Debería estar prohibido.

—¿El qué?

—Ser tan guapa —bajó las manos por su cintura y acarició con los pulgares ese vientre terso y suave que tenía y que asomaba por encima de sus vaqueros de talle bajo.

—Tú sí que deberías estar prohibido.

—Marcus, mira... —Sammy se acercó y lo agarró de la mano— hay escaleras.

—¿Ah sí?, ¿y dónde está tu cuarto?

—Arriba.

—Enséñale la casa a Marcus, mi vida, yo voy a acabar con la comida —lo miró y le sonrió—. Supongo que comes con nosotros, después podemos llevarte a conocer el pueblo.

—Genial y luego yo os invito a cenar.

—¿Hasta cuándo te quedas?

—Hasta mañana por la noche.

—Qué bien, me parece perfecto —dio un paso al frente y lo abrazó muy fuerte, él le besó la cabeza y aspiró su perfume con los ojos cerrados.

—Al menos no me has cerrado la puerta en las narices.

—¿Estás loco?, ha sido una gran sorpresa. Nosotros también teníamos muchas ganas de verte. ¿Verdad, mi Chumichurri? —llamó al niño y lo sumó al abrazo con una sonrisa—, ¿verdad que nos encanta que Marcus y Thor hayan venido a vernos?

—¡Sí!

Capítulo 35

Acabó de poner dos columnas de sumas y una de restas en el cuaderno de Sammy y luego se concentró en repasar su libreta de gastos. Tenía un presupuesto justo, pero suficiente, para disfrutar de sus tres días de escapada y le tranquilizó saber que al menos se ahorrarían el alojamiento, porque el hotel de Londres le había costado una pequeña fortuna y su bolsillo no estaba preparado para tanto dispendio.

Cerró la libreta y miró a través de la ventana del avión el cielo despejado y brillante, era muy temprano, habían madrugado un montón, pero con algo de suerte llegarían con tiempo más que suficiente para comer y para dormir una siesta, al menos Sammy, que no solía estar acostumbrado a tanto trajín. Se inclinó hacia él y le besó el pelo rubio y suave, se lo peinó con los dedos y luego cerró los ojos pensando en el último mes y medio que llevaban encima.

Tras la emboscada en la casa de Notting Hill, discutió seriamente con Chris Brown y descubrió que en el plan de «reencuentro» estaban metidos todos los hermanos de Marcus e incluso Ingrid, que había facilitado sus fechas y su agenda para Londres, así que acabó por resignarse a la idea de que no podría culpar a nadie en concreto porque todos, en comandita, estaban involucrados en el asunto y con sus mejores intenciones.

El caso es que Marcus, que para eso era tremendamente oportuno, aprovechó la coyuntura y no la dejó en paz hasta que hablaron a fondo de sus diferencias y de sus asuntos pendientes. Por supuesto, le costaría horrores olvidar que él, a sus espaldas, había hecho la dichosa prueba de ADN, desbaratando de un plumazo su relación y su confianza, pero por otra parte, tenía que aceptar que no podía vivir eternamente enfadada y dolida. Ella no era rencorosa, no podía regodearse en el dolor para siempre, y tras escuchar, una vez más, sus legítimas explicaciones, decidió rendirse y darle una pequeñita oportunidad.

Obviamente entendía su necesidad vital de conocer la verdad con respecto a Samuel, no era idiota y podía ponerse en sus zapatos, lo que aún la partía por la mitad era el modo que había elegido para conocer esa verdad, a escondidas y por detrás. Eso sería difícil de digerir, sin embargo, ella también había cometido el error de no contarle lo que ya sabía desde hacía meses gracias a Ingrid y la ficha privada del donante. Se había guardado la información y lo había dejado en la inopia por puro egoísmo, era consciente, y solo por eso tenía el deber de ser algo más tolerante.

A partir de ese memorable sábado, como lo llamaban Ingrid y Chris, su relación se modificó un poco y tras disfrutar de lo que quedaba del fin de semana amistosamente, juntos en Londres, con Marcus y Samuel inseparables y muy felices, regresaron a Dún

Laoghaire con la promesa de no forzar nada y darse tiempo, sobre todo ella, antes de seguir dando pasos hacia una dirección concreta.

Marcus no tenía la más mínima duda sobre sus sentimientos y estaba decidido a organizar una vida en común donde les viniera mejor, en Irlanda, en Inglaterra, en Suecia, en España o donde ella quisiera. Él empezaba su doctorado en Cambridge en septiembre, pero tenía libertad de movimientos y ella podía trabajar desde cualquier rincón del mundo donde hubiese una conexión a Internet, así que eran libres de empezar juntos donde quisieran. Una verdadera suerte, claro, pero su cabeza controladora opinaba que mejor era ir despacio, con cuidado y sin prisas.

No es que no estuviera enamorada o que no lo quisiera perdonar, le explicaba a diario en sus interminables charlas por Skype o por teléfono, es que no sabía saltar al vacío tan alegremente. La vida la había entrenado para ser cauta y con Sammy en el mundo mucho más.

—¿Eres consciente de que ya no estás sola con Samuel, verdad? —le preguntó una noche a través de videoconferencia y ella se encogió de hombros—. Yo también lo quiero más que a nada en el mundo, lo protegeré con mi vida si fuese necesario y, por supuesto, procuraré que tenga una existencia estable y feliz.

—Lo sé, pero la mayor parte de las decisiones que tomamos los adultos afectan a los niños y no quiero que las nuestras acaben afectando a Sammy, además, acabamos de mudarnos y...

—¿Por qué lo van a afectar?

—¿Y si vivir juntos no funciona?

—¿Por qué?, siempre nos hemos llevado bien, estoy loco por ti, nos queremos, ¿por qué no iba a funcionar?

—Porque nada es eterno, ni perfecto.

—Por supuesto que no, pero tú y yo somos adultos, nos entendemos muy bien, haremos lo posible por ser felices y en todo caso, Irene, no podemos saber lo que pasará mañana, ni adónde nos llevará el destino, solo sabemos que nos queremos y eso es más que suficiente para avanzar y para que dejes de tener tanto miedo.

Y así se eternizaban a diario. Ella poniendo trabas y él haciendo planes mientras preparaba su salida de Olofsson Media prevista para el veinticinco de agosto.

Estaba muy ocupado, hasta arriba de trabajo, pero en medio del barullo, dos semanas después de reencontrarse en Londres, apareció un buen día en Dún Laoghaire con Thor. Sammy gritó de felicidad al ver a su querido Bubu entrando en casa y mientras se tiraba al suelo para abrazarlo y achucharlo a conciencia, Marcus Olofsson la miró a los ojos, la sujetó por el cuello y la besó. Un beso largo, húmedo, delicioso e interminable que le recordó por qué estaba loca por ese hombre y por qué sería capaz de cruzar el Atlántico a nado si él se lo pedía. Ya no había marcha atrás, estaba vendida y había llegado la hora de empezar a aceptarlo.

—¿Mami?

—¿Qué, mi amor? —saltó en la butaca y volvió de golpe a la realidad, miró sus enormes ojos verdes, idénticos a los de su padre, y le sonrió.

—Ya terminé, quiero dibujar.

—Claro, mi vida.

—¿Falta mucho?

—No, una hora más o menos.

—Vale.

Vale, repitió y se acercó para comérselo a besos. Él se dejó achuchar un buen rato y luego cogió los lápices de colores para dibujar un paisaje, le dijo, un paisaje en el que seguramente acabarían apareciendo Bubu y por supuesto Marcus, alto y con el pelo amarillo, como venía sucediendo en las últimas semanas.

Después de su visita a Dublín, el pequeñajo no paraba de preguntar por él y lo llamaba a todas horas a Nueva York. Marcus Olofsson se había convertido en el gran protagonista de su vida y ella los dejaba asentar lazos sin intervenir, observando en silencio, porque estaba muy impresionada de como se llevaban y de como Marcus desplegaba un amor inmenso por el niño, aunque estuviera al otro lado del mundo. Era un hombre extraordinario y cada día lo quería más. Estaba muy orgullosa, para qué negarlo, de que él fuera el padre de su hijo, y había decidido dejarse de tonterías y liberar el corazón para empezar a quererlo sin más cortapisas.

—Menos mal que habéis sido puntuales —les dijo Ingrid en el Estocolmo-Arlanda en cuanto salieron de la zona de llegadas—, tengo quirófano dentro de hora y media.

—No tenías que venir, te lo dije.

—¿Y perderme a mi bomboncito? —agarró a Sammy y le dio un abrazo mientras le mordía los mofletes—. Venga, subid al coche, que me van a poner una multa.

—Quiero llamar a Marcus —pidió el pequeñajo

en cuanto lo sentaron en su sillita, estirando la mano para que le dejara el móvil.

—Más tarde, anoche cogió un avión a última hora y estará durmiendo.

—¿Has comprobado si ya está aquí?, lo que faltaba es que se le ocurriera anular todo en Estocolmo para ir a veros a Dún Laoghaire—preguntó Ingrid enfilando hacia el centro.

—Me mandó un mensaje, llegó a Suecia a las seis de la mañana.

—¿Y seguro que no sospecha nada?

—No sospecha nada, tiene previsto volar esta noche a Irlanda —miró a Ingrid con una gran sonrisa—, sigue siendo una sorpresa.

Dejar la empresa familiar después de veinticinco años trabajando en ella, desde los puestos más humildes hasta llegar a la gerencia general hacía seis años, supuso para Marcus Olofsson no solo un montón de trabajo extra, sino también un montón de despedidas, cenas y cócteles organizados por sus compañeros, empleados, colegas y clientes, que estaban empeñados en despedirse de él como era debido, así que llevaba casi un mes bastante agobiado con tanto brindis y tanto discurso, y cuando le pidió que lo acompañara a la traca final, es decir, a la cena de despedida organizada por Olofsson Media Suecia en un lujoso hotel de Estocolmo y ella le dijo que no, se había agarrado tal cabreo, que llevaba una semana bastante frío y distante.

Por supuesto, Marcus no podía presionarla para hacer nada que no quisiera hacer y decidió obviar el tema y limitarse a charlar con ella sobre Sammy o el tiempo, en unas llamadas telefónicas cada vez más cortas, lo que acabó por hacerla reflexionar sobre la imperiosa necesidad de dejar de ser tan tremendamente rígida, sobre todo con él, y empezar a disfrutar un poco más de la vida.

Marcus siempre había cedido con todo, la había buscado, había luchado por recuperar su relación, por Samuel, y no se merecía que lo dejara solo en una noche tan importante, así que después de sacar cuentas y probarse toda la ropa de cóctel que encontró en Dublín, compró los billetes, un vestido bonito y se subió al primer avión que salía ese sábado veintiséis de agosto desde Irlanda a Suecia, sin avisar y esperando darle una sorpresa.

—¿Qué tal? —miró a Ingrid y a Samuel, que iban guapísimos, y luego así misma estirándose el vestido negro de seda que le quedaba como un guante—. ¿El pelo suelto está bien?, aún tengo tiempo de recogérmelo un poco.

—Estás ES-PEC-TA-CU-LAR, Irene, te lo digo en serio. Nunca te había visto tan guapa.

—Vale, pues... —miró hacia la entrada del enorme hotel y en seguida se encontró con los ojos de Gustav Olofsson, el hermano actor de Marcus, y le sonrió.

—¡Madre mía! —exclamó él viéndola avanzar para darle dos besos y luego se fijó en Sammy, que iba de la mano de Ingrid—, estás preciosa, ¿y este chico tan elegante es mi sobrino?

—Sí, es Samuel. Saluda a Gustav, mi amor.

—A su tío Gustav —puntualizó él ofreciéndole la palma de la mano—. Choca esos cinco, coleguita. Increíble lo que se parece a Marcus.

—¿Ya llegó...? —intervino ella acariciando el pelo del niño y Gustav asintió.

—Está dentro hablando con todo el mundo, ya sabes como es de cumplido —bromeó agarrando a Ingrid por los hombros—, creo que la sorpresa nos va a salir redonda, doctora Danielsson, tenemos que celebrarlo.

—Eso está hecho, señor Olofsson.

—Entremos pues —les hizo una reverencia para dejarlas pasar e Irene aprovechó para mirar a su amiga con los ojos entornados.

—¿De qué va esto? —interrogó en español.

—Hemos congeniado muy bien, no seas pesada.

—¿Te has liado con él?

—Por supuesto, corazón. Venga entra allí y sorprende a tu hombre —le indicó el hall donde pululaba gente muy elegante y luego Gustav cogió a Sammy en brazos para hacerlas avanzar hacia el salón principal donde estaban dispuestas las mesas para la cena.

—Mira, Samuel, ahí están Agnetha y Björg, les va a encantar verte aquí.

Susurró Gustav e Irene se giró a tiempo de ver cómo se lo llevaba hacia la esquina donde sus padres, Agnetha y Björg Olofsson, charlaban tranquilamente con otra pareja. Su primer impulso fue seguirlos, pero Ingrid la sujetó y se quedó quieta observando cómo esas personas tan amables abrían los brazos y daban la bienvenida al niño con grandes muestras de cariño. Eran sus abuelos, claro, le costaría tiempo asimilarlo, pero tendría que ir haciéndose a la idea, y se emocionó un montón viendo cómo Sammy se mostraba tan seguro con ellos, tan parte de ellos, y miró a Ingrid con los ojos húmedos.

Su amiga le sonrió igualmente conmovida, porque sabía lo que aquello significaba para ella, y luego la animó a ir en busca de Marcus, prometiendo quedarse atenta a Samuel, así que respiró hondo, dio media vuelta y se sumergió entre un mar de gente que hablaba en sueco y que apenas la miró cuando empezó a recorrer el salón buscando al homenajeado, que seguramente andaba repartiendo sonrisas y agradecimientos mientras miraba la hora para escaquearse de allí cuanto antes.

Lo buscó un buen rato y cuando ya empezó a temer que habían llegado tarde y que Marcus realmente había decidido desaparecer tras los saludos de rigor, lo localizó a lo lejos junto a un ventanal enorme, charlando con una mujer rubia, alta y estupenda, que le acariciaba el brazo mientras le hablaba con mucha elocuencia.

En medio segundo el estómago se le contrajo y le fallaron las piernas, sintiendo el impulso fulminante de salir corriendo de allí y olvidar sus buenas intenciones, sin embargo, no lo hizo y esperó con el alma en vilo a ver cómo se desarrollaba aquella charla tan íntima, él sonriendo, vestido de azul marino, con una camisa blanca impoluta y sin corbata. Eran la viva imagen de la complicidad y se quedó esperando sin moverse, convencida de que acabaría viendo una escena romántica, hasta que de pronto una luz cegadora le iluminó el entendimiento y comprendió que no podía ser tan desconfiada, había prometido cambiar y ese era el momento perfecto para demostrarlo. Cogió el teléfono móvil y lo llamó.

—¿Irene? —vio cómo se disculpaba con su amiga para contestar a la llamada y cómo se apartaba del ruido dándole la espalda.

—¿Cómo estás?, ¿va todo bien?

—Bien, un poco aburrido. Hora y media y me largo.

—No puedes irte, es tu cena de despedida.

—No conozco a la mitad de esta gente.

—Pues a la rubia vestida de rojo parece que la conoces bastante bien.

—Es... ¿cómo dices? —guardó silencio y se giró buscándola con los ojos, ella levantó la mano y en cuanto la localizó sonrió de oreja a oreja—, ¿es verdad o estoy soñando?

—No podía perdérmelo —le dijo avanzando entre la gente—, estás guapísimo, mi amor.

—¿Mi amor?, eso me gusta —se encontraron en medio de la enorme sala y se miraron a los ojos sin moverse—. ¿Vas a seguir al teléfono o puedo colgar?

—Puedes colgar —se acercó y lo sujetó por la solapa de la chaqueta para besarlo mil veces en la boca mientras él no paraba de sonreír—. Sé que soy una persona difícil, muy rígida y algo insoportable, pero te quiero y he venido para demostrarte que estoy haciendo propósito de enmienda.

—A mí me gustas tal como eres. Preciosa —la abrazó recorriéndole el cuerpo con esas manos enormes y tan cálidas, y pegó su frente a la suya—, ahora sí que nos largamos, ¿dónde está Sammy?, ¿con Ingrid?

—Con Ingrid y con tus padres, hemos venido los tres a la cena y no pienso irme sin ver cómo te adulan y te dan una plaquita de agradecimiento.

—No creo que pueda aguantar hasta los postres, estás demasiado guapa...

—¡Marcus! —gritó Samuel y llegó corriendo para agarrarse a las piernas de los dos, él se inclinó y lo cogió en brazos.

—¡Coleguita!, cuanto te echaba de menos, ¿cómo estás?

—Hola, Irene— Agnetha y Björg Olofsson se acercaron y le dieron dos besos—, qué alegría que hayas decidido venir, qué sorpresa más maravillosa. Le estaba diciendo a Sammy que Thor está con su familia en casa, pero que puede ir a buscarlo cuando quiera. ¿Cuánto tiempo os quedáis?

—Hasta el lunes.

—¿Ves, cariño? —dijo Agnetha acariciando la mejilla del niño—, mañana le dices a papá que te lleve a Vaxholm para estar con los abuelos y ver a Bubu, ¿de acuerdo?

—¡Sí! —asintió Sammy muy seguro y bien agarrado al cuello de su padre.

Capítulo 36

—¿Qué haces? —abrió un ojo y se lo encontró acariciándole el vientre desnudo con un dedo, muy atento, hasta que levantó la cabeza y le regaló una gran sonrisa con sus maravillosos ojos verdes.

—Trato de imaginarte embarazada.

—Ay, Señor... ¿qué hora es? —se incorporó y miró la hora en el reloj de la mesilla de noche—, ¿las siete?, ¿tan pronto?

—Una parte de mí creció dentro de ti y me parece muy sexy... —le besó el abdomen y siguió subiendo por su cuerpo con calma, lamiéndole los pechos y el cuello, provocándole un estremecimiento delicioso por toda la columna vertebral, hasta que llegó a su boca y se la acarició mirándola a los ojos— realmente sexy.

—¿En serio? —se echó a reír y él se puso serio.

—¿A ti no te lo parece?

—No he pensado en ello.

—¿Y en qué has pensado?

—A ver... —entrecerró los ojos—, he pensado que fue una gran fortuna haber elegido, entre todas las fichas de donantes que estudié, precisamente la tuya, porque eres un hombre increíble y un padre maravilloso para Sammy.

—Oh, por Dios... —se echó a reír a carcajadas y ella le dio un empujón en el hombro.

—Es verdad.

—Gracias, pero hablaba de pensamientos más calientes.

—Vale, dame unos minutos y te cuento alguno.

—Muy bien —la miró y le sonrió, ella estiró la mano y le acarició la mejilla.

—Me alegro mucho de haber venido, me lo pasé muy bien en la cena y tu familia es encantadora, en serio, se portan tan bien con nosotros, tus hermanos...

—Ahora solo te falta conocer a Björg.

—Sí y me encantará conocerlo.

—Todo el mundo le hablaba a Sammy de mí como su padre, no sé si le puede resultar confuso o extraño, no quiero que...

—Tendrá que ir acostumbrándose, eres su padre y él es muy pequeño, seguro que lo asimila con naturalidad. No te preocupes.

—El día que me llame papá, contrataré un castillo de fuegos artificiales.

—Seguro que será muy pronto.

—Eso espero —sonrió y se inclinó para besarla—. ¿Y ya has encontrado algún pensamiento caliente para mí?

—¡Mami! —llamó Samuel entrando en el dormitorio y los dos se incorporaron para mirarlo.

—Hola, mi vida, te has despertado tú solito. Qué bien.

—Con Bubu... —le enseñó el peluche y ella sonrió.

—Estupendo y ahora— se levantó de la cama poniéndose la camisa de Marcus— vamos a preparar un desayuno muy rico, ¿quieres?

—Vale.

—¿Y no me das antes un beso de buenos días, coleguita?

—¡Sí! —se acercó, lo besó en la mejilla y luego cogió la mano de su madre.

—Tú no te muevas —le ordenó ella saliendo del dormitorio—, hoy nosotros te vamos a traer el desayuno a la cama.

Le encantaba ese piso, tenía unas vistas preciosas al mar Báltico y estaba decorado de forma sencilla y funcional. Marcus pasaba poco tiempo en Estocolmo y no había dedicado mucho tiempo a su casa, pero aun así era acogedora y muy agradable, gracias, sobre todo, a la luz que se colaba por sus enormes ventanales.

Entraron a la cocina, encendió la cafetera y preparó tostadas, huevos revueltos y zumo de naranja, para Sammy un cuenco con cereales de colores y organizó una bandeja muy bonita. Ese mediodía habían prometido ir a Vaxholm para ver a los Olofsson y recoger a Thor, pero lo primero era desayunar tranquilos y sin prisas. Un verdadero lujo.

—Quiero darle mi regalo a Marcus —le dijo Sammy y ella asintió.

—Es cierto, mi vida, creo que lo tengo en mi mochila —fueron juntos al salón, localizó su mochila y le entregó el dibujo que había hecho para Marcus en el avión—. ¿Es este o te gusta otro?

—Este —lo miró con atención.

—Es una casa muy bonita, ¿y quiénes estamos aquí?

—Bubu y mamá —los señaló con el dedito— y este es Marcus.

—¿Este es papá? —preguntó para tantear el terreno y él asintió convencido.

—Sí, es papá.

—Es precioso, mi Chumichurri —se emocionó mucho al oírlo decir aquello y lamentó que Marcus no estuviera delante, pero seguro que no tardaría en repetirlo, así que le sonrió y lo abrazó para comérselo a besos—. ¿Llevamos el desayuno a la habitación?

—¡Vale!

—Muy bien, ayúdame con las servilletas —entraron en el dormitorio donde Marcus ya los esperaba preparado y acomodó la bandeja encima de la cama—. Espero que te guste.

—Es perfecto —estiró la mano y la sujetó por el cuello para besarla—, no puede ser más perfecto, gracias.

—Sammy te tiene un regalito.

—¿Ah, sí?

—Sí, lo dibujó en el avión. Dáselo, mi vida.

—Es una casa —le pasó el papel y siguió comiendo sus cereales.

—¡Vaya por Dios, es preciosa! —exclamó y le acarició el pelo—. Me encanta, muchas gracias.

—Es nuestra casa, ¿verdad, Chumichurri?

—¡Sí!

—Ya veo, estamos mamá, Bubu y yo, realmente preciosa. Lo vamos a enmarcar.

—Marcus... —tomó un sorbo de café y lo miró a los ojos—, he estado pensando mucho en lo que hablamos por teléfono respecto a vivir juntos y...

—No te preocupes, puedo ir a visitaros a Dún

Laoghaire con regularidad, en un principio yo tendré que instalarme en Cambridge, pero está relativamente cerca y...

—¿Me puedes dejar hablar? —él se calló de golpe y ella respiró hondo—. He estado pensando y creo que tienes razón, deberíamos vivir juntos. Es absurdo retrasar una decisión que acabaremos tomando tarde o temprano.

—¿Va en serio?

—Sí, claro.

—¿Quieres que me mude con vosotros a Irlanda?

—¿Qué tal si mejor nos mudamos nosotros contigo a Cambridge?

—¿Cambridge? —puso la tostada encima de la bandeja y buscó sus ojos—, ¿de verdad vas a dejar Dún Laoghaire para venirte conmigo a Inglaterra?

—Por supuesto que sí. Te quiero, te queremos y yo puedo trabajar desde cualquier parte, además, para mí sería una especie de sueño cumplido vivir allí. Adoro Cambridge y está a dos horas y media en tren de Londres, es perfecto, tú podrás retomar tu doctorado, investigar, y nosotros podremos estar contigo... si te parece bien, claro.

—Me parece perfecto —sonrió de oreja a oreja y le acarició la mejilla—, es la mejor noticia que me podías dar.

—Para nosotros también.

—¿Tú quieres mudarte a Cambridge, coleguita?

—¡Sí! —contestó Samuel sin entender nada, pero tan alegre como siempre.

—Decidido pues, nos vamos a Cambridge contigo, ahora lo prioritario es encontrar colegio para Sammy.

—No te preocupes, pediré a alguien de la universidad que nos ayude.

—Genial... —se levantó de la cama y le dio un beso a cada uno—. Mientras os termináis el desayuno, yo me voy a duchar.

—Irene...

—¿Qué, mi amor?

—Te quiero.

—Yo también te quiero —le guiñó un ojo y se metió al enorme cuarto de baño, sacó las toallas del armario, se asomó a la ducha para ponerla en marcha y en ese preciso instante oyó un pequeño estruendo y acto seguido la voz asustada de su hijo.

—¡Papá!

—¡¿Qué ha pasado?! —salió corriendo del baño y se encontró a Sammy bien sujeto al cuello de Marcus y llorando desconsolado. Él le acariciaba la espalda y le besaba la cabeza con los ojos también llenos de lágrimas.

—Nada, se ha bajado de la cama y se ha resbalado con la alfombra. La tiraremos a la basura ahora mismo.

—¿Estás bien, mi vida? —se acercó para mirarlo mejor, pero él no se despegó de su padre y se limitó a decir que sí con la cabeza—. Muy bien, me alegro.

—Me ha llamado papá —le susurró Marcus mirándola a los ojos y ella asintió muy emocionada—, papá.

—Sí, lo he oído.

—No te ha llamado a ti, me ha llamado a mí y ha dicho papá.

—Porque tú eres su papá.

—Lo sé —contestó tragándose los lagrimones y abrazándolo más fuerte—, lo sé.

Epílogo

Acabó la llamada con España y revisó el correo electrónico por última vez. Había sido un día muy largo y los ojos se le cerraban solos, así que no pretendía seguir trabajando. Miró el reloj y comprobó que solo eran las ocho y media de la noche, en otros tiempos muy pronto aún, la hora perfecta para salir a cenar a un buen restaurante, sin embargo, tener hijos pequeños te cambiaba la vida, y en su nueva vida, a esas horas, solo soñaba con meterse en la cama, poner una buena peli y descansar.

Apartó los apuntes que acababa de imprimir y apagó el teléfono móvil pensando en la madre de Irene. Desde que Miguel le había dado su número, la señora lo llamaba solo a él para interesarse de vez en cuando por la familia. Una situación algo extraña teniendo en cuenta que se conocían muy poco y que la relación con su hija seguía siendo nula, sin embargo, no quería ser descortés, contestaba a sus llamadas e intentaba ser amable, evitando intimar más de lo debido, claro, porque lo primero era Irene y si ella no estaba preparada para estrechar lazos con su madre, él tampoco.

Esta última llamada había sido con la excusa de invitarlos a pasar unos días en su casa de Cádiz, asegurándole que Miguel, Alejandra y su hija, la pequeña Inés, iban a estar la segunda quincena de julio allí y que sería estupendo que coincidieran con ellos. Afortunadamente no le fallaron los reflejos y rehusó la invitación de forma instantánea, agradeciendo el detalle y explicándole que ya tenían planes, lo cual era cierto, porque pretendían pasar la mayor parte del verano en Suecia.

Sabía, fehacientemente, que Irene no quería ir a Cádiz y que coincidirían igualmente con Miguel y su familia en Cambridge a finales de agosto. Al fin habían conseguido una casa más grande, una victoriana de dos plantas en las afueras de la ciudad, muy cómoda y amplia, perfecta para acoger visitas. Se acababan de mudar y lo primero que habían hecho, había sido invitar a Miguel, Ale e Inés a pasar unos días con ellos. Estaba todo previsto, lo habían organizado hacía dos semanas en la boda de Ingrid y su hermano Gustav en Estocolmo y no había más vueltas que dar al tema. Lo sentía por su suegra, pero ella se había trabajado a pulso el distanciamiento con su hija y él no podía hacer nada por remediarlo.

Respiró hondo y miró en el ordenador las fotos de la boda de Ingrid y Gustav. La feliz parejita, dos solteros convencidos, se habían dado el sí quiero en una ceremonia religiosa multitudinaria y habían celebrado un banquete de bodas digno de la realeza, algo que hacía gracia a todo el mundo y que Ingrid defendía asegurando que pensaba casarse solo una vez en la vida y que por esa razón necesitaba celebrarlo como era debido, es decir, con todo el boato nupcial a su alcance.

Y así había sido y lo habían pasado estupendamente. Ahora estaban de luna de miel en Tailandia y mandaban cientos de imágenes al día donde se les podía ver enamorados y felices.

Repasó rápidamente las fotografías de la boda e inconscientemente pensó en la suya, que había sido diametralmente opuesta a la de su hermano.

Lo primero había sido convencer a Irene, que veía completamente innecesario el trámite, como lo llamaba ella, para que quisiera casarse. Se había resistido un tiempo, pero al nacer Alexander, su segundo hijo, justo nueve meses después de su cena de despedida de Olofsson Media en el Sheraton Stockholm Hotel, había cedido y habían decidido casarse en Vaxholm, en casa de sus padres, con una ceremonia religiosa, pero íntima, que los había convertido en marido y mujer delante de solo veinticinco invitados.

Por supuesto se habían quedado sin luna de miel, porque los niños eran muy pequeños, y dos años después, seguían sin poder viajar solos a ningún sitio. El viaje de novios se iba aplazando irremediablemente y como decía Chris Brown, acabarían haciéndolo cuando los chicos fueran a la universidad. Igual tenía razón, pero tampoco les importaba demasiado porque, como ambos reconocían en privado, ninguno de los dos se quería separar mucho tiempo de los pequeños.

Sammy y Alex, sus maravillosos hijos.

Samuel cumplía siete años dentro de cuatro meses y seguía siendo el niño despierto y cariñoso de siempre. Se había adaptado muy rápido a su colegio de Cambridge, hablaba correctamente español, inglés y sueco, y destacaba especialmente en Ciencias y Matemáticas, decían sus profesores, aunque también disfrutaba mucho pintando y empezaba a convertirse en un lector muy activo gracias a su madre, que era una lectora voraz.

Tras su boda, habían iniciado los trámites necesarios para darle su apellido, y evitar cualquier tipo de diferencia con su hermano pequeño, y al fin, al cumplir los cinco años, se había convertido en Samuel Olofsson. Otro mero trámite, aseguraba su madre, aunque a él, personalmente, ese mero trámite le parecía imprescindible y le daba una tranquilidad inmensa.

Alexander, que acababa de celebrar su segundo cumpleaños en Vaxholm, era tema aparte. Físicamente los dos hermanos se parecían muchísimo, pero mientras Samuel se mostraba siempre apacible y sereno, Alex era un remolino inquieto, activo e incansable. Su abuela Agnetha aseguraba que era muy Olofsson, porque su padre y sus tíos habían sido así de pequeños, y él estaba completamente de acuerdo, así que intentaba tener paciencia y mucha mano izquierda con él. Sabía que en cuanto creciera un poco y pudiera hacer deporte de forma regular, encauzaría toda su energía y sería mucho más gobernable. De eso estaba seguro, porque con él y sus cinco hermanos había funcionado.

Afortunadamente vivían en Cambridge, donde hacer mucho deporte y poder organizar una buena vida familiar no era nada difícil. Irene seguía dirigiendo su revista online, trabajaba desde casa y estaba muy pendiente de los niños, pero además, desde que uno iba al cole y el otro a la guardería, había ganado una pequeña parcela de libertad que le estaba permitiendo escribir, que era uno de sus grandes sueños. Acababa de terminar una novela y solo estaba decidiendo si enviarla o no a una editorial. Una decisión que estaba retrasando sin ninguna necesidad porque estaba seguro que era estupenda. Lástima que su nivel de español no le permitiera juzgar como era debido su trabajo, pero conociéndola, sabía que si se animaba, iba a conseguir triunfar en seguida.

Por su parte, llevaba un semestre entero dando clases en la facultad de Matemáticas. Nada más acabar el doctorado le habían permitido empezar a desarrollar su actividad docente como profesor adjunto. Aún le quedaba mucho camino por recorrer, pero estaba encantado en Cambridge, podía investigar y publicar, era un verdadero privilegio trabajar allí, con gente tan brillante, y cada día se alegraba más de haber dejado Olofsson Media en manos de otros para poder hacer lo que realmente le gustaba.

Por supuesto aún, dos años después, seguía conectado con su equipo y con Hanna, que no quería jubilarse y que seguía a cargo de la sede en España, y al menos una vez al día lo llamaba alguien para consultarle algún tema puntual, pero eran gajes del oficio y encima se trataba de la empresa familiar, sabía que nunca conseguiría desligarse completamente de ella.

—Sammy y Alex dicen que quieren volver a Vaxholm, que prefieren vivir con los abuelos —Irene entró en el despacho seguida por Thor y recogió algún juguete olvidado en la alfombra antes de mirarlo a los ojos.

—¿Les voy comprando los billetes? —sonrió y ella con él.

—Eso mismo les he dicho yo.

—¿Y por qué prefieren vivir con los abuelos?
—Porque los dejan quedarse hasta más tarde.
—Qué cara tienen.
—Ya te digo —se fue a su mesa y miró el ordenador—, tengo trabajo pendiente, Mary me ha mandado el nuevo número y espera mi visto bueno, ¿por qué no te vas a la cama, mi amor?, ahora subo.
—Vale, pero antes... —ella lo miró por encima de las gafas. Estaba preciosa con su cara lavada y el pelo oscuro suelto— ven un momento, por favor.
—¿Qué pasa? —se acercó, lo besó en los labios y se sentó en su regazo—. Esto de trabajar desde casa es lo malo que tiene, Marcus, no acabamos nunca.
—¿Cómo te sientes? —le acarició la tripa y la miró a los ojos. Verla embarazada de Alexander había sido una de las experiencias más extraordinarias que había experimentado en toda su vida y repetir otra vez lo tenía como loco de contento—. ¿Eh?
—Perfectamente, gracias—se levantó y él la inmovilizó por la cintura—. Cariño...
—Creo que será niña esta vez.
—Tu padre dice que los Olofsson solo sabéis hacer chicos.
—Seremos la excepción.
—Bueno, ya nos lo dirá Ingrid en el segundo trimestre.
—Te quiero —le besó el vientre aún plano y ella le acarició el pelo.
—Y yo te quiero más, pero tengo que trabajar.
—De acuerdo... —le dio otro beso en la boca y la dejó regresar a su ordenador. Fuera empezó a llover con bastante escándalo y observó cómo ella miraba por la ventana con ojos soñadores.

—Me encanta vivir en Cambridge.

—Lo sé.

—También me encantas tú —lo miró y le guiñó un ojo— y tus hijos, aunque digan que prefieren vivir con los abuelos.

—¿Sabes qué, Irene?

—¿Qué?

—Creo que es imposible que te quiera más.

—¿En serio? —preguntó coqueta.

—El destino se portó muy bien conmigo llevándome a Madrid hace cuatro años.

—Se portó muy bien con los dos.

—Pero obró la magia y aquí estamos.

—Bueno, nosotros también pusimos de nuestra parte.

—Eso es verdad. Fuimos nosotros y el destino, una combinación perfecta.

ÚLTIMOS TÍTULOS PUBLICADOS EN HQN

Noches de Manhattan de Sarah Morgan

Azul cielo de Mar Carrión

El Puerto de la Luz de Jane Kelder

Vuelves en cada canción de Anna García

Emocióname de Susan Mallery

Vacaciones al amor de Isabel Keats

No puedo evitar enamorarme de ti de Anabel Botella

Dulce como la miel de Susan Wiggs

Un lugar donde olvidarte de J. de la Rosa

Una boda en invierno de Brenda Novak

El hechizo de un beso de Jill Shalvis

La tentación vive arriba de M.C. Sark

Ardiendo de Mimmi Kass

Deletréame te quiero de Olga Salar

Las hijas de la novia de Susan Mallery

Los hombres de verdad... no mienten de Victoria Dahl

www.ingramcontent.com/pod-product-compliance
Lightning Source LLC
LaVergne TN
LVHW091626070526
838199LV00044B/961